KB078333

LEGEND OF
SWORD
EMPEROR
검황전설

FANTASY FRONTIER SPIRIT
미르나래 판타지 장편 소설

검황전설 4

미르나래 판타지 장편 소설

초판 1쇄 찍은 날 § 2012년 6월 29일
초판 1쇄 펴낸 날 § 2012년 7월 6일

지은이 § 미르나래
펴낸이 § 서경석

편집부장 § 권태완
편집책임 § 박우진
디자인 § 이혜정

펴낸곳 § 도서출판 청어람
등록번호 § 제1081-1-89호
등록일자 § 1999. 5. 31
어람번호 § 제1-1418호

주소 § 경기도 부천시 원미구 심곡2동 163-2 서경B/D 3F (우) 420-822
전화 § 032-656-4452 팩스 § 032-656-4453
http://www.chungeoram.com
E-mail § chungeorambook@daum.net

ISBN 978-89-251-2930-3 04810
ISBN 978-89-251-2865-8 (세트)

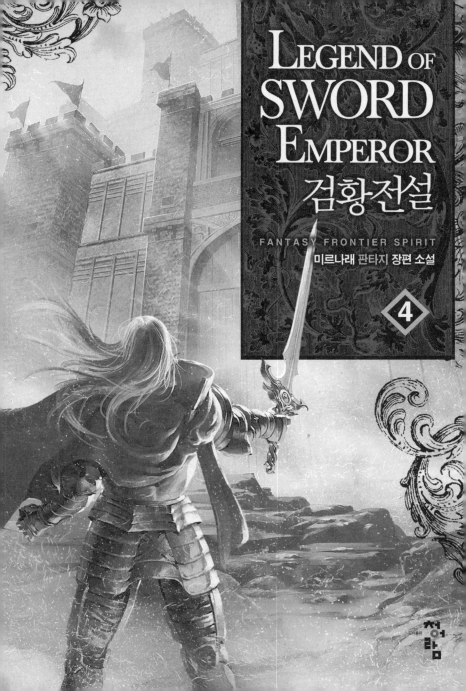

LEGEND OF SWORD EMPEROR

검황전설

FANTASY FRONTIER SPIRIT

미르나래 판타지 장편 소설

4

도서출판 청어람

CONTENTS

Chapter 01

신화는 시작되고

"죽여라!"

갑자기 난데없는 고함이 들려오고 수없이 많은 인물이 지붕 위에 나타나 아리안 일행에게 활을 쏘던 궁수들을 공격했다. 그들의 복장은 참으로 가지각색이었다.

휘익!

"으악!"

"아니, 이건 또 웬놈들이야?"

"저 새끼들, 용병 나부랭이 아니야?"

"그래, 개새끼야. 어디 용병 나부랭이의 검에 찔려봐라."

한쪽 지붕 위의 궁수들이 삽시간에 맥없이 쓰러지자, 구제프 후작이 반대쪽을 바라보며 급히 외쳤다.

"쏴라!"

쏴~!

화살 날아오는 소리가 마치 소낙비 쏟아지는 듯싶었다.

"달려라!"

상당수의 궁수가 죽었지만, 그래도 반대편 지붕에서 많은 화살이 쏟아지는 터라 숨을 곳도 없었다. 아리안 일행은 검을 휘두르며 앞으로 달렸다. 화살이 내리꽂히는 소리가 마치 우박 쏟아지는 것처럼 아리안 일행의 사방에서 울렸다.

따다닥! 따다닥!

"윽! 헉!"

화살에 맞아서 여러 명이 길에 쓰러졌다. 아리안 일행을 공격하던 궁수들이 용병의 공격에 많은 수가 쓰러졌지만, 도로 반대편에 있던 궁수들의 수도 워낙 많았다. 화살 한 대도 맞지 않은 자는 아무도 없었다. 그러나 그들은 상처를 돌볼 여유가 없었다.

마침내 성문이 보였고, 그 앞에도 많은 병사가 창과 검으로 무장한 채 접근하는 자를 막아섰다.

"공격해!"

아리안 일행이 성문을 막아선 병사들에게 뛰어들자 그제야 화살이 멈췄다. 또 다른 용병 일부는 지붕에서 뛰어내리며 성문 쪽을 공격했다.

아리안 역시 성문을 막는 병사들을 향해 공중으로 뛰어오르며 소리쳤다.

"파천일섬!"

분노에 찬 아리안의 검이 하늘을 가르고 말았다. 비록 오라 블레이드는 없었지만, 무려 여섯 명의 병사가 대항 한번 해보지 못하고 그대로 쓰러졌다. 병사들이 그 모습을 보고 겁에 질려 우르르 뒤로 물러섰다. 그러나 아리안의 분노는 삭을 줄 몰랐다. 아니, 더욱 거세게 타올랐다.

"막아! 막으란 말이야!"

수비대장이 악을 썼다. 하지만 아리안의 음성이 다시 한 번 울렸다.

"멸절마검!"

웅~!

수비대장의 고함은 의미없이 허공으로 사라졌고, 공기를 떨게 하는 굉음이 낮게 깔리며 아리안이 휘두른 분노의 검이 병사들을 덮쳤다. 이번에는 십여 명의 병사가 무기와 함께 양단됐으며, 그 영향을 받은 20여 명이 뒤로 날아갔다.

"으악! 악마다! 악마야!"

병사들은 공황상태가 됐다. 주저앉은 자, 아예 땅에 엎드린 자, 그 자리에서 멍하니 바라보는 자가 상당수였다.

아리안이 비록 신에 근접하는 무위를 발현하지는 못했어도 순수한 육체의 힘만으로 쏟아내는 그의 검에서는 인간이 상상하기 어려운 괴력을 발휘했다.

한 병사가 용감하게 아리안을 향해서 창을 겨눴다. 헤르메스가 검으로 그를 베려 하자, 아리안이 손가락을 들어 살살 흔들었다가 고개를 돌려 버렸다.

헤르메스가 다가가도 그의 자세는 변하지 않았다. 그가 손
가락으로 그 병사의 이마를 살짝 밀었다. 그는 선 자세 그대로
뒤로 넘어졌다. 이미 그 자세로 기절한 지 오래였다.

"으악! 살려줘!"

"인간도 아니야."

수비대장마저 어디로 갔는지 보이지 않았다. 어느새 살아남
은 병사들은 모두 달아나 버렸다. 발보아와 콘셉시온이 나타
나서 무릎을 꿇었다.

"태대공 저하!"

"주군!"

"아니, 너희가 웬일이냐?"

아리안이 놀라서 무릎 꿇은 그들을 일으키며 물었다. 남은
자들이 그들 곁으로 몰려들었다.

"포르피리오 군사님이 용병을 고용하여 만약을 대비하라고
하셨습니다."

"음~!"

아리안과 일행은 모두 고개를 끄덕이며 포르피리오 군사의
지혜로움에 경탄했다.

"성문을 열어라!"

"잠깐!"

아리안의 명령으로 성문을 열려는 순간, 심상치 않은 소리
가 들렸다. 그들은 모두 소리가 난 곳을 향했다. 가까운 맞은

편 지붕 위에 20세가 안 된 젊은 여자와 흰 수염이 탐스러운 노인이 로브를 걸치고 지팡이를 든 채 나타났다.

"그 성문은 그렇게 쉽게 열리지 않는다! 모두 항복해라! 그러면 목숨만은 살려줄 것이다!"

"쳐라!"

발보아는 상대가 마법사임을 알고 곧장 공격했다. 콘셉시온도 뒤를 따랐다.

"헬 플레임! 실드!"

꽝!

발보아의 오라블레이드가 실드를 강타했다. 실드는 금이 갔지만 깨지지 않았고, 지옥의 화염 같은 검은 불길이 그와 일행을 향해서 뿜어졌다.

"으악!"

발보아는 스치는 것만으로 상처를 입었으며, 거의 절반에 가까운 용병들이 불길에 휩싸여 타올랐다. 돌담과 벽에 붙은 불길마저 꺼지지 않았다.

"주군! 피하십시오!"

후아나가 아리안의 앞을 막다가 불길에 타올랐다. 아리안이 놀라서 그녀를 잡으려고 했지만 이미 늦었다.

"후아나!"

후아나를 삼킨 검은 불길은 꺼질 줄을 몰랐다. 수련생들이 어찌할 바를 모르고 발만 동동 굴렀다. 그들 눈에서 일어난 불길은 눈물로도 사그라지지 않았다.

아리안은 자신이 키운 마스터가 적의 계략에 걸려 힘 한번 써보지도 못한 채 자신을 위하다가 죽는 것을 눈앞에서 목격하고 피눈물을 흘리며 이를 악물었다.

겨우 목숨을 부지한 용병들도 크게 놀랐다.

"와, 엄청나군. 동료들이 40여 명이나 죽었어."

"세상에, 헬 플레임이라니…… 7서클 마법이었어."

하지만 한번 금이 간 실드는 콘셉시온의 오라블레이드에 깨지고 말았다. 상처 입은 발보아는 피하지 않고 어느새 재차 공격하여 7서클 마도사와 4서클 마드렌을 단번에 쓸어버렸다.

"악! 마스터는 모두 기운을 잃었다고 했는데……."

왕세자의 약혼녀인 마드렌은 공격 한번 해보지 못하고 오직 그것만이 궁금했는지 끝까지 눈을 감지 못했다.

더구나 대륙에 몇 명 안 되는 7서클 마도사는 마스터가 없다는 말에 너무 가까운 곳에서 공격하다가 그만 참변을 당하고 말았다. 마스터와 40여 명의 용병을 단번에 죽이기는 했지만, 참으로 어처구니없는 일이었다.

아리안은 마드렌을 본 적이 있다는 생각이 들었으나 고개를 흔들어 곧 잊었다.

"성문을 열어라!"

"예, 저하!"

아리안이 다시 명령했다. 헤르메스가 성문을 열었다.

그그긍!

육중한 성문이 열렸지만, 누구도 앞으로 나서서 그들을 막는 병사는 없었다.

성문을 나섰다. 아리안이 주위를 둘러봤다. 병사는 한 명도 남지 않았고, 50명의 기사 중에서 성문을 나선 자는 단지 열두 명뿐이었다. 수련생도 다섯 명이나 보이지 않았다. 주위에는 담에서 뛰어내리고 사방에서 병사들을 해치우던 용병 천여 명이 벽을 싸듯이 그들을 경호했다.

"음!"

아리안의 눈에서 피눈물이 흘렀다. 아리안 몸에는 두 대의 화살이 박혀 있었다. 아리안은 자신의 몸에 박힌 화살을 뽑지 않고 거치적거리지 않게 몸 밖으로 나온 부분을 잘라 버렸다.

뚝!

아리안의 전신에는 피가 흘러 붉게 물들었다. 수련생들은 자신들도 상당한 상처를 입었는데도 주군의 모습을 보니 자신의 잘못인 듯싶어서 어금니를 깨물었다.

'주군~!'

다른 자들도 아리안과 같이 출혈을 막으려고 화살대만 잘랐다. 아리안 일행 29명에게는 모두 크고 작은 상처가 무수히 많았다. 그들의 옷은 모두 피로 물들었지만 눈빛만은 이글이글 타올랐다.

"주군!"

아리안은 마하비라가 가리키는 곳을 봤다. 수를 헤아릴 수 없는 철갑기마부대가 그들을 기다리고 있었다.

"가자!"

"예, 주군!"

주군이 명하시면 그곳이 검산도해든 아비지옥이든 간에 나의 갈 길이 되리라.

그들은 이를 악문 채 묵묵히 검을 고쳐 잡고 아리안의 뒤를 따랐다. 그들이 걷는 걸음마다 핏자국이 흔적을 남겼다. 어디선가 용권풍이 불어와 그들이 걷는 앞길을 휩쓸고 지나갔다.
휘~ 잉!

*　　　*　　　*

"뭐라고? 주군이 적의 계략에 빠져 몸의 마나를 전부 잃고 위험한 지경에 놓였다고?"
"세상에, 사절단을 공격하는 자들이라니, 완전히 막가기로 작정했군."
"가자. 그들이 누구의 분노를 샀는지 보여주자."
수련생들은 놀라운 이야기를 듣고 펄쩍 뛰었다.
"나는 군사에게 갈 테니 애들을 모아서 출정 준비를 서둘러라!"
"알았어."
마데라는 급히 왕궁으로 가서 포르피리오를 만났다.
"포르피리오 백작님! 포르피리오 백작님!"

포르피리오 군사는 레슬리와 이야기를 나누는 중이었다.

"들어오세요."

"군사님, 어떻게 하실 겁니까?"

마데라는 숨도 쉬지 않고 질문부터 했다.

"먼저 물부터 마시게."

마데라는 군사의 표정이 무척 신중한 것을 알고 그가 권하는 물부터 마셨다. 포르피리오 백작은 물을 마시고 컵을 내려놓은 마데라에게 엄중한 음성으로 말했다.

"마데라, 지금은 아주 중요한 시기네. 그리고 자네들이 가장 중요한 일을 맡아줘야겠네. 주군께서 떠나신 후 백만 대군이 국경 가까운 곳에서 훈련 중이지. 그들에게 출정 준비를 서두르라는 명을 이미 내렸네."

포르피리오 백작은 단호한 음성으로 이어서 말했다. 레슬리 기사단장이 3,000명의 기사단을 이끌고 국경으로 가서 그곳에서 대기 중인 10만 기마부대와 함께 국경을 넘을 것이고, 이어서 백만 대군이 국경을 초토화시킬 예정이라는 말이었다.

"레슬리 단장과 자네들은 국경을 넘는 즉시 주군께 달려가면 되네. 주의할 것은 절대 단독 행동을 하지 말게."

"알았습니다, 군사님!"

마데라와 레슬리는 입술을 깨물며 함께 대답했다. 포르피리오 백작은 다시 마데라를 응시했다.

"레슬리 단장의 명을 받아 추호의 어김도 없어야 할 것이야. 흩어진 힘은 별것 아니지만, 그대들이 단장님의 명을 받아 일

사불란하게 움직인다면 대륙은 주군께 고개를 숙이고 말 것이
네."

포르피리오 백작은 엄중한 표정으로 재삼 못을 박았다. 마
데라는 굳은 표정으로 대답했다.

"명심하겠습니다, 군사님!"

"그대들도 기사 복장을 하도록 하게. 적은 기사단 전체가 마
스터 군단이 아닌지 의심할 테고, 그렇게 되면 제대로 힘을 발
휘하지도 못하겠지."

"그렇겠군요. 알겠습니다."

"출발!"

그날 오후 3,000명의 기사단은 즉시 출동했다. 은빛으로 번
쩍거리는 풀 체인 메인 갑옷을 입고 투구를 썼으며, 붉은색 망
토가 바람에 휘날렸다.

레슬리 단장의 지휘를 받으며 말을 달리는 3,000명의 기사
단의 위용은 참으로 장관이었다.

따그닥따그닥!

수련생 20명도 기사 복장을 갖췄다. 그들은 전력으로 달렸
다. 밤에도 마법사가 불을 밝힌 가운데 쉬지 않고 달렸다.

그들의 귀에는 동료들의 안타까운 신음이 들리는 듯했다.
피를 흘리며 정면을 바라보는 주군의 모습이 보이는 듯싶었
다. 그들은 이를 악물고 고삐를 당겼다.

새벽이 되어 중도에 있는 성 성문 앞에 도착하자 벌써 연락

을 받고 식사 준비가 됐으며, 힘이 넘쳐 투레질하는 3,000여 필의 말까지 그들을 기다렸다. 그들은 그곳에서 한 시간을 쉰 뒤에 다시 말을 타고 달렸다.

기사단은 해가 진 뒤에야 또 다른 성에 도착했다. 그들이 도착한 곳에도 영접 준비가 완벽했다. 마치 왕국이 나서서 그들을 배웅하는 기분이었다.

"와, 왕국 전체가 우리를 한 시간이라도 빨리 보내려고 릴레이 경기를 하고 있어."

"그만큼 포르피리오 군사의 능력이 탁월하다고 해야겠지."

"지금쯤 주군은 어떻게 하고 계실까?"

마스터 기사들은 저마다 한마디씩 하면서 놀라워했다.

"역시 조직의 힘이란 엄청나군."

"맞아. 우리끼리 출발했으면 좀 더 빨리 가기는 했겠지만, 싸울 때는 이미 기진맥진했을 거야."

그들은 조직의 엄청난 힘을 그제야 실감했다. 조직은 개인의 힘을 극대화시켰다. 그들은 같은 과정을 거쳐 한 시간 후에 출발했다. 이번에는 마법사 몇 명이 라이트를 밝히면서 날이 밝을 때까지 동행했다.

그들은 그날 밤 마침내 국경성에 도달했다. 레슬리가 기사단에 명령을 내렸다.

"우리는 이곳에서 잠시 쉰다. 기운이 빠진 상태에서 국경을 넘다가는 오히려 그곳에서 발목을 잡힐 수도 있다. 그들이 태대공 저하의 능력을 들었으면서도 그런 계략을 짰다는 것은 그만큼 준비를 충분히 했다는 뜻이 된다. 자신의 몸을 최고의 상태로 만들어야만 한다. 식사하고 목욕한 후 푹 쉬도록 해라! 내일 아침 식사 하고 나면 태대공 저하를 안전히 모실 때까지 잠시의 쉴 틈도 없을 것이다."

수련생들도 레슬리의 명령대로 식사한 후 지정된 숙소로 가서 호흡 수련을 했다. 시간은 말없이 흘렀다. 그들은 몸에서 왕성하게 구비치는 엄청난 마나를 느꼈다.

"기상! 기상!"

기사와 수련생들은 날이 밝기 전에 일어나서 식사한 후, 비상식량과 물통을 받아 허리에 찼다. 레슬리가 지휘하는 3,000명의 기사단이 국경에 도착하자, 안내하는 사람과 10만 기마대가 이미 만반의 준비를 한 채 그들을 기다리고 있었다.

"이쪽으로 오십시오."

그들은 안내하는 사람을 따라 모렐로스 왕국 국경성을 우회하여 국경을 넘었다.

"공격!"

그리고 주군이 애타게 기다리는 왕성을 향해 붉은 망토를 휘날리며 달려갔다.

'주군, 조금만 기다려 주십시오. 곧 모시러 도착할 것입니다. 그리고 우리 앞을 막는 것이라면 그게 무엇이든지 간에 부숴 버릴 것입니다. 비록 그것이 하늘이고 운명이라 할지라도!'

*　　　*　　　*

왕성 앞 평원에 황량한 바람이 모래를 휘날리며 을씨년스럽게 불었다.

쌩~!

대륙 제일이라는 주비스 제국 1만 철갑기마대의 위용이 평원을 뒤덮었다. 백 명 단위로 나뉜 백 개의 소부대가 묵묵히 그들을 바라보며 명령을 기다렸다.

말 전체를 철갑으로 둘러쌌고 기사들마저 완벽한 갑옷으로 무장한 채 눈만 드러낸 철갑기마대. 가히 대륙 제일이라고 일컫고, 그들이 지난 자리에는 온전히 남은 것이 없다는 그들의 위용에 평원의 공기마저 무겁게 가라앉는 것 같았다.

해는 어느덧 서산에 걸렸다. 성벽 위에는 수많은 사람들이 이 놀라운 광경을 구경하려고 몰려들었다.

"사령관님, 곧 해가 질 것 같습니다."

"저들 중의 한 명이라도 놓치면 안 된다. 지금 공격하면 틀림없이 몇 명은 산속으로 도주하고 말겠지. 우선 완전히 포위하도록 해라!"

"예, 사령관님! 신호수! 포위 대형으로 전환해라!"

뿌우~ 뿌뿌우~!

쿵쿵! 쿵쿵!

육중한 철갑기마대는 움직이는 소리만으로도 지축을 흔들어 적의 간담을 서늘하게 만들었다.

철갑기마대 기사는 물론이고 그들이 탄 말조차 온통 철갑으로 둘러서 화살도 뚫지 못할 듯했다. 그들의 말은 엄청난 철갑 무게를 감당하려고 특별히 고른 놈들이라 일반 말보다 월등히 컸다. 사방은 철갑밖에 보이지 않았으며, 공격할 틈 역시 존재하지 않았다. 그들은 아리안 일행 천여 명을 완전히 포위했다. 백 명 단위의 철갑 담이 평원에 형성됐다.

"야, 대단하다. 철갑기마대로 만든 담장이야. 정말 안전하겠는데."

"네가 한번 저 속에 들어가 볼래? 지금 저 안에 있는 자들은 엄청난 압박감에 숨 쉬기도 어려울 거야."

"젠장, 마치 들어가 본 사람처럼 말하면서 사람 기죽이는군. 넌 들어가 봤어?"

뿌우~ 뿌우~

이때, 공격을 알리는 뿔 나팔 소리가 울리고 1개 대 백 명의 철갑기마대가 천천히 움직였다. 그리고 속도는 점차 빨라졌다.

"발보아, 콘셉시온, 내게서 10m 떨어져서 삼각 지점을 만들어라. 그 뒤를 5m 간격으로 헤르메스와 수련생들이 선다. 기사와 용병들도 같은 간격을 유지하라! 전체 폭은 20m다! 더 넓히면 위험하다!"

"예, 저하!"

그들은 아리안의 명대로 시급히 삼각 대형을 이뤘다. 철갑기마대가 속력을 증가했다. 무엇이든 부딪치면 박살 날 듯싶었다.

쿵쿵!

천천히 달리던 철갑기마대의 속력이 서서히 빨라졌다. 기마
대 속력이 어느 정도 빨라지면서 평원의 긴장감은 고조됐다.

"쓸어버려라!"

"와!"

백인대장이 검을 높이 치켜들고 외치면서 아리안에게 달려
들었다. 백인대장의 명을 받은 기마대가 창을 높이 세운 채 달
려들었다. 말과 말 사이는 한 마장(말 한 필의 거리)이었다. 가
속도를 받은 기마대는 마치 어마어마한 파도가 밀려드는 듯했
다.

"공격!"

기마대의 창이 '앞에 창' 자세로 변했다. 허공을 가르는 백
인대장의 검이 석양빛을 받아 반짝였다.

바로 그때, 아리안의 외침이 허공을 갈랐다.

"일념이 하나의 검을 이루니!"

삼각 대형을 이룬 자들의 검이 일제히 하늘을 가리켰다. 아
리안 일행이 검을 고쳐 잡았다.

"산천이 화답하고 강물이 치솟는다."

하늘을 가리켰던 검에서 우레가 진동하고 번개가 번쩍였다.

"누가 있어 검의 길을 논하랴."

허공이 비통함에 젖었는지 찢어지는 듯한 소리를 내며 회오
리가 몰아쳤다. 철갑기마대 선두가 회오리 속으로 들어섰다.

"오직 일 검이 있어 스스로 빛을 발하도다."

아리안의 검이 거대한 검으로 바뀌어 허공을 갈랐다.

"컥!"

철갑기마대 백인대장은 단지 재수없게 그 허공 속에 있었을 뿐이다.

아리안의 검에서 비록 오라블레이드는 형성되지 않았지만, 자연검을 깨달았던 그의 검은 보통 인간이 상상할 수 있는 한계를 넘어섰다.

백인대장의 상체가 검을 내려치다가 땅으로 떨어졌지만, 그의 말은 계속 달렸다. 다시 휘두른 아리안의 검에서 검은색 번개가 치면서 그 뒤에 다가오는 열 명 중 네 명을 말 등에서 떨어뜨렸다. 철갑기마대 첫줄 여섯 명이 아리안 양쪽으로 나뉘어 파고들며 공격했다.

발보아와 콘셉시온은 자신에게 달려드는 세 명 중 정면의 기사를 오라블레이드로 기수와 말을 한 번에 잘랐다. 그 뒤에 수련생들이 좌우에서 나머지 1명씩을 처리했다.

아리안이 철갑기마대의 가장 중심축을 무너뜨리면 그 뒤에 있던 마스터가 또다시 좌우 중심을 무너뜨렸다. 하지만 선천지기를 사용했던 아리안의 체력은 점점 약해졌다.

여섯 번째 열에서는 겨우 두 명을 쓰러뜨렸고, 갈수록 뒤의 부담이 커졌다. 결국 수련생도 미처 처리하지 못한 기마대가 용병에게 닥치자 피해가 발생했다.

"기수를 상대하지 말고 말의 다리를 잘라 버려!"

그때부터 용병들은 철갑기마병을 상대하지 않고 철갑기마

의 다리를 공격해 나갔다. 철갑기마는 무릎까지 철갑으로 덮었으나, 그 아래는 무방비 상태였다. 기마병은 말의 다리를 자르려는 용병을 창으로 찔렀다. 그동안 반대편 용병이 말의 다리를 잘랐다.

말에서 떨어진 철갑기마병은 떨어진 충격에 죽거나 용병 손에 죽었다. 떨어진 자들은 움직이는 것마저 힘든 모양이었다.

어느덧 해가 산 너머로 사라졌다.

"세상에, 철갑기마병 제1백인대가 전멸입니다, 사령관님! 네 개 백인대로 사방에서 공격해 쓸어버리는 게 좋을 듯싶습니다."

그러나 사령관은 생각하는 바가 있는지 고개를 흔들었다.

'혼전이 되면 아리안을 놓칠 수가 있어. 다른 자는 다 놓쳐도 그자만은 잡으라는 황제의 명이야.'

"그만둬라! 어두운데 공격하면 우리 측 피해도 더욱 커지고 적이 달아날 확률도 늘어난다! 포위를 풀지 말고 그대로 밤을 지내도록 해라!"

"예, 사령관님!"

철갑기마대에서 백기를 앞세운 자들이 나타나서 전우의 사체를 가져갔다. 용병들도 동료의 시신을 수습하면서 철갑기마의 사체도 함께 옮겼다. 그들은 철갑기마 사체로 담을 만들었다. 비록 피 냄새가 진동했지만 바람을 피할 수 있었다.

"크크, 식량으로 담을 만들었군."

"덕분에 굶을 염려는 없잖아."

"그렇군."

전장에서 말고기를 먹는 일이 흔한 일은 아니지만, 그렇다고 전혀 없는 일도 아니었다. 보급이 끊어지면 살아 있는 말도 죽였다.

철갑기마대는 교대로 식사를 하면서도 아리안 일행에 대한 감시를 늦추지 않았다. 사방은 점차 어두워졌다. 그들은 아리안 일행의 도피를 막으려고 사방팔방에 모닥불을 피웠다.

"와! 모닥불을 저렇게 피워놓으니까 그것도 제법 멋스럽군."

성벽 위에는 많은 백성이 올라가 평원의 불빛을 바라봤다.

"정말 대단하다. 대적할 상대가 없다는 철갑기마대 백인대를 전멸시키다니……."

"흠, 철갑기마대는 따뜻한 식사를 하는데 사절단 일행은 손가락만 빠는군. 내일은 일찌감치 결판이 나겠어."

"주군, 건량밖에 없지만, 조금 드십시오."

발보아가 아리안에게 물과 건량을 두 손으로 건넸다.

"이것은 어디서 났나?"

"용병들이 의뢰를 받아서 나갈 때는 언제나 건량 준비를 최우선으로 합니다."

"흠흠, 이건 또 무슨 냄새지?"

아리안이 구수한 냄새를 맡고 궁금하다는 듯이 물었다.

"오늘 잡은 신선한 고기를 굽는 중입니다."

"그래? 싸우는 동안 굶지는 않겠군."

"그렇습니다, 주군. 한데 문제는 내일이 아닐까요? 그들 백 인대 하나가 전멸했는데도 너무 여유가 있습니다."

이때, 수련생들과 헤르메스, 콘셉시온이 옆으로 다가왔다.

"모두 앉아라."

"주군, 왕국에 연락은 취하셨나요?"

파라미가 자리에 앉으며 말했는데, 걱정스런 안색을 지우지 못했다.

"연락은 했으나 아무리 빨라도 열흘은 걸리지 않을까? 이쪽 상황이 전달되는 데는 사흘 정도 걸리겠지만, 병사들이 오는 것은 쉽지 않아서 열흘은 걸리지 않을까 싶다."

"저하, 화살촉을 뽑지 않으셨는데, 괜찮겠습니까?"

"어쩔 수가 없다. 지금 몸속에 박힌 화살촉을 뽑으면 오히려 출혈 때문에 위험해질 수가 있다. 그리고 화살이 박히고 시간 이 지난 후에는 살이 엉겨서 그대로 뽑으면 상처가 엄청 커지 니 감당이 안 된다."

아리안의 이야기를 듣는 사람들의 안색은 침중했다. 수련생 들은 지금까지 아리안이 없는 대륙은 생각해 본 적이 없다. 언 제나 인간의 범주를 뛰어넘는 능력을 발휘했기에 그의 눈에서 벗어나지 않으려고 노력했다.

한데, 그도 죽을 수가 있다니……. 이제 생명과도 같은 주군 을 위해서 더욱 노력해야만 할 것이다. 그들은 입술을 꼭 깨물 었다. 그리고 그들의 머리에는 엉뚱한 생각이 떠올랐다.

'아, 주군은 인간이었구나.'

아리안이 그들을 쭉 둘러보고 조용한 음성으로 말했다.

"내일 결전이 시작되면 저들은 궁수부대를 동원하거나 쉴 새 없이 공격을 해올 것이다. 정상적인 방법으로는 내일을 넘길 수가 없다. 그러니 지금부터 주위에서 주먹 크기의 자갈을 주워 와라!"

"예, 주군!"

수련생들은 뿔뿔이 흩어져서 자갈을 주워 오기 시작했다. 아리안은 적당한 크기의 자갈들을 골라서 한쪽으로 모았다가 원하는 숫자가 되자 자갈에 자신의 피를 조금씩 묻혔다. 아리안은 그 자갈들을 자루에 넣어서 들었다. 그리고 천천히 걸어가며 하나씩 평원 곳곳에 떨어뜨렸다.

"사령관님, 저들이 우리 진영을 살피며 돌아다니고 있습니다. 어떻게 할까요?"

그들의 행동을 보고받고 이를 확인한 부관은 철갑기마부대 대장에게 보고했다.

"그들이 도발해도 방어와 감시만 잘하고 그대로 두어라. 우리의 경계 상태를 파악하여 도주할 기회를 노리거나 우리가 기습하지 않을까 염려하는 거겠지."

"알겠습니다, 사령관님!"

부관이 명령을 받고 사령관 막사에서 나가자, 그도 밖으로 나와서 아리안 일행을 바라봤다.

'참으로 놀라운 사람이야. 약관의 나이에 어떻게 그런 검법을 사용할 수 있을까. 정말 죽이기는 아까운 사람이지만, 황제의 명이 지엄하니 어쩔 수가 없구나. 오늘 밤만은 그대에 대한 예의로 습격하지 않을 테니 푹 쉬도록 하게.'

운명의 날이 밝아왔다. 철갑기마대 사령관은 눈을 뜨자마자 부관을 불러서 물었다.

"부관, 저들은 어떻게 하고 있나?"

"사령관님, 저들은 불안한 가운데서도 차분히 식사 준비를 하는 중입니다. 적이기는 하지만 정말 놀라운 자들입니다."

"그런데 식사 준비라니, 뭐로 준비한단 말인가?"

"사령관님, 말씀드리기 송구합니다만, 안개 때문에 보이지는 않아도 냄새로 볼 때 그들은 우리 철갑마 사체를 불에 굽고 있습니다."

"에이, 괘씸한 놈들. 공격 준비를 서둘러라!"

"예, 사령관님!"

뿌우~ 뿌우~

공격 나팔 소리가 울려 퍼졌다. 평원에는 안개가 자욱하게 끼어서 아직도 허리 아래는 보이지 않을 정도였다.

쿵쿵! 쿵쿵!

철갑기마대가 천천히 움직이는 소리가 평원을 진동했다.

둥! 둥! 둥! 둥!

이번에는 북소리가 울렸다. 기마대는 북소리에 맞춰 사방에서 조금씩 거리를 좁혔다. 참으로 잘 훈련된 정병이었다. 아리안도 그 광경을 보고 감탄했다.

"정말 탐이 날 정도로 잘 훈련됐군."

"그렇습니다, 저하! 용병들을 전투 준비 시킬까요?"

"아직은 아니다. 절대 움직이지 말고 제자리를 지키라고 명령해라. 잘못 움직이면 그대로 목숨을 잃고 말 것이다."

"예, 태대공 저하!"

발보아는 공손히 대답하고 일어났다. 좀처럼 이해가 되진 않았으나 아리안의 명령을 수신호로 전했다. 아리안의 행사는 항상 상식을 벗어나 있었지만, 어느 것 하나 놀랍지 않은 것이 없었기 때문이다.

뿌뿌우~ 뿌뿌우~

다시 뿔 나팔 소리가 울리고, 천천히 포위망을 좁히던 철갑기마대가 멈추더니 사방에서 두 개씩의 백인대만 앞으로 나서서 계속 전진했다.

둥! 둥! 둥둥! 둥둥! 둥둥둥둥!

북소리가 점점 빨라졌고, 북소리에 맞춘 기마들도 점차 속도를 올렸다. 평원의 안개가 철갑기마의 속도와 힘에 놀랐는지 위로 퍼져 올라갔고, 그들의 모습마저 감춰 버렸다. 사방에서 200명씩의 철갑기마대가 거리를 점차 좁혔다. 가운데 갇힌 자들은 여전히 식사하는 중이었다.

"아니, 저자들은 지금 뭐하는 거야?"

이른 새벽부터 성벽 위에서 자리를 잡았던 사람들은 그들의 행동을 도저히 이해할 수가 없었다.

"보면 몰라? 밥 먹는 중이잖아. '오늘 굶은 한 끼, 평생 되찾을 길 없다', 유랑시인의 단골 메뉴도 몰라?"

철갑기마대로 인해 높이 솟구쳤던 안개는 아리안 일행마저 덮어버렸다. 말발굽 소리는 계속 우렁차게 들렸지만, 어떤 비명도 들리지 않았다.

"아니, 벌써 격돌하고도 남을 시간인데 너무 조용하군. 안 되겠다. 백인대 두 개 대를 각기 사방에서 보내어 장난치지 못하게 저들을 밟아 죽여라!"

"예, 사령관님!"

뿌뿌우~ 뿌뿌우~

모두 여덟 개 백인대가 사방에서 공격했다. 지축이 울리는 굉음과 함께 안개를 헤치고 공격했던 그들의 소식이 끊겼다. 이젠 말발굽 소리도 들리지 않았다.

"저, 저런! 이건 마법이야, 마법! 800명의 철갑기마대면 적이 있는 자리를 모두 메우고도 남았을 텐데."

"그렇습니다, 사령관님! 곧 마법사를 불러오겠습니다."

"마법사를 모셔 와라!"

부관의 호통이 들리고 부하들이 급히 뛰어갔다. 자욱한 안개가 한쪽에는 답답한 상황을 만들었고, 다른 쪽에서는 하늘

의 도움으로 여겼다. 전투는 새로운 국면을 맞이하고 잠시 소
강상태에 접어들었다.

성벽 위에서 모든 것을 안다고 떠들며 구경하던 사람들마저
숨을 죽였다. 태양은 점차 머리 위로 떠올랐으나, 안개는 사라
지지 않았다.

"사령관 각하, 부르셨습니까?"

5서클 마법사로 철갑기마대 전속 마법사인 해리스가 달려
왔다.

"해리스 마법사, 저 앞에 펼쳐진 게 마법인가?"

"사령관 각하, 여기서는 알 수가 없습니다. 좀 더 가까이 다
가가서 확인해 보겠습니다."

"아니, 저렇게 대단위 환상 마법이 펼쳐졌는데 모르겠단 말
인가?"

"사령관 각하, 대단위 환상 마법이 실현됐다면 당연히 알 수
있습니다. 지금 마나의 이상 징후는 느껴지지만, 광역 마법이
펼쳐진 마나의 흔적은 조금도 없습니다, 사령관 각하!"

"알았네. 가서 살펴보게."

해리스는 아리안 일행이 있는 곳까지 다가가서 자세히 살폈
다.

'그거 참으로 이상하군. 분명 마나의 비틀림이 느껴지는데
도 마법의 흔적을 찾아볼 수가 없으니 도대체 어떻게 된 거야?
혹시 저들 중에 드래곤이라도 있다는 건가? 아니야. 설사 드래

곤이 있다고 해도 이처럼 흔적을 전혀 못 찾을 수는 없어. 좀 더 가까이 가볼 수밖에 없겠군. 마법사가 새로운 현상을 보고도 두려워서 연구하지 못한다면 이미 마법사가 아니지.'

해리스는 마침내 결심하고 고개를 돌려 백인대장을 봤다.

"조금 더 가까이 가서 살펴봐야겠어. 내 몸을 밧줄로 묶어주게. 만약 밧줄이 흔들리거나 내가 위험하다고 여겨지면 잡아당겨 주게나."

"그러지요, 마법사님. 하지만 위험하지 않겠습니까?"

백인대장은 부하에게 밧줄을 가져오라 명령하고 걱정스런 눈빛으로 마법사를 쳐다봤다. 5서클 마법사는 제국에서도 백작 대우를 하는 고귀한 존재였다.

"그러니 살펴보려는 것일세. 분명 마나의 비틀림은 느껴지니까."

"알겠습니다, 마법사님. 그럼……."

백인대장은 대답하고 부하에게 눈짓을 했다. 부하는 마법사의 몸을 언제든지 당기면 딸려오도록 조이지는 않고 단단히 묶었다. 마법사는 자신을 묶은 밧줄을 손으로 만져 보고 당겨본 후 고개를 끄덕였다.

"불편하지 않으면서도 단단해. 잘 묶었군. 자, 그럼 내 목숨을 부탁하네."

마법사는 천천히 마나가 뒤틀린 곳으로 걸어 들어갔다. 진이 펼쳐진 곳은 한낮인데도 안개가 사라지지 않아서 확연히 차이가 났다. 마법사가 안개 안으로 한 발만 집어넣고 잠시 기다렸다. 밧줄을 잡은 병사들이 긴장하여 밧줄을 잡은 손에 힘을 더했다. 바라보는 사람들 중에서 침을 삼키는 소리가 들렸다.

"꿀꺽!"

마법사는 그 소리에 놀랐는지 재빨리 발을 뺐다가 아무런 일도 일어나지 않은 것을 확인하고 숨을 크게 들이마신 뒤 마법을 펼쳤다.

"흐~ 읍, 실드!"

곁에 있던 부관은 마법사 몸 주위에 보호막이 형성된 것을 보고 훨씬 안심이 되어 고개를 끄덕였다. 마법사는 잠시 후에 다시 발을 집어넣고 안심이 됐는지 몸까지 안개 속으로 집어넣었다.

뚝!

순간, 밧줄이 끊어져서 바닥에 떨어졌다.

"해리스님!"

"마법사님!"

부관과 병사들이 놀라서 그를 불렀지만, 그는 그대로 사라졌다. 부관이 끊어진 밧줄을 주워서 잘린 단면을 살폈다. 뜨거운 열기가 순간적으로 자른 것처럼 밧줄 끝이 살짝 녹아 있었다.

"백인장, 자네 대원들로 안개 주변을 지키게. 절대 안개 안으로 들어가서는 안 된다."

"예, 부관님!"

부관은 백인장에게 명령하고 끊어진 밧줄을 들고 급히 사령관 막사를 향해 뛰었다.

그 광경을 성벽에서 구경하던 국왕의 눈이 휘둥그레졌다.

"아니, 저게 어떻게 된 일이지? 병사들이 갑자기 사라지잖아."

"정말 놀라운 일입니다, 국왕 전하."

놀라는 것은 안개 속의 용병도 마찬가지였다.

"세상에, 철갑기마대가 바로 코앞에 닥쳤는데도 식사 중단하고 공격할 준비를 하라는 명령이 없어서 의아했는데 도대체 이게 어떻게 된 일이지?"

"누가 알겠나. 어떤 의뢰든 간에 항상 부하보다 앞장서는 발보아 단장이 용병 모집한다는 소리를 듣고 왔을 뿐, 철갑기마대가 상대인 줄 어떻게 알았겠나."

식사를 하던 용병들은 조심스럽게 자신의 생각을 말했다. 그들이 놀라는 것은 어쩌면 인지상정이었다.

"맞아. 만약 저들을 상대하는 줄 알았다면 아무리 발보아 단장님이라고 해도 따라왔을 리 없지."

"그렇지. 하지만 이제 죽었구나 싶은 순간에 생각하지도 못했던 기적이 일어났어."

발보아는 용병들의 말을 듣고 쓰디쓴 미소를 지으며 아리안이 머무는 곳으로 갔다. 가부좌 자세로 앉은 아리안의 안색은 창백했다. 그의 머리 위에는 사방에 나뭇가지를 세우고 옷가지를 얼기설기 엮어 올려놔서 그늘을 만들었다. 그 주위에는 헤르메스를 비롯해 콘셉시온과 수련생들이 빙 둘러앉아서 그를 쳐다봤다.

"내가 사용한 것은 마법이 아니란다."

발보아는 아리안의 말을 듣고 놀라서 재빨리 한쪽에 앉았다.

"마법이 아니라고요? 주군, 그렇다면 신의 능력입니까?"

파라미가 경악하여 물었다. 이렇게 엄청난 현상이 마법이 아니라면 신의 능력 외에 무엇으로 설명할 수 있을까. 아리안은 미소를 지으며 말했다.

"인간이 하는 일에 신의 능력 아닌 게 어디 있겠느냐. 우리는 자신이란 말을 자주 사용한다. 이 말은 스스로 신이라는 것을 은연중에 깨우치도록 돕는 말이란다. 내가 신이기에 '나는 할 수 있다' 라는 말과 일맥상통한다고 봐야겠지."

"주군, 인간이 신과 같은 능력을 끌어내리려면 어떻게 해야 합니까? 호흡과 명상만 하면 되나요?"

가신들은 도저히 이해하기 힘든 일을 듣고자 귀를 집중했다. 지금까지 누구도 언급한 일조차 없었던 것이다.

"그렇지는 않다. 무지개가 일곱 가지 색을 나타내듯이 인간의 육체는 일곱 개의 중심축이 있는데, 이를 '차크라' 라고 부른다. 단전호흡과 명상은 제2, 4, 6의 차크라를 깨우는 방법이란다. 우리는 그것을 하단전, 중단전, 상단전이라고 부르지. 제1 차크라는 척추 끝과 항문 사이, 즉 회음부에 존재하고 제3

차크라는 배꼽이다. 제5 차크라는 감성을 지배하는 갑상선, 곧 인후부에 존재한다. 차크라를 깨우는 방법은 후일 시간이 날 때 천천히 하도록 하자."

"주군, 마법이 아니라면 그 놀라운 현상은 뭐죠?"

"그것은 진법이라 부른다. 마법은 마나의 흐름과 작용을 이해하고 복잡한 연산 방법을 통해서 자신이 쌓은 마나로 새로운 질서를 만드는 것이지. 하지만 내가 사용한 진법은 선천진기를 사용한단다."

아리안은 진법에 대한 설명을 이어갔다. 진법과 마법은 비슷한 듯해도 서로 다른데, 마법을 실현하기 위한 마나는 다시 보충이 가능하지만, 선천진기를 법기 대신 사용하면 생명을 단축시키는 방법이란 말은 차마 할 수가 없었다. 그러나 가신들은 예전에 선천진기는 보충할 수 없다는 말을 들은 적이 있기에 주군의 생명을 깎았다는 사실을 직감했다.

가신들은 아리안의 말을 듣고 깜짝 놀랐다.

'세상에, 가신이 주군을 위해 목숨을 바치는 일은 있지만, 주군이 가신들을 위해 스스로 생명을 깎는 일을 하다니, 들어본 적도 없는 일이잖아.'

"아니, 그럼 저희를 구하려고 진법을 사용하기 위해 주군의 생명을 깎아내고 있다는 뜻이 아닙니까? 주군, 제발 다른 방법을 찾아주십시오. 예?"

"주군!"

수련생들은 무릎을 꿇고 눈물을 뿌렸다. 헤르메스와 발보아, 그리고 콘셉시온 역시 그제야 상황을 직시하고 콧등을 씰룩거렸다. 어쩔 수 없이 아리안은 그들의 말을 인정할 수밖에 없었다.

"이게 어찌 너희만을 위한 길이겠느냐. 이것만이 지금 내가 취할 수 있는 최선임을 어찌 모른단 말인가. 너희는 내가 제2, 제3의 후아나가 내 앞에서 죽는 것을 봐야 한다고 여기느냐? 내가 방심했음을 부인하지 않겠다. 내가 그동안 자만했다는 것을 인정한다. 우리는 더욱 노력했어야만 했다. 그나마 다행한 것은, 너희의 중독이 보름 정도라야 중화될 것으로 판단했으나 의외로 빨라질 듯싶구나. 한층 더 노력하기 바란다."

"주군은 저희와 다른 것입니까?"

"내 육체가 너희보다 훨씬 더 순수했기에 타격이 더욱 심한 듯하다. 하지만 고치지 못할 것은 아니니 걱정하지 마라. 단지 너희보다 시간이 좀 더 걸릴 뿐이다."

헤르메스는 그제야 깨달았다. 그의 눈자위는 붉어지고 코는 씰룩거렸으며, 목이 메어 울먹거렸다.

'아, 주군의 상태는 의외로 심각하구나. 이처럼 대단위 진법을 펼치고 유지하기 위해 계속 피를 뿌려야만 하는 거였어. 그러기에 주군 옆에는 혈향이 사라지지 않았구나. 세상에 자신의 생명을 줄여가면서 부하를 살리는 분이 어디 있단 말인가.'

"주, 주군! 끄윽끄윽!"

"주군! 흑흑!"

가신들의 가슴은 갈가리 찢기는 듯했다. 기사들 역시 그 광

경을 지켜보고 저들이 그토록 충성을 바치는 이유를 그제야
깨달았다. 기사들은 주군과 가신 간에 도저히 떼어놓을 수 없
는 눈물겨운 진정을 발견할 수 있었다. 노블리아 왕국의 찬란
한 내일을 보는 듯했다. 그들은 가슴이 벅차올라 그대로 있을
수가 없었다.

"저하!"

그들은 오직 그 한마디만을 뱉은 후 무릎을 꿇고 말았다.

그렇게 일주일이 흘렀다. 아리안 일행은 점차 기운을 잃었
다.

*   *   *

진 밖에서는 수많은 전문가가 나서서 원인을 규명하고 공격
방법을 찾으려고 했지만 여의치가 않았다. 그렇다고 해서 포
위를 풀고 물러날 수도 없었다.

한편, 진법 밖에 사령관이 도착했다.

"사령관님, 가까이 가지 마십시오. 저 환상 마법은 악마의
저주입니다. 안개에 가려지는 순간 다른 세계로 빨려들어 가
는 것 같습니다."

"흠, 다른 세계로 빨려들어 간다? 어디 확인을 해볼까? 부
관, 마법사들을 불러라!"

"예, 사령관님!"

잠시 후, 왕국 마법사들이 도착해서 마법으로 공격했다.

"파이어 웨이브!"

"파이어 월!"

"그레이트 파이어!"

4서클이라고 할 수 없는 강력한 화염이 파도를 일으키며 안개를 소멸하려고 덮쳤으며, 가로 10m, 세로 3m 이상의 화염벽마저 공격에 가담했다.

"으악!"

6서클의 강력한 화염계 마법조차 오히려 강한 반탄력에 부딪쳐 마법사가 멀리 튕겨 나갔을 뿐이다.

"아니, 뭐 저런 게 다 있지?"

"젠장, 마법도 아니고, 도대체 저게 뭐야?"

"쓰벌! 드래곤 던전보다 더 지독하군."

마법사들은 고개를 절레절레 흔들며 손을 들어버렸다. 그들이 물러가자 사령관은 다시 부관에게 명령했다.

"부관, 화살을 있는 대로 모두 쏴라!"

"예, 사령관님!"

진을 둘러싼 9,000여 명의 철갑기마대원이 모두 활을 들고 명령을 기다렸다.

"쏴라! 화살을 남김없이 전부 쏘도록 해라!"

쏴아!

잠시 후, 화살이 일제히 진법 안으로 떨어졌다. 단 한 발도 진 밖에 떨어지지 않고 모두 안개 속으로 들어갔다. 그런데 화살은 그대로 사라졌는지 물건에 맞아 들려야 할 우박 쏟아지는 소리도, 사람이 맞은 듯한 그 어떤 비명도 들리지 않았다. 단지 안개 속을 통해 다른 세계로 사라졌는지 그대로 모습을 감출 뿐이었다.

철갑기마병들은 화살을 쏘고 또 쐈다. 그치라는 명령이 없으니 가지고 온 화살을 모두 쐈지만 그 어떤 변화도 보이지 않았다. 사령관은 도저히 이해할 수 없는 상황에 직면하자 순간적으로 멍하니 진을 바라봤다.

바로 그때, 아리안이 갑자기 피 한 모금을 안개를 향해 뿌렸다. 그리고 수인을 그렸다. 피를 머금은 안개가 갑자기 심히 요동했다. 평원에 이상한 굉음이 퍼지면서 안개가 삽시간에 평원 전체로 퍼졌다.

구궁~!

"앗! 사령관님!"

부관의 애타는 외침만이 평원을 외롭게 떠돌았다.

평원에 있던 철갑기마대원 모두 사라졌다. 안개만이 아직도 삼킬 것을 찾는지 평원 전체를 뒤덮고 넘실거렸다.

이때, 평원 한쪽에 긴급 전령임을 알리는 깃발을 든 한 필의 말이 나타났다. 전령은 늘 다니던 길이라 안개가 자욱했지만 무시하고 달렸다. 그러나 그도 안개 속으로 들어간 후 사라져 버리고 말았다.

성벽 위에서 평원의 상황을 흥미진진하게 지켜보던 사람들은 그만 기겁했다.

"세상에, 대륙 최강이라던 철갑기마대가 한 명도 보이질 않아."

"으악! 전령까지… 안개가 모두 삼켜 버렸어."

"싸워선 안 될 자를 건드려서 하늘이 노한 거야."

성탑 위에는 국왕과 태자, 그리고 중신들이 왕국의 사활이 걸린 일인지라 직접 지켜보고 있었다.

"구제프 후작! 아니, 이게 어찌 된 일인가?"

"국왕 전하, 황공하오나 소신도 아직 보고 받은 바가 없어서……."

"뭐라고요? 보고 받은 바가 없어서? 그럼, 후작은 저들이 계략에 넘어가겠다는 보고라도 받고 일을 진행했단 말이오?"

국왕 옆에 있던 수에르토 후작이 잔머리만 굴려서 대사를 망쳐 구제할 길이 없어진 구제프 후작에게 분통을 터뜨렸다.

"그만하시오, 수에르토 후작! 짐의 욕망이 화를 부른 게 아니겠소. 백년전쟁을 끝내고 함께 살길을 찾아보자고 방문한 사절단을 없애려 했으니 짐이 망령이라도 든 게 아닌가 싶소. 태자에게 제국을 넘겨서 조상의 한을 풀 수 있겠다는 착각이 그만…… 헉!"

국왕은 한 모금 피를 토하고 쓰러졌다.

"앗! 국왕 전하! 아직 끝난 게 아니옵니다, 국왕 전하!"

"어서 전하를 왕국으로 모시고 어의를 대기하라 일러라!"

수에르토 후작은 급히 어가를 호위하여 왕궁으로 돌아갔다. 구제프 후작은 성탑에서 평원을 내려다봤다.

"오, 하늘이시여! 저를 이 땅에 보내시고 어이하여 아리안마저 태어나게 하셨나이까?"

그는 비통한 심정으로 외친 후, 성벽 아래로 뛰어내리려다가 이상한 느낌이 들어 평원을 유심히 살폈다.

안개가 점점 사라지고 있었다.

"혹시?"

구제프 후작은 다시 뒤로 물러나서 평원을 계속 지켜봤다. 안개가 모두 사라졌다. 아리안 일행이 눈에 그대로 들어왔다.

"아, 하늘은 나를 버리지 않으셨어. 빨리 알려서 저들을 잡아야겠군."

구제프 후작은 탑에서 뛰어 내려갔다. 그는 그만 발을 헛딛고 몇 번 구르고 다리가 다친 듯했지만 그것은 아무래도 좋았다. 절뚝거리며 탑을 나선 그는 급히 왕궁으로 향했다.

"주군! 주군! 정신 차리십시오, 정신을……."

아리안이 대단위 진법을 펼쳤다가 결국 쓰러졌다. 시전자가 쓰러졌으니 진법은 필연적으로 깨지고 말았다.

안개가 사라졌고, 평원이 제 모습을 찾았다.

아리안은 피를 한계 이상으로 흘렸는지 창백하다 못해 파랗게 변한 채 정신을 차리지 못했다. 아리안 주위에는 가신들이 어쩔 줄 몰라 하며 '주군'을 불렀지만, 그는 묵묵부답이었다.

한데, 이상한 것은 진법이 깨졌으면 철갑기마대가 나타나야 하거늘 그들은 보이지 않고, 오직 철갑기마부대 사령관만이 멍한 표정으로 쓰러진 아리안을 지켜보고 있었다.

'아, 저자가 바로 이 이상한 현상을 만들어낸 자로구나. 아직 어린 듯한데 그처럼 놀라운 능력을 발휘하다니……. 이 이상한 현상이 깨졌으면 우리 대원들이 나타나야 하는데 도대체 그들은 어디로 간 거지? 흠, 저자가 깨어나야 알겠군.'

안개가 사라진 자리에 홀로 나타난 철갑기마부대 사령관을 가신들이 뒤늦게 발견했다.

"아니, 저자는 철갑기마부대 대장 아냐?"

"일단 저자를 제압해라!"

헤르메스가 발보아와 콘셉시온에게 명령했다.

"예, 경호대장님!"

두 사람이 검을 뽑아 들자, 그들의 검에서 선명한 오라블레이드가 드러났다.

"그만두어라. 그는 덤비지 않을 것이다."

아리안이 겨우 정신을 차렸다. 가신들이 희희낙락하며 일제히 한마디씩 했다.

"주군, 깨어나셨군요."

"오, 하늘님! 진정 감사합니다."

"주군, 다시는 몸을 상하게 하는 것은 하지 마세요. 예? 주군! 심장이 멎는 줄 알았습니다."

사령관은 지켜보는 사람의 마음마저 감동시키는 가신들의 모습과 아리안이 미소를 지으려고 얼굴을 찡그리는 모습을 보면서 잔잔한 감동을 느꼈다.

뿌우~! 뿌우~!

이때, 뿔 나팔 소리가 급박하게 울리고 모렐로스 왕도 성문이 열렸다. 왕성수비군 병사가 성문을 통해서 성 밖으로 쏟아져 나왔다.

"충성스러운 모렐로스 병사들이여! 국왕 전하께서 저들 때문에 승하하셨다! 저들을 모두 죽여 국왕 전하께서 편히 눈을 감게 해드리자!"

"죽여라!"

성문 앞에 집결한 병사들 앞에서 왕세자가 검을 높이 들고 병사들을 독려했다. 병사들이 평원을 바라보자 그렇게 무섭던 안개는 모두 사라졌고, 단지 천여 명의 용병만 눈에 띄었다. 그들은 왕세자의 말을 듣고 무기를 번쩍이며 달리기 시작했다.

"3만에 가까운 저들의 공격을 막으려면 철갑기마대가 있어야 합니다. 내 부하들은 어떻게 됐소이까?"

사령관은 파리한 안색의 아리안에게 안타까운 표정으로 물었다.

"그들은 아직 살아 있지만 다시 진법을 펼쳐야 나올 수 있습니다."

"나온다고요? 그럼 다른 공간으로 보냈단 말입니까? 혹은 다른 세계를 말하는 건가요?"

사령관은 너무 놀라서 연이어 질문했다.

"공간은 공간이되 다른 세계가 아니라 아공간이지요."

"세상에, 만 명이 들어가는 아공간이라니, 상상이 가지 않는군요. 드래곤의 아공간도 그보다 크지는 않을 것입니다. 한데 집어넣는 방법은 알아도 꺼내는 방법은 모르는 것입니까?"

"사령관, 말을 골라 하시오. 만일 우리 주군을 모독한다면 그 누구도 용서하지 않을 것이오."

헤르메스가 사령관의 말을 듣고 엄중한 음성으로 경고했다.

"모두 전투 대형을 갖춰라! 이번 고비를 넘기면 약속한 보상을 모두 열 배씩 지급하겠다."

"열 배? 와, 단장님, 화끈하다. 염려 마십시오, 발보아 단장님! 단장님의 허락이 없는 한 누구도 이 안으로 들어오지 못할 것입니다."

용병들은 의뢰금을 열 배로 주겠다는 발보아 단장의 말에 환호하며 무기를 고쳐 잡고 적을 노려봤다. 기마대는 죽은 철갑기마로 만든 담 가까이 다가왔다. 적 병사들도 전력으로 달려왔다. 발보아와 콘셉시온이 먼저 담 위로 올라섰다. 그들의 검에서 오라블레이드가 나오자 기마병들은 재빨리 그들을 피해서 일반 용병을 향해 달려들었다. 하지만 미처 보지 못하고 달려든 자들은 여지없이 검과 함께 오라블레이드에 잘려 나갔다.

"으악!"

말을 타고 담을 뛰어넘으려던 기마병들은 혼란에 빠졌다. 병사들이 도착했다. 그들도 마스터는 피하려고 돌아갔다.

"한 명을 죽이면 10실버다! 죽여라, 죽여! 국왕 전하의 원수

놈들이다."

"와, 죽여라! 10실버다."

양측 피해가 커지기 시작했다. 담이 돌파되면서 접전이 시작됐다. 기사와 수련생들, 그리고 헤르메스는 아리안의 곁을 지켰다. 수련생들도 싸움이 시작됐다. 그들은 달려드는 병사들을 단칼에 베었지만, 적의 수가 워낙 많았다. 조금씩 힘에 버거워지고 두 번, 세 번 검을 휘둘러야 했다. 자잘한 상처는 무시하고 적의 목을 잘랐다. 수련생들은 점차 피를 뒤집어쓰고 혈인으로 변해갔다. 몸에 맞은 후 제거하지 않은 화살이 행동을 부자연스럽게 했다.

빰빠라람~ 빰~ 빰~ 빰~! 빰빠라람~ 빰~ 빰~ 빰~!

평원 저쪽에서 나팔 소리가 들렸다. 먼지 구름이 일기 시작했다.

"옆 성에서 지원병이 오고 있다! 공을 빼앗기지 말고 모두 죽여라!"

"지원병 좋아하네. 우리 기마대다! 기마대가 오고 있어! 모두 힘내라!"

"봐라! 앞에 날아오는 자들은 바로 자랑스러운 마스터 기사들이다!"

그랬다. 앞에 오는 자들은 말이 달리는 것도 늦어서 답답했는지 공중을 날아오고 있었다.

"주군! 저희가 왔습니다!"

"개새끼들! 드디어 왔구나."

수련생들 눈에 눈물이 번졌다. 그들은 아리안 일행이 공격 받기 시작한 지 정확하게 8일 만에 도착했다. 아무리 빨라도 열흘은 걸릴 것이라고 여겼건만, 자지도 않고 먹는 시간까지 줄여가며 달려온 게 틀림없었다.

"감히 우리 주군께 검을 겨누다니… 모두 죽여라!"

꽝! 꽈꽝! 꽝! 꽝!

공중에서 휘두르는 그들의 검에서 벼락이 난무하고 번개가 평원을 지배했다. 그들은 추호의 두려움이나 망설임이 없었다. 누구도 분노한 그들의 검을 피할 수가 없었다. 왕세자는 언제 죽었는지 알 수조차 없었다.

그 광경을 직접 목격한 사령관은 경악했다. 3만 병사를 순식간에 없애 버린 그들은 인간일 리가 없었다. 공중으로 날면서 말을 하고 검을 휘두르면 병사들이나 기사를 가리지 않고 모두 무너졌다. 검을 들었으면 검과 사람이 같이 잘렸고, 말을 탄 자들은 말까지 동강났다.

곧이어 3,000명의 기사단과 10만 기마대가 도착했다. 레슬리는 멈추지 않고 명령했다.

"말에서 내리지 말고 곧장 왕성을 점령한다! 주군께서 쉴 곳이 필요하다! 공격!"

그들은 말을 그대로 달려서 왕성으로 향했다. 성문은 열린 채 그대로 있었다. 수련생들이 공중에서 붉은 망토를 휘날리며 싸우다가 일제히 아리안 앞에 무릎을 꿇었다.

"주군!"

그들은 파리한 아리안의 안색을 보고 더는 말을 잇지 못했다. 눈물을 펑펑 쏟는 그들을 보면서 사령관은 속으로 어금니를 악물며 다짐하고 또 다짐했다.

주군의 쉴 곳이 필요하다고 왕국을 지워 버리는 저들과는 결코 싸워서는 안 돼. 절대 인간일 리가 없어.

어느새 왕국은 점령됐다. 머지않아 아리안은 왕궁으로 옮겨졌다. 아리안은 화살촉을 제거하는 긴급 수술을 받은 뒤 깊은 수면에 들어갔다.

"주군은 어디 계시는가?"

포르피리오가 마법사와 함께 도착했다. 그는 들어오자마자 아리안부터 찾았다. 왕궁을 경호하는 기사는 침전을 손으로 가리키며 공손히 대답했다.

"태대공 저하는 침전에 계십니다."

침전 주위는 헤르메스의 경호팀과 수련생들이 물샐틈없이 지켰다. 40명에 가까운 마스터가 포함된 경호 세력은 어느 제국 황제도 꿈조차 꾸지 못한 일이었다. 헤르메스가 포르피리오를 맞이했다.

"포르피리오 백작, 어서 오십시오."

"헤르메스 대장, 고생이 많습니다. 주군은 어떠십니까?"

"지금 깊이 잠드셨는데, 차츰 좋아지고 계십니다. 들어가시지 않는 게 좋겠습니다.”

헤르메스는 조용한 음성으로 포르피리오 백작을 말렸다.

“그러지요. 깨어나시면 알려주기 바랍니다.”

“예, 그러겠습니다, 포르피리오 백작님!”

포르피리오는 정전으로 가서 레슬리를 찾았다.

“레슬리 대장은 어디 계시나?”

“오셨군요, 포르피리오 백작님!”

“레슬리 대장님! 전황은 어떻게 됐습니까?”

“명장 하심 카타트 백작이 이끄는 100만 대군 앞을 막아설 자가 어디 있겠습니까? 대체로 정리하는 수준이라고 합니다.”

“모렐로스 국왕과 왕세자는 어떻게 됐습니까?”

“모렐로스 국왕은 이미 서거했고, 왕세자는 전장에서 숨을 거뒀습니다.”

“레슬리 대장, 자세히 좀 말씀해 주시지요.”

포르피리오 백작은 레슬리 대장에게 자세한 내막을 물었다.

“국왕이 죽은 모습만 확인했습니다. 듣기로는 평소 지병이 있었는데, 신하의 말을 듣고 주군을 대적하려다가 어긋나자 심화가 솟구쳐 죽은 것으로 들었습니다. 왕세자는 주군께서 설치한 진법이 해제되자 왕성수비군을 동원하여 국왕의 원수를 갚겠다고 공격했다가 분노한 주군 제자들의 무차별 공격에 그만 유명을 달리하게 된 것이지요.”

“오히려 잘된 일이군요. 다른 특별한 일은 없습니까?”

“이번 사절단을 중독시켜서 죽이려고 계략을 꾸미고 주비스 제국 철갑기마대를 끌어들인 구제프 후작과 음모에 참여한 귀족과 그 가족들을 모두 감금하고 재산을 몰수했습니다."

"주비스 제국의 철갑기마대를 끌어들였다고요? 그들은 어떻게 됐습니까?"

포르피리오 백작은 계속 이어지는 레슬리 대장의 말에 놀란 표정을 감추지 않고 연방 물었다.

"백 명은 주군이 처치했고, 9,900명과 그들을 돕는 병참과 일반 병사는 모두 주군께서 아공간에 가뒀다고 들었습니다. 그들의 대장이 지금 영빈관에 있습니다."

"아공간에 갇힌 병사들의 생사는 어떻습니까?"

"주군께서 다시 진법을 펼쳐야 나올 수 있는 모양입니다. 한데 그 진법이란 것이 주군 생명의 희생으로만 펼칠 수 있다 합니다. 사령관은 주군께서 깨어나 선처해 주시기만을 기다리는 중이지요. 다른 것은 알려진 바가 없습니다. 아차, 이 모렐로스 왕국은 어떻게 할 생각입니까?"

자신이 목격한 이야기를 끝낸 레슬리 대장이 그제야 자신의 궁금한 점을 물었다.

"당연히 합병시켜야지요. 어설픈 왕족을 찾아서 넘겨줘도 몇 년 후에는 제2, 제3의 백년전쟁의 원인이 될 뿐이겠지요. 더구나 주군께서 피를 뿌려 얻은 땅이 아닙니까?"

"그렇군요. 당연히 그렇게 돼야겠군요."

두 사람은 서로 쳐다보고 고개를 끄덕인 후 이제 노블리아에 합병된 모렐로스 지도를 바라봤다.

"이제 노블리아도 제국이 되는 겁니까?"

포르피리오는 흐뭇한 표정으로 말하는 레슬리를 쳐다보며 미소를 지었다.

"그래도 제국을 표명해서는 안 되겠지요. 주군이시라면 이름보다 실속을 취하실 겁니다. 쓸데없이 다른 왕국과 제국의 눈총을 받을 필요는 없으니까요. 그리고 우리는 아직 갈 길이 멀지 않습니까?"

레슬리는 갈 길이 멀다는 군사의 말을 듣고 그에 대한 신뢰가 깊어지는 것을 느꼈다.

"암, 갈 길이 멀지요. 무척이나 멀고 먼 여정이 아니겠습니까?"

그들이 서로 바라보며 미소를 지을 때, 수련생들은 아리안이 누운 침전을 바라보며 안타까운 안색을 펴지 못했다.

"정말 너희가 고생했구나. 몸은 이제 회복됐니?"

"그래. 이젠 오라블레이드도 살아났어."

"정말 그렇게 당했다면 속수무책이었겠다."

동료의 말을 들은 그들은 고개를 끄덕이며 동감을 표했다. 참으로 그런 교묘한 계책에 당하면 누구든지 방법이 없다.

"맞아. 그리고 후아나가 주군 앞을 막아섰다가 불에 타서 죽자 주군께서 피눈물을 흘리셨어."

"피눈물을?"

"그래. 말씀은 하지 않으시지만 우리를 얼마나 아끼시는지 알겠더라고. 피눈물을 흘리시는 주군의 모습을 보고 있자니 가슴이 미어지는 듯했어. 더 열심히 수련해서 다시는 주군이 걱정하지 않으시게 해야겠다고 다짐했지."

그때, 아리안이 힘들게 눈을 떴다.

"주군! 정신이 드시옵니까?"

헤르메스가 감격스럽게 부르는 소리에 침전 문이 열리고 수련생 35명이 모두 침전 안으로 들어왔다. 아직도 파리한 아리안의 안색을 본 그들의 눈에는 물기가 가득했다.

그들은 아리안이 얼마나 소중한 존재인가를 새삼 깨달았다. 그들은 아리안이 참으로 고마운 스승이자 주군이라고 여겼었다. 그러나 그가 위기에 놓이자, 그들 생의 보람이자 삶 그 자체가 그대로 흔들렸다. 아리안은 이미 그들의 모든 것이었다.

몸이 변한 그들의 체격은 모두 성인과 별 차이 없었지만, 얼굴은 동안이고 마음은 더욱 여린 소년 소녀들이었다.

"주군! 흑흑!"

"엉엉! 주군!"

주군의 안색이 환자 같아서 눈물이 나왔고, 갑자기 부모님 생각이 나서 울음을 터뜨렸다. 웬일인지 몰라도 동료의 우는 소리를 듣자 더욱 서러움이 북받쳐서 눈물을 흘렸다.

눈물과 웃음은 참으로 전염이 빨랐다. 이유가 없다 한들 어떠하리. 그들은 한바탕 눈물교향곡을 합주했다. 눈물과 콧물이 이웃사촌임을 증명하고 나서야 한결 마음이 가벼워졌다.

"녀석들, 얼굴 좀 닦아라. 그게 뭐냐?"

"히히, 알았어요, 주군. 닦으면 되잖아요."

아리안의 말에 소년 마스터들은 그제야 안심이 되는지 서로를 쳐다보며 키득거리면서 소매로 닦거나 손으로 훔쳤다.

"에고, 녀석들아! 걸인협회에서 이달의 모범 걸인으로 뽑겠다. 그게 눈물콧물을 닦은 거냐, 바른 거지?"

"주군은요. 엘프들이 동족인 줄 알겠어요. 치!"

"히히히! 킥킥! 푸푸!"

그들은 마음껏 울고 웃었다. 아리안이 눈을 뜨고 그들에게 핀잔을 주자, 그들은 그게 너무나 좋았다. 헤르메스는 옆에서 웃음을 참느라 울상이 됐다.

"동료의 시신과 기사, 병사들의 주검은 찾았나?"

"예, 주군! 다행히 모두 찾을 수 있었습니다. 그리고 영빈관에 남았던 자들은 모두 살았습니다."

"잘됐군. 헤르메스, 포르피리오를 불러라!"

"예, 저하! 마침 이곳에 도착했습니다."

"음, 그래?"

아리안은 고개를 끄덕이고 수련생들을 한 사람씩 쳐다봤다. 그들은 자랑스럽게 아리안과 눈을 마주쳤다.

"다행이다. 모두 몸을 회복했구나."

"예, 주군. 한데 그게 무슨 독이기에 그렇게 무섭죠?"

"그것은 독이되 독이 아니란다. 음식은 모두 독특한 기운을 가지고 있고, 상생하고 상극하는 성질이 있지."

"주군, 상생과 상극이 뭔지 모르겠어요."

"만약 너희가 마늘을 많이 먹어 매우면 어떻게 하느냐?"

"그야 물을 마시죠."

그때, 연락을 받은 포르피리오가 침전으로 들어와 주군께서 학생들을 가르치는 광경을 보고 한쪽에 서서 조용히 경청했다.

학생들은 앉거나 서서 편한 자세로 듣는 중이었는데, 헤르메스만은 한마디도 놓치지 않으려는 듯이 눈을 반짝거렸다.

"그렇다. 그것도 일종의 희석하는 방법이지. 물을 많이 마셔야 효과가 있을 것이다. 하지만 너희가 즐겨 마시는 커피를 한 모금 입에 머금고만 있어도 매운맛은 즉시 사라진다. 바로 쓴맛이 매운맛을 누르는 것이고, 이를 상극이라 한다."

아리안은 오행의 상생과 상극을 천천히 알려줬다. 쓴맛은 매운맛을 누르고, 매운맛은 신맛을 누르며……

"인간이 무병장수를 원한다면 먹는 법, 말하는 법, 누고 싸는 법을 알아야 하는데, 마음을 비우는 게 가장 어렵듯이 싸는 법이 그중에서도 어렵단다. 인간이 원래 지녔다가 잃어버린 신과 같은 힘을 원한다면 보는 법, 숨 쉬는 법, 걷는 법을 깨우쳐야 하지."

"주군, 그걸 모르고 행하지 않는 사람은 없잖아요. 산 사람은 전부 그 행동을 할 텐데요."

"맞아. 그게 살아 있다는 증거가 아닌가요?"

수련생들은 모두 의아한 눈빛으로 서로 보며 고개를 끄덕이다가 다시 아리안을 쳐다봤다.

"그렇다. 모두 하고 있지. 하지만 잘못된 방법으로 하고 있다는 점이 문제다. 너희가 마스터가 된 것도 기본은 숨 쉬기임을 잊지 마라."

"아하, 그렇구나. 주군, 그래서요?"

"너희는 이제 겨우 숨 쉬는 방법을 배웠을 뿐이다. 걷는 법의 기초를 배우는 중이고, 보는 법은 아직 시작도 못했다."

아리안의 말에 수련생들은 신이 났고, 헤르메스와 레슬리, 그리고 포르피리오는 놀라움을 감출 수가 없었다. 참으로 단순하고 당연시하는 일에 그렇게 심오함이 감춰져 있을 줄이야. 그들의 눈은 점점 동그랗게 변했다.

"주군, 걷는 법은 정말 놀라워요. 한데 보는 법도 배우게 되나요?"

"그렇단다. 처음에는 멀리 보는 법을 배우고, 숙달하면 투시하는 법, 마음을 보는 법, 내일을 보는 법까지 존재하지만, 그 단계는 나도 공부하는 중이란다. 그리고 일반적인 걷는 법은 내가 움직인다. 만약 내가 지금 있는 곳을 밀면서 동시에 가고자 하는 곳을 끌어당기며 움직이면 잔상만 남게 되지."

"아, 주군, 이론은 가능할 듯싶어요."

"가능하다. 인간이 스스로 한계를 정하지 않는다면 능력은 무한해진다. 왜냐하면 인간의 한계는 신도 모르기 때문이란다. 인간은 신의 창조물이 아니다. 자신(自神), 즉 스스로 신인 존재가 온전한 신이 되려고 수련하는 과정이기 때문이란다. 물론 신은 인간을 창조할 수 있지만, 그런 인간은 짝퉁일 수밖에 없다. 그것을 아는 신이 자신의 짝퉁들을 시켜서 인간을 짝

통이라고 세뇌시켜 자신의 세력을 키우려고 하는 것도 비일비재하지."

아리안의 이야기는 어느 현자도 이야기한 적이 없는 새로운 학설이었다. 참으로 믿기 어려운 꿈과 같은 이야기였지만, 말한 사람이 그런 능력을 보이는 아리안이었다.

꿀꺽!

그들은 모두 눈을 동그랗게 뜨고 저도 모르게 침을 삼키며 이야기에 빠져들었다.

"스스로 믿어라! 자신은 진정으로 고귀한 존재며 무한한 능력을 지닌 신이라는 점을. 또한 바로 옆에 있는 동료가 자신과 같은 소중하고 놀라운 존재고, 스스로 신이 될 수 있도록 수련의 완성을 도울 동반자라는 것을. 스스로 종이라고 자처할 수밖에 없는 짝퉁과는 분명히 다른 존재임을 잊지 말아야 할 것이다."

우리는 스스로 종이라고 자처하는 짝퉁과는 분명히 다른 존재다.

"주군, 그럼 대륙에서 종교는 필요 없는 것인가요?"

"그렇지는 않다. 그들 신은 분명 우리보다 먼저 완성한 자들이다. 그들은 우리의 수련을 돕고, 아직 깨우치지 못한 자와 신의 수련 단계가 아니라 기초적인 연과 업에 시달리는 과정에서 벗어나지 못한 자들을 돕고 있기 때문이지. 그들의 잘잘못은 우리가 판단할 일이 아니다. 우리와 직접적으로 연관이 되지 않은 한 상관할 필요가 없다. 왜냐하면 서로 역할이 다르기 때문이란다."

아리안의 말이 끝났지만 누구도 움직이지 않았다. 아리안이 던진 말은 생각할 게 너무 많았다.

인간은 진정으로 고귀한 존재며 무한한 능력을 지닌 신이다. 또한 옆의 동료가 나처럼 존귀한 존재고, 신이 되는 수련의 완성을 도울 동반자다.

Chapter **02**

전신 시로코

대륙은 노블리아 왕국이 모렐로스 왕국과의 백년전쟁을 끝내고 합병한 사실을 알고 경악했다.

노블리아 왕국.

일개 상단이 부당한 성주의 정책을 거부하면서 일어난 성주와 상단의 싸움은 왕국과의 전쟁으로 확산됐다. 누구도 상단이 대륙에서 지워지리라는 것을 의심하지 않았다.

단지 평소 귀족의 권위를 내세워 평민은 인간 취급조차 하지 않던 자들에게 경종을 울렸다는 정도로 받아들여졌고, 그들의 의기를 높이 샀을 뿐이다.

그런 그들이 제국에 버금가는 국토를 차지했다. 무모할 정도로 뻗어가는 그들의 힘은 과연 어디서 나온 것일까? 대륙의 눈과 귀는 온통 노블리아로 쏠렸다.

"세상에, 상단이 제국이 되는 거 아냐?"

"아빌라 왕국과 모렐로스 왕국은 백년전쟁 중이어서 두 왕국의 군사력을 합치면 제국과 비슷하거나 오히려 우위에 있겠지. 정말 놀라운 일이야."

"크크, 상단이 왕국 두 개를 먹어버렸어. 할 일이 무진장 많을 거야. 당장 그곳으로 가야지."

사람들은 일감을 찾아 노블리아로 움직였고, 왕국과 제국은 그 사람들 틈에 정보원을 심었다.

"너, 그 소문 들었어?"

"무슨 소문?"

"모렐로스 왕국이 노블리아 왕국에 합병됐잖아?"

노블리아 이야기는 아무리 말하고 들어도 질리지를 않았다. 이야기는 점점 퍼질 수밖에 없었다.

"그랬다더군. 상단 출신 제국이 탄생하게 생겼어."

"그 정도가 아니야. 노블리아에 굉장한 검객이 있다는 소문이야. 그의 검은 하늘을 가르고 번개를 부르는데, 제자들마저 공중을 날아다닌다더군. 사람들은 그를 검신이라고 부른다지, 아마?"

"검신? 거 웃기는군. 내가 그 허상을 깨주지."

그러나 인간은 어떤 이야기를 들으면 언제나 반대를 하거나 그 말이 거짓임을 증명하려는 사람도 생기게 마련이다.

"크크, 용병왕이 벌써 출발했는데, 전신 시로코님도 떠났다는 소리를 풍문으로 들었어."

"그래? 시로코님을 뵐 수도 있겠군. 난 그분의 가신이 되는 게 소원이니까."

"그래, 같이 가자."

대륙에서 검깨나 사용한다는 사람들은 모두 노블리아로 몰려들었다. 이런저런 이유로 노블리아는 소문의 중심이 됐으며 인재로 넘쳐났기에 어느덧 겨울이 되어 기세를 떨치던 동장군도 노블리아는 피해간 듯했다.

*　　*　　*

"국왕 전하, 이제 우리 왕국도 제국이 되었사옵니다. 감축드리옵니다."

"국왕 전하, 이 모든 게 국왕 전하의 홍복인 줄 아뢰옵니다."

중신들은 일제히 카르네프 국왕에게 치하를 올렸다.

"뭐라고? 짐의 홍복이라고? 다시 그런 언동을 일삼는 자는 결코 용서하지 않으리라. 그것은 짐의 홍복이 아니라, 태대공의 목숨과 바꿀 뻔한 일이 아니었던가. 대륙 전체라 할지라도 태대공과 바꿀 수는 없는 일이니라. 경들은 명심해야 할 것이야. 또한 제국이란 말은 다시 거론하지 말라. 짐은 명분보다 실리를 중시하는 상인이었음을 잊어서는 안 되느니라."

귀족들은 아리안에 대한 흔들림 없는 국왕의 신뢰에 깊이 감복했다.

"국왕 전하, 심려치 마옵소서! 국왕 전하의 명령을 잊지 않겠사옵니다."

"오늘 중요 안건은 뭔가?"

"국왕 전하!"

포르피리오 백작이 자리에서 일어서자 회의실은 갑자기 조용해졌다. 포르피리오 백작은 태대공의 가신이다. 그의 의견은 언제나 태대공 저하와 의논을 끝낸 일이었다.

"첫 안건은, 과대한 병력으로 인한 지출과 그 주위 왕국과 제국의 견제이옵니다."

"음, 경의 말이 맞소. 왕국에서 200만 병사란 실로 엄청난 경비의 지출이지."

국왕의 말이 끝나자 귀족들도 이에 동감하여 고개를 끄덕였다.

"병사의 수를 절반으로 줄이는 방법이 있사옵니다. 국왕 전하!"

"포르피리오 백작, 하지만 백만이라면 국토에 비해서 너무 적지 않은가."

"그렇사옵니다, 국왕 전하. 하지만, 그들을 정병으로 기른다면 부족한 병력은 전쟁이 발생했을 때 모병이나 징병으로 채울 수 있을 것이옵니다. 레슬리 대장을 왕성 수비사령관으로 임명하여 왕성 근처에 10만을 주둔시키고, 하심 백작을 병력 20만의 제1군 사령관, 발보아 장군을 제2군 사령관, 콘셉시온

대장을 제3군 사령관, 하시드 백작을 제4군 사령관, 칼리파 백작은 병력 10만으로 병참 및 지원사령관으로 임명해 주시기를 바라옵니다."

"포르피리오 백작, 각 영지에도 병사들이 있는 것으로 아는데, 그들은 숫자에 넣지 않은 것인가?"

"국왕 전하, 앞으로 영지와 영주란 개념은 사라질 것이옵니다. 단지 국왕 전하의 임명을 받은 성주가 왕국법에 의거하여 성을 다스리게 될 것이옵니다."

포르피리오 백작의 말을 들은 귀족들은 잠시 그게 무슨 말인가 싶어서 생각에 잠겼다. 그리고 그들은 포르피리오 백작의 말이 왕권 강화를 넘어서 아예 귀족의 사병 자체를 없애려 한다는 사실을 뒤늦게 깨닫고 저마다 한마디씩 하는 바람에 정전은 갑자기 소란스러워졌다.

"아니, 포르피리오 백작, 귀족이 영지가 없고 거느리는 기사가 없다면 그를 어찌 귀족이라 할 수 있겠소. 귀족이란 본시 거느리는 기사와 병사들로 품위를 유지하는 것인데, 그게 없다면 하찮은 평민과 다를 게 무엇이란 말이오?"

"그렇사옵니다, 국왕 전하. 포르피리오 백작이 처음이라 뭘 모르는 모양입니다. 귀족이 권위를 잃으면 국왕 전하의 위엄은 어디서 찾을 수 있겠사옵니까? 통촉해 주시옵소서, 국왕 전하!"

귀족들은 이구동성 한목소리로 포르피리오 백작을 성토했다. 국왕은 회의실이 아니라 시장 경매장이 되어버린 광경에 어이가 없었다.

'완전히 시체를 탐하는 고블린 무리와 다를 바가 없구나. 국왕의 권위를 살린 중앙집권제도 좋지만, 너무 빠른 것 아닐까?'

"국왕 전하, 태대공 저하 입궁이옵니다."

"오, 어서 들라 하라!"

아리안의 입궁! 침상에 누운 지 6개월 만의 입궁이다. 국왕이 만면에 미소를 띠며 어좌에서 벌떡 일어났다.

고블린 떼처럼 웅성거리던 귀족들은 모두 자리에서 일어날 수밖에 없었다. 귀족들은 불안했다. 아무래도 포르피리오 백작의 안건은 태대공의 지시가 분명한 듯싶었다.

감히 저항할 수 없는 절대무위의 소유자. 대륙에서 새롭게 검신이라 칭하는 태대공이 귀족들을 모두 죽이고자 마음먹는다면 손가락 하나 흔드는 수고로도 족하리라. 회의실에는 숨소리조차 들리지 않았다.

그들이 불안해하고 있는 중에 아리안이 건강해진 모습으로 나타났다.

"태대공, 어서 오게. 몸은 좀 어떠한가?"

"국왕 전하, 강녕하시옵니까? 국왕 전하께서 염려해 주신 덕분에 신은 많이 좋아졌나이다."

"참으로 다행한 일이야. 진정 하늘의 도움이었어. 태대공이 없는 대륙은 생각만 해도 끔찍하지."

"국왕 전하의 하해와 같은 은총에 감읍하옵나이다."

귀족들은 국왕이 아리안에게 대하는 태도에 끼어들 틈이 전혀 없음을 깨달았다. 그들은 묵묵히 엉거주춤한 자세로 두 사람의 인사가 끝나기를 기다릴 수밖에 없었다.

"그래, 어쩐 일인가? 좀 더 쉬지 않고."

"국왕 전하, 왕국의 기조를 세우고 정책을 결정해야 함에 더는 미룰 수가 없어서 입궁했나이다. 소신이 이 자리에서 할 이야기가 있는데 괜찮겠사옵니까?"

"암, 암, 물론이지. 어서 이야기하게."

국왕이 어좌에 앉자 귀족들이 일제히 고개를 숙이며 예를 갖췄다.

"태대공 저하, 만수무강을 바라옵니다."

"자, 자, 모두 앉으세요. 이야기가 길어질지도 모릅니다."

귀족들이 불안한 표정으로 자리에 앉았다.

"귀족 여러분, 아빌라 왕국이 무너진 이유가 무엇이라고 생각합니까?"

"그야 당연히 태대공 저하의 무공이 강하고 저하 가신들이 뛰어났기 때문이 아니겠습니까?"

"여러분이 진정으로 그렇게 생각한다면 이곳에 앉을 자격이 없습니다. 물론 나와 가신들의 능력이면 어느 왕국과도 한번 겨뤄볼 만은 하겠지요. 하지만 단지 그뿐입니다. 한데 프롱삭 성주가 아무런 이유도 없이 부당한 방법으로 저희 상단을 공격했습니다. 우리는 스스로 방어할 수밖에 없었지요."

아리안은 천천히 설명했다. 그때라도 왕국 차원에서 재발 방지를 약속하고 피해를 보상해 주었더라면 그것으로 족했다. 그러나 점점 일은 크게 번졌다. 아리안은 본래 뜻이 아니었지만 스스로 보호할 수밖에 없었다는 점을 설명했다.

아리안이 말을 중단하고 귀족들을 천천히 둘러봤다. 처음 보는 얼굴도 많았다. 그들은 눈을 마주치는 게 두려워서 고개를 숙이고 말았다.

"그리고 내린 결론은 귀족이 스스로 책임을 지지 않고 권리만을 주장하기 때문이라는 것입니다. 귀족이 영지를 가지고 국왕과 같은 권력을 휘두르는 첫째 이유는 사병을 거느리기 때문입니다. 영지전이라 해서 성과 성이 싸우면 죽어나는 것은 백성인데, 그 원인이 대체로 영주들의 자존심이거나 욕망에 의한 것임을 부인할 수 없을 것입니다. 철광, 혹은 논밭이 문제가 되거나 부족한 노예를 보충하기 위한 것이죠."

잠시 말을 중단한 아리안은 귀족들을 쭉 둘러본 뒤에 단호한 어조로 말을 이었다. 누구도 아리안의 눈길을 정면으로 받는 귀족은 없었다.

"그리고 또 뭐라고 했습니까? 귀족의 품위라고 했습니까? 품위는 기사와 병사가 만드는 게 아니라 스스로 갖추는 것임을 잊지 말기 바랍니다. 앞으로 성주는 모두 국왕이 임명하며 특별한 잘못이 없는 한 임기는 5년으로 했으면 합니다."

"질문해도 됩니까, 태대공 저하?"

"예, 말씀하십시오."

발언권을 얻은 귀족은 아리안을 한 번 바라본 뒤 조심스럽게 물었다.

"성주의 임기 5년이 끝나면 그다음은 어떻게 되는 것입니까?"

"세 가지 길이 있을 것입니다. 첫째는, 왕국의 정책을 잘 반영하여 국왕 전하께서 재임명하시는 것이고, 둘째는, 왕성으로 불러 대신이 되어 각기 한 분야를 맡아서 왕국 정책을 세우게 될 것입니다. 세 번째는 원로대신이 되어 정책 자문을 맡게 됩니다."

"그럼 각 성이 세금은 똑같이 거두는 것입니까?"

"그렇습니다. 세금의 요율은 각 성이 동일합니다. 모든 세금은 걷게 되면 일단 왕국으로 보내야 하고, 왕국에서는 각 성의 운영 경비와 인건비, 성주의 월급 등을 다시 내려 보내게 됩니다. 성의 경비와 치안은 각 군 사령관이 책임지고 성주의 명령을 받지 않습니다. 위법한 자를 재판할 판관을 교육시켜서 각 성에 파견할 예정입니다. 그렇게 해서 행정과 치안, 그리고 재판을 각기 분리하여 자신이 맡은 부분만 열심히 노력하면 될 것입니다."

아리안이 말을 끝냈지만, 누구도 입을 열지 않았다. 지금까지 어느 왕국도 실행하는 곳이 없으며 들어보지도 못했던 정책이다. 카를리토스 백작은 생각에 잠겼다.

'음, 분명한 것은 예전과 같은 귀족의 권위는 사라진다는 말이다. 아니, 귀족이란 말 자체가 사라질지도 몰라. 그럴 수는 없다. 태대공 저하와 가신들의 무서운 능력을 알지만 이건 아니야. 왕국의 내일을 위해서 목숨을 걸어야 할 때군.'

"태대공 저하, 소신은 저하의 의도를 전혀 이해할 수가 없습니다. 가문 대대로 긍지와 자긍심을 지니고 백성을 위해서 밤낮으로 고뇌하며 노력하는 귀족이 왕국의 근본 힘이거늘, 귀족 자체를 말살하려는 저하의 처사를 도저히 용납하고 찬성할 수 없으니 부디 재고해 주시기 바랍니다."

태대공에게 정면으로 반기를 든 귀족이 생겼다. 정책 초기이기에 더더욱 용서할 수 없는 일이었다. 하나를 물러서면 둘, 셋을 요구할 것이고, 끝내 끌려 다닐 수밖에 없게 된다. 단호한 처사가 필요했다.

"그대는 누군가?"

조용한 음성으로 물어보는 아리안의 눈썹이 살짝 찌푸려진 것을 국왕은 놓치지 않았다.

"태대공 저하, 카를리토스 백작입니다."

"그렇습니다, 태대공 저하! 카를리토스 백작 말씀이 맞습니다. 재고해 주시기를 앙망합니다."

"태대공 저하, 재고해 주시기 바랍니다."

어전은 재고해 달라는 귀족들의 외침에 갑자기 시끄러워졌다.

"조용하지 못할까?"

국왕이 보다 못해 고함을 지르자, 어전은 그제야 고요를 되찾았다.

"카를리토스 백작이 감히 태대공의 정책에 반대하는 것은 목숨을 건 일이겠지. 그대로 해줄 것이니라. 물론 처음 시행하는 정책은 많은 논란과 시간이 필요함은 알고 있다. 하지만 경들의 지금 태도는 왕국을 생각하는 안타까움보다 가진 것을 빼앗기지 않으려는 욕망으로 가득 차 있구나. 태대공이 그리는 세상을 떠올려 보지도 않고 무작정 밥그릇을 빼앗길까 두려움에 떠는 귀족은 스스로 품위를 잃었기에 모조리 목을 베어버리고 신선한 인물들로 하여금 중책을 맡게 할 것이다."

국왕의 분노가 정전을 뜨겁게 달궜다. 왕궁 회의장은 갑자기 숙연해졌다.

"누가 태어날 때부터 귀족이었으며, 평민을 하찮게 여기는 자가 어찌 그들을 위한 일을 할 수 있겠느냐. 언제나 폭력을 휘두르는 자보다 더욱 미운 것은 옆에서 구경만 하는 자들이 아닌가. 아버지가 백작이라고 해서 아들도 백작이 되는 일은 앞으로 없을 것이다. 그 자식이 아버지의 피를 물려받고 아버지 이상의 노력을 기울인다면 충분히 성주가 되고 대신이 되어 백성을 위하는 왕국의 기둥이 될 것이다."

국왕의 태도는 엄중했다. 한 치의 타협도 용납지 않는 그의 단호한 태도에 어전의 분위기는 더욱 깊이 잠겨들었다.

"태대공의 뜻은 그 기회를 누구에게나 똑같이 부여하겠다는 것이다. 물론 그렇게 하자면 누구나 자신이 원하는 대로 교육받을 수 있는 환경을 만들어주어야겠지. 이제 조용히 태대공이 그리는 새로운 세상을 들어보기로 하자."

국왕의 호통이 끝나자 어전에는 더욱 머리를 숙인 신하들의 머리 위로 한 겨울의 냉기가 무겁게 내려앉았다.

　'국왕은 내게 순간적으로 살심이 일어난 것을 간파했음이 틀림없군. 왕국을 발전시키고 새로운 질서를 세우자면 시작을 피로 물들이는 게 안 좋다고 느끼신 모양이잖아. 역시 생각이 깊으신 분이야.'

　아리안은 국왕에게 고개를 숙여 보이고 재차 말했다.

　"왕국은 새롭게 도약하려고 몸부림하고 해야 할 일은 너무나 많습니다. 군신이 합심하여 밤잠을 설친다고 해도 과연 죽기 전에 편히 쉴 날이 있을지도 의문입니다. 나 태대공은 경들에게 묻겠습니다."

　아리안은 귀족들을 바라보며 진중한 어조로 성심성의껏 말했다.

　"누구나 노력한 만큼 결실을 거두고 누구나 원하는 것을 이룰 수 있는 세상, 가진 자가 존경 받고 태어날 때부터 하찮은 자가 없어서 누구나 존귀하며, 개인의 품위와 가치를 스스로 결정하고 기본을 중시하는 새로운 질서를 이룩하여 우리가 혹 왕궁을 떠나고 모든 것을 잃게 되더라도 진심으로 살고 싶은 그러한 세상을 꾸미고 싶지 않습니까?"

　아리안은 제일 먼저 반대를 했던 귀족을 바라봤다.

　"카를리토스 백작, 그대와 내가 그 일에 앞장서지 않겠습니까? 여러분이 함께 국왕 전하를 모시고 우리 남은 삶을 모두 투자해 보는 것은 어떻습니까? 나를 위한 것이 아니라 밝고 맑은 미소를 짓는 아들과 딸을 위해, 그리고 또 그들의 아들과 딸을 위해 피와 땀만 흘리고 보람을 찾지 못할 수도 있는 바보 같은 일을 하려고 합니다. 나 태대공은 이 멍청한 일에 여러분이 동참하기를 간절히 바랍니다."

어전 회의장은 아리안의 말이 끝났지만 고요가 감돌았다. 국왕은 귀족들의 태도에 실망하여 고개를 숙였다. 침묵이 더욱 무겁게 어깨를 짓눌렀다. 바로 그때였다.

"태대공 저하, 저를 부족하다 내치지 말고 그 멍청하고 위대한 역사의 거름이 되게 하소서!"

"태대공 저하!"

카를리토스 백작이 눈물을 흘리며 무릎을 꿇었다. 귀족들이 하나둘 무릎을 꿇다가 일제히 바닥에 엎드렸다.

국왕이 눈물을 보이게 될까 두려워 왕궁 천장을 쳐다봤다. 아리안이 카를리토스 백작의 어깨를 잡아 일으켰다. 그뿐만 아니라, 무릎을 꿇은 귀족 한 사람씩 어깨를 안아 일으켰다. 일어나는 그들과 함께 왕국의 내일이 열렸다.

포르피리오가 속으로 불만을 토했다.

'젠장, 누가 담배 피웠나? 갑자기 눈물이 나오고 지랄이야.'

*　　　*　　　*

"가장 시급한 일은 아카데미가 세워져야만 합니다. 아카데미에서는 우선 왕성에 있는 영주들 대신 성의 실무를 보던 집

사나 총관들을 일정 기간 가르치는 것부터 실행하는 것입니다. 꿈나무 육성과 더불어 당장 필요한 조치라고 여겨집니다. 그들이 바로 직접 성을 다스리게 될 테니까요."

"행정자치부가 필요합니다. 그곳에서 각 성 행정에 필요한 공문을 수시로 내려 보내 지도했으면 합니다."

"군사부를 신설해야 합니다. 그곳에서 병사와 장군들의 인사와 훈련을 담당해야 합니다."

"군관 아카데미와 사관 아카데미를 설립하여 상급과 중급 지휘관의 자질을 향상시키고 능력 있는 자를 발굴해야 합니다."

"전략 연구소가 필요합니다. 군의 전략을 연구하고 무기를 개발하는 게 좋겠습니다."

"상무부 필요가 절실합니다. 왕국 전체 특산물 관리와 증산을 위한 체계적인 지도와 상단을 적극 지원해야 합니다."

"천도해야 합니다. 지금의 왕성은 너무 북쪽에 위치한 느낌이 듭니다. 남쪽 백성은 상대적 소외감이 들지 않겠습니까? 더구나 행정, 마법, 검술, 군관 및 사관 아카데미, 군사령부, 각종 행정 부처와 같은 수많은 건물이 지어져야 합니다. 저는 큰 산으로 둘러싸였으면서도 커다란 강이 흐르는 코야칸이 적당할 듯싶습니다. 게다가 코야칸은 대륙 어디로든 갈 수 있는 도로의 연결고리가 될 것입니다."

귀족들에게서 왕국을 발전시키기 위한 끊임없는 안건이 제

출됐다. 회의를 거쳐 우선순위가 결정된 후 국왕의 재가가 나면 책임자를 내정했다.

책임자는 다른 것은 쳐다보지도 않고 바삐 움직였다. 왕국은 어수선한 가운데 조금씩 기틀을 잡아갔다.

노블리아 왕국은 왕국 전체가 마치 살아 꿈틀거리는 듯했다. 왕국의 도약을 바라보면서 유일하게 이마의 주름을 펴지 못하는 사람은 국왕뿐이었다.

'크, 저렇게 움직이는 게 모두 돈인데, 세금은 이제야 조금씩 들어오지만 태부족이 아닌가. 지금까지는 아비도 후작과 그를 따르는 귀족 재산을 몰수한 것과 모렐로스 왕가가 보유한 재산으로 어찌어찌 꾸리기는 했지만 앞으로가 문제로군. 돈 들어갈 곳은 드래곤 레어처럼 입을 벌리고 있는데 나오는 구멍은 늙어서 죽어가는 고블린 오줌 줄기처럼 찔찔거리니 어이한다?'

국왕은 아리안에게 돈이 없어서 왕국 정책 사업을 하기 어렵다고 말할 수는 없었기에 어금니를 꽉 깨물었다. 상단주로 있으면서 정신없이 일할 때가 진정 행복한 시절이었다. 어떻게 해서든지 안정된 왕국을 이룬 후에 재도약의 발판을 만들어 아리안에게 넘기고자 하는 국왕의 고뇌는 깊어만 갔고, 도무지 끝이 날 조짐이 보이질 않았다.

그때 아리안이 들어왔다.

"국왕 전하, 태대공 저하 드십니다."

"오, 그래?"

'드래곤도 제 말 하면 온다더니…….'

국왕은 속으로 피식 웃으며 아리안을 맞이했다.

"국왕 전하, 심려가 크신 듯합니다."

"짐의 심려가 크다? 태대공, 그게 무슨 말인가?"

아리안은 숨을 크게 한 번 내쉬었다. 기운을 읽는 그는 자신이 걱정하지 않게 하려는 국왕의 배려가 가슴 저리게 와 닿았다.

"국왕 전하, 집 나가면 돈을 깔고 다닌다는 말이 있지 않습니까? 왕성을 천도하고 각종 건물이 수도 없이 지어지는데 드래곤 레어라도 발견하지 않는 한 어찌 어려움이 없겠사옵니까?"

"허허, 그거 참……."

국왕은 자신의 속내라도 읽은 듯이 이야기하는 아리안을 보면서 그만 허탈한 웃음을 자아내고 말았다.

"국왕 전하, 예전에 드워프가 소신을 방문한 적이 있사옵니다."

아리안의 말을 들은 국왕의 눈이 번쩍 뜨였다. 그것을 본 아리안이 '심 봉사의 눈이 뜨이는 것 같군' 하고 생각하면서 속으로 피식 웃었다.

"드워프가? 그래, 어떻게 됐나?"

"드워프 종족 장로가 소신을 초청했사온데, 시간이 나지 않아서 아직 방문을 못했사옵니다."

아리안의 말을 들은 국왕은 반색하며 자리에서 벌떡 일어났다.

"가능하면 하루속히 다녀오게. 드워프 종족과의 교역이 성사만 된다면 이제까지 힘든 상황은 단번에 해결될 수도 있다네. 그들이 원하는 것은 생활필수품과 술이지만, 그들이 넘겨주는 것은 모두 보물 아닌 게 없지."

"그렇게 하겠사옵니다, 국왕 전하. 그리고 한 가지 말씀드리지 못한 게 있사옵니다."

"그래, 뭐든지 말해보게."

갑자기 나타나 자신의 고민을 순식간에 해결한 아리안을 보면서 국왕은 여유롭게 물었다.

"실은 마르티네스 공주를 데려다주면서 황제 폐하를 만났사옵니다."

"당연히 그랬겠지. 혹 결혼 이야기라도 나왔나?"

국왕이 은근한 음성으로 묻자 아리안은 그만 얼굴을 붉히고 말았다.

"그렇사옵니다, 국왕 전하. 아직 확답은 하지 않았으나, 당시에 1년 후에 혼례를 올리자는 말씀이 있었사옵니다."

"하하하! 경사로군, 경사야. 제국과 동맹국이 된다는 말이니 다른 제국과 왕국의 견제는 받겠지만 번거로운 시비는 피할 수 있겠군. 알았네. 혼례사절단을 파견해서 일정을 잡아야지. 하하하!"

아리안은 국왕의 웃음이 무척이나 따뜻해서 빙그레 미소를 지었다.

아리안은 시원스런 웃음이 맴도는 왕궁을 떠나 저택을 향해 말을 천천히 몰았다. 아리안의 저택 앞은 항시 시끄러웠지만 오늘따라 더욱 웅성거렸다. 갑자기 저택 주위 공기가 변했다. 마스터의 기운을 상회하는 상당한 기운이 느껴졌다. 대문 앞에 모인 자들 중에 엄청난 자가 있는 듯했다.

휘익!

경호를 하던 헤르메스가 휘파람을 불며 검을 뽑아 든 채 아리안의 앞을 막아섰다. 동시에 검은 천으로 얼굴을 가리고 흑의 경장 차림 사내 20명이 어느새 나타나서 도로와 담장 등 주위를 장악했다.

헤르메스의 고함이 쩌렁쩌렁 울렸다.

"모두 조심하고 경호에 만전을 기울여라! 능력이 뛰어나면서도 무척이나 수상한 자들이다!"

대낮인데도 불구하고 검은 복면을 한 특급 암영 경호대마저 다시 20명이 더 몸을 드러내며 비상사태에 돌입했다. 보이지 않는 자들도 급히 모여들어 사방을 장악하는 바람에 주위 공기가 무섭게 꿈틀거렸다. 그 기세를 느꼈는지 저택 앞의 소란도 사라졌다. 저택 앞에 있던 사람들이 모두 고개를 돌려 뒤를 돌아봤다.

따각! 따각! 따각!

멀리서 다급한 말발굽 소리가 요란하게 들렸다. 왕궁 근위기사 40명이 달려와 아리안의 주위를 감싸자, 특급 암영 경호

대원들이 모습을 감췄다. 하지만 말발굽 소리는 그치지 않고 더욱 커졌으며, 병사들이 몰려드는 발걸음 소리가 지축을 울리는 듯했다.

따각! 따각! 쿵쿵! 쿵쿵!

저택 담장에 경호무사들이 일제히 모습을 드러내며 활을 겨눴다. 왕궁 근위기사 200명이 저택을 포위했고, 수를 헤아리기 어려운 많은 병사가 주위에 포진했다. 수련생 30여 명이 소란을 듣고 저택에서 나와 검을 들고 공중으로 떠올랐다. 이 모든 일이 삽시간에 이뤄졌다.

그때였다. 공중에 떠 있던 파라미가 소리쳤다.

"어라? 저기 칼 찬 거지 녀석들, 안티야스와 동료들이잖아?"

"그렇군. 한데 적은 어디 있는 거야?"

"아하, 주군께서 경호 태세 가상 연습을 실시하신 모양이군."

헤르메스는 파라미의 말을 듣고 어이가 없고 죄송해서 얼굴을 붉히며 아리안을 쳐다봤다. 하지만 그의 얼굴이 워낙 훈련으로 검게 탔기에 표가 나지 않았다.

"수고했다, 헤르메스 경. 비상 경호 태세는 양호했다. 이제 모두 돌려보내라."

"충성!"

헤르메스는 주먹으로 가슴을 힘껏 치며 군례를 올렸다.

"모두들 수고했다. 경호 태세에 만족하신다고 태대공 저하께서 말씀하셨다. 특급 비상을 해제한다. 돌아가도 좋다."

"충성!"

기사들과 병사들이 일제히 외치는 군례가 왕성을 울렸다.

"근위기사단 원위치!"

"원위치!"

"왕성 수비병사대 원위치!"

"실시!"

기사들과 병사들은 밀물처럼 왔다가 썰물처럼 사라졌다. 한낮의 해프닝이었으나, 기사와 병사들은 태대공 저하가 만족한다는 말을 듣자 고생이라 여기지 않고 보람을 안고 돌아갔다.

"주군!"

안티야스와 덩치 큰 소년들이 흙바닥에 그대로 무릎을 꿇었다. 그들의 음성에는 물기가 가득해서 그동안 얼마나 고생했는지 짐작하게 했다.

아리안이 말에서 내리며 그들에게 말했다.

"그래, 고생들 많았구나."

주군의 바로 그 한마디가 그대로 그들을 울리고 말았다.

"주군! 엉엉!"

온갖 역경과 고통 속에서도 오직 주군을 따르겠다는 일념으로 이곳에 도착한 그들이다. 오는 도중의 어려움을 어떻게 하나하나 설명할 수 있을까.

"잘 왔다, 잘 왔어."

파라미 등은 안티야스와 함께 온 동료들을 서로 부둥켜안고 반가움과 그리움을 표현했다.

"자식들! 산적과 거지들이 모방 시비를 벌이겠는걸."

"그래, 어서 씻어라. 하고 싶은 말은 천천히 하자. 그런데 다른 애들은 어째서 안 보인다?"

"자식, 하고 싶은 말은 천천히 하자더니 할 말은 다 하는군."

안티야스가 어이없다는 듯이 말했지만 그런 것은 아무래도 좋았다. 그들은 진정 하고 싶은 말이 참으로 많았다.

"네 표정을 보니 뭔가 사연이 많은가 보다."

"말도 마. 책으로 써도 장편소설 몇 권이 될 거야. 어떻게 알았는지 우리가 방학하면 아카데미를 그만두고 주군께 간다는 입소문이 났어."

"그래서?"

먼저 온 수련생들이 주위로 모여 안티야스의 이야기를 들었다.

"정말 갈 거냐고 모두들 물어보더군. 우린 긍정도 부정도 못했어. 근데 침묵은 긍정이라면서 정설이 됐고, 그 소문이 순식간에 쫙 퍼진 거야. 급기야 황궁과 아카데미, 그리고 부모의 온갖 회유와 협박에 시달려야 했지. 가장 힘든 것은 무엇보다 부모의 설득이었어. 결국 제국에 남을 수밖에 없는 자가 생겼지만, 결코 그들을 원망하지 않아. 그럴 수밖에 없었겠지. 우린 아직 성인식도 하지 않았잖아."

"그렇겠다. '성인식이라도 한 후에 결정한다면 네 결정을 존중해 주겠다', 부모가 그렇게 말하면 정말 할 말이 없지."

"자식, 옆에서 본 것처럼 말하네. 나만 바라보며 모진 고생을 마다하지 않으시던 어머니가 눈물을 글썽이며 내 두 손을 꼭 잡고, 동생은 옆에서 하염없이 눈물을 흘리는데 정말 발이 떨어지지 않더라."

안티야스는 그때의 일이 생각나는지 눈에 눈물이 글썽했다.

"맞아. 그랬겠지. 만약 내가 먼저 오지 않았다면 나도 남고 말았을 거야. 어머니가 말없이 손을 놔주지 않으면 뿌리치고 올 자신은 없으니까."

파라미도 두고 온 어머니 생각이 나서 눈에 물기가 고였다. 수련생들 모두 숙연한 표정이 됐다.

"우린 노블리아 왕국으로 직접 오지 못하고 멀리 돌아서 오는 바람에 더 고생했지. 그 이야기는 다음에 하자."

"그러지. 그런데 2기생들은 어떻게 한 명도 보이지 않는다?"

"그렇게 됐어. 2기생 44명 전부하고 1기생 중에서 다섯 명이 빠졌지."

"자, 모두 가서 목욕부터 해라!"

"예, 주군!"

그날 저택 목욕탕은 하루 종일 시끄러웠다.

"아니, 저하가 계신 저택에서 저렇게 시끄럽게 떠드는 자들이 누구야?"

"조용히 해. 저들은 저하의 제자들이야."

"저하의 제자들? 그럼 모두 마스터라는?"

"그래. 엄청난 일이지. 대륙에 숨은 마스터까지 모두 합해도 이곳보다 많지는 않을 거야."

수련 1기생은 모두 마스터가 됐다. 그중 다섯 명이 제국에 남고 죽은 자를 뺀 나머지 73인의 마스터가 아리안의 저택에 모였다. 대륙의 가장 강한 무력이 노블리아 왕국의 새로운 이정표를 그려갈 것이다.

태양도 그들의 행보를 고민하다가 몸을 씻거나 머리를 식히려는지 바다 속으로 들어갔다.

*　　　*　　　*

"태대공 저하, 부디 제 부하들의 목숨을 살려주십시오."

주비스 제국 철갑기마대장은 아리안의 건강이 회복되자 간절한 음성으로 말했다. 오늘 따라 아리안의 앞섶에 핏방울 하나가 떨어져 있었다.

'음, 이자는 제국으로 돌아가지 못할까 두려워하는 게 아니라 진정으로 부하들을 아끼고 있군. 그가 훗날 적이 된다고 해도 그의 청을 들어줄 수밖에 없겠다. 하지만 그대로 들어줄 수는 없지. 몸값을 요구해야겠어.'

아리안은 깊게 생각한 후 말했다.

"좋아요, 사령관. 하지만 나를 공격했던 자들인데, 그대로 풀어줄 수는 없지 않겠소?"

"감사합니다, 태대공 저하! 포로 중에는 철갑기마대 소속 해리스라는 마법사가 있으니 그가 사정을 제국 황성 마법사에게 전할 수 있을 것입니다."

"그러면 되겠군."

마법사 해리스는 왕성 앞 평원에서 아리안이 친 안개 진을 살펴봤다.

'도저히 이해할 수가 없군. 이건 분명 마나 작용이 아니야. 바로 마법은 아니란 뜻이지. 그런데 광역 마법보다 더 무서운 괴력을 발휘하는 게 도대체 뭘까? 젠장, 예감은 위험하다고 아우성치는데 살펴보지 않고서는 도저히 견딜 수가 없군. 옳지. 밧줄로 몸을 묶었다가 위험하다 싶으면 재빨리 당기라고 하면 되겠구나.'

철갑기마대원들에게 자신을 묶은 밧줄을 잡고 있으라고 말한 뒤 그는 조심스럽게 안개에 접근했다. 손으로 안개를 만져봤다. 축축한 감촉이 손에 느껴졌다. 안개는 안개일 뿐이었다. 단지 빛이 내리쬐는데도 사라지지 않는다는 것이 이상할 뿐이었다. 한 걸음 더 들어서서 안개 속으로 몸을 디밀었다.

"앗!"

순간, 물 같기도 하고 젤리 비슷한 물질이 자신을 감싸는 것을 느끼고 놀란 해리스는 밧줄을 잡아당겼다. 밧줄은 너무 쉽게 당겨졌다.

놀란 해리스가 밧줄을 보자, 밧줄 끝이 녹아서 잘려 있었다.

'아니, 어느 틈에…… 아, 벌써 내가 이상한 곳으로 옮겨졌

구나. 세상에, 어떻게 이런 일이 있을 수 있지? 이건 분명 텔레
포트 마법진도 아니었어. 여긴 내가 살던 대륙이 아닌 듯한데,
완전히 이야기로만 듣던 무릉도원이구나. 수많은 과실수, 아
름답고 맑은 하늘, 신선한 공기…… 어? 바람에서 짠맛이 느껴
지는 것을 보니 바다가 가깝거나 섬인 모양이군.'

"아니, 해리스 마법사님 아니십니까?"

해리스의 상념을 깬 자는 안개 속으로 먼저 돌진했다가 사
라진 철갑기마대원이었다.

"아, 자네들이군. 모두 살아 있나?"

"당연하죠, 해리스 마법사님. 이곳에 먹을 것은 충분합니
다. 단지 무슨 이유인지는 모르겠으나 벗어날 수는 없습니다
만……."

"여기는 우리가 살던 아보가도 대륙이 아닐세."

"여기가 아보가도 대륙이 아니라고요? 그럼 어디죠?"

철갑기마대원이 놀란 표정으로 반문하는 동안 다른 대원들
이 모여들었다. 한 사람도 죽지는 않은 듯했다.

"이곳은 다른 대륙이거나 아리안이라는 자가 만든 아공간
이 틀림없어."

"다른 대륙이거나 아공간이라니요? 마법사님, 설명 좀 해주
시죠."

해리스 마법사의 말을 들은 철갑기마병들이 그의 주위로 몰
려들었다.

"그럼 제국에서는 우리가 죽었다고 여길 게 아닙니까?"

"세상에, 이럴 수가? 마누라와 애들이 많이 놀라겠는걸."

"크크, 놀라기는… 네가 죽은 줄 알면 친척 앞에서는 울겠지만 화장실에선 씩 웃으며 주신께 감사할걸."

해리스는 웅성거리는 대원들의 얼굴을 쭉 둘러봤다. 차츰 소음이 가라앉고 대원들이 해리스의 얼굴을 쳐다봤다.

"우리는 이곳으로 텔레포트 된 게 아니다."

"아니, 이럴 수가 있나. 텔레포트가 아니라면 그게 뭐지? 만약 아공간에 갇힌 거라면 어떻게 이곳의 모든 현상이 자연과 똑같을 수가 있는 겁니까, 해리스 마법사님?"

"만약 그게 대규모 텔레포트 진이라면, 첫째, 절대 안개가 낄 일이 없다. 왜냐하면 텔레포트 진은 정교한 도형을 그려야 하기에 안개가 있으면 안 된다. 둘째, 마나의 구동 현상이 전혀 없었고, 진을 가동하는 시동어나 마나의 격발로 이루어지는 번쩍거림도 없었으며 공간이동 시에 느껴지는 울렁증도 생기지 않았다."

해리스 마법사는 마법 구동에 대해 자세히 설명했다. 병사들은 마법사의 말을 인정하지만 그래도 이해가 되지 않았다.

"그렇기는 하지만, 그럼 이것을 어떻게 설명하죠?"

"문제는 드래곤이 텔레포트 마법을 사용해도 똑같이 그런 현상들이 일어난다. 추측할 수 있는 것은 오직 두 가지다."

"꿀꺽!"

드디어 문제의 결말이 나올 듯하자 누군가가 침을 삼키는 소리가 들렸다. 병사들의 표정은 굳어졌고, 긴장한 빛이 역력했다. 해리스는 그 순간을 즐기듯이 다시 한 번 병사들의 얼굴을 천천히 둘러봤다.

"드래곤 이상의 능력이나 신의 능력뿐이지."

"신이면 신이지, 드래곤 이상이 신 말고도 있다는 말입니까? 아하, 9클래스의 드래곤 위에 10클래스를 사용한다는 드래곤 로드를 말씀하는 겁니까?"

"드래곤 로드는 아니야. 드래곤 로드도 마법 수식이 필요 없는 용언 마법을 사용하지만, 그보다 한 단계 위의 마법, 즉 의념 마법이란 게 있지."

마법사의 말이 좀처럼 이해가 안 된 병사가 다시 물었다.

"의념 마법이요?"

"그래, 의념 마법. 옛날 천계와 마계의 전쟁이 있었다."

"아, 천마전쟁 말씀이군요?"

천마전쟁은 유랑시인의 단골 메뉴였기에 대부분의 병사는 한두 번 들은 적이 있었다.

"그래, 천마대전. 천장의 능력도 놀라웠지만, 마계 귀족과 마왕들은 더욱 놀라워서 승리는 마계로 넘어가는 듯했어. 그때, 마계가 승리했다면 중간계, 즉 인간계는 말살되고 말았을 거야. 천계의 패색이 짙은 순간, 천장들을 돕는 자들이 나타났는데, 그들이 바로 고대종족들이었어. 결국 승리는 천계로 돌아가고 마황은 다시 돌아오겠다는 말을 남기고 사라졌지."

마법사의 이야기는 전해진 이야기와는 다른 천마전쟁의 진실이었다. 여기저기 흩어졌던 병사들이 모여들어 이야기를 경청했다.

"바로 그 당시 천계를 도운 고대종족이 바로 의념 마법을 사용했다. 그래서 마법사들의 꿈이 마법의 궁극이라는 의념 마법이 됐지만, 어디서도 그 흔적을 발견할 수 없었어. 그런데 바로 모렐로스 평원에서 그 흔적을 발견하게 됐기에 내가 스스로 목숨을 걸고 모험을 자초한 거야."

"아, 생각만으로 마법이 이루어진다면 그게 바로 신의 능력이고 창조력이겠구나."

"그럼 우린 다시 아보가도 대륙으로 돌아갈 수 없는 건가요?"

병사들은 속으로 '제발!'을 외치며 해리스를 쳐다봤다. 해리스도 답을 알 수 없어 고뇌 어린 표정을 지었다.

"나라고 왜 돌아가고 싶지 않겠나. 하지만 그분의 뜻을 알 수가 없으니……. 맞아, 그 방법이 있었어."

해리스의 얼굴이 갑자기 밝아졌다. 난제를 해결한 듯한 그의 얼굴을 보고 병사들이 기뻐서 물어봤다.

"해리스 마법사님, 방법이 있습니까?"

"있어. 확실히 있어. 의념 마법을 펼칠 수 있는 분이라면 분명히 우리의 의념도 들을 수 있을 거야."

"그게 무슨 말입니까? 우리의 의념을 듣다니요."

해리스 마법사의 이야기는 실로 놀라운 이야기였다. 그들은 이해하기가 어려워 두리번거릴 수밖에 없었다.

"우리가 모두 한 가지 생각만을 하는 거야. 그러면 우리의 뜻을 그분이 듣게 되는 거지."

"바로 기도하는 것처럼 말이죠?"

해리스 마법사가 내놓은 해결책을 들은 병사들은 서로 얼굴을 쳐다보며 어리둥절한 표정을 지었다.

"그래, 그거야. 기도하는 것이지. 바로 그분, 모렐로스 평원에서 의념 마법을 펼친 그분이라면 들을 수 있는 능력이 있어. 인간이 하루 중 가장 조용할 때가 언제지?"

"그야 우리가 가장 조용할 때는 일어나기 직전과 잠들기 직전이겠죠. 그때가 바로 누구에게도 간섭 받지 않고 혼자 있을 때 아닐까요? 하지만 우리가 그를 죽이려고 했는데 우리를 살려주려 할까요?"

해리스 마법사의 이야기는 한편으론 해결책인 듯싶었지만, 철갑기마병들의 원초적인 불안감마저 해소하지는 못했다.

"특별한 사람을 보통 사람의 생각으로 판단하면 안 되지."

"맞습니다, 해리스 마법사님. 계속 밤낮으로 외쳐대면 귀찮아서라도 살려줄 겁니다. 더구나 여기서 벗어나 고향으로 돌아가는 방법은 그게 유일하잖습니까? 한데 누구한테 기도하는 줄은 알아야 기도를 하지요."

"그분의 성함은 아리안이시다."

"아리안, 고귀한 자, 남과 달리 뛰어난 자라는 뜻을 가진 이름이군요. 그분에게 어울리는 이름이네요."

그렇게 그들은 밤낮으로 '아리안'을 부르며 기도하기 시작했다. 기도의 응답은 없었다. 그러나 누구도 기도를 빼먹으려고 하지 않았다. 가족에 대한 그리움, 고향에 대한 향수가 기도할 때마다 더욱 간절해지고 깊어졌다.

그러던 어느 날, 기도의 응답이 있는 게 아니라 오히려 남았던 철갑기마대원들과 보조 병사들마저 모조리 넘어왔다. 철갑기마대원 9,900명과 보조 병사 5,000여 명이 모두 모이게 됐다.

"아니, 동료 대원은 물론이고 경계 근무와 취사를 맡은 병사들까지 모두 왔잖아?"

"왔잖아? 놀고 있네. 잡혀온 거야, 잡혀 온 거. 알겠어?"

"당연하지. 자기를 죽이려 했는데 용서가 되겠어?"

지금 온 자들은 먼저 온 병사들의 느긋한 표현에 그만 화를 내고 말았다. 하지만 먼저 온 병사들은 추호의 흔들림도 없었다. 보다 못한 다른 병사가 말했다.

"너도 해리스 마법사님이 그 현상이 어떤 마법인가 싶어서 알아보려고 이곳에 오신 것은 알 거야. 그분이 말씀하기는……. 그래서 우리는 고향으로 돌아가려고 기도하는 중이야."

"완전히 정신들 나갔구나. 정신 차려, 정신. 그자는 기도의 대상이 아니라, 보이는 대로 죽여야 할 자란 말이야."

"그래? 그럼 보이는 대로 죽여라. 잘 찾아보라고."

그러든지 말든지 먼저 온 자들의 새벽과 밤늦은 시간의 간절한 기원은 듣는 동료들에게도 향수를 불러일으켰다. 한 사람씩 기도 대열에 참여했다. 사실 그거라도 하지 않는다면 단조로운 생활이 더욱 견디기 어려웠다. 결국 모든 사람이 기도 대열에 참여했다.

"아리안님이시여, 제발 우리의 기도를 들어주소서! 우리가 비록 알지 못하여 아리안님을 대적했사오나, 우리의 무지를 탓하지 마시고 이놈만을 기다리는 어리석은 부인과 철없는 자식들을 불쌍히 여겨주시기를 간절히 바랍니다. 가장의 책임을 다하여 작은 것에서 감사하며 행복을 일궈 나가고자 하오니, 부디 우리를 인도하여 주시기만을 바라옵니다. 아리안님이시여, 이 죄인을 불쌍히 여겨주시기만을……."

그들의 기도는 그칠 줄을 몰랐다. 그들이 함께 갈구하는 기도는 기묘한 떨림을 만들었고, 기도하는 자신들을 먼저 감복시켰다. 그들은 서서히 마음속에 신앙심이 싹텄다.

그들은 기도할 때마다 울었다. 아이들이 보고 싶어 눈물이 흘렀고, 부인이 그리워서 눈물을 흘렸다. 부모에게 불효만 저질렀다는 생각에 가슴이 미어지는 듯했고, 나만을 믿고 고생하는 부인에게 따뜻한 말 한마디 못해준 게 서러워서 가슴을 쳤다. 그들의 기도는 차츰 의념 형태를 갖춰갔고, 그렇게 기도를 하다 보니 마침내 아리안에게 전해졌다.

아리안은 그들의 아픔이 남의 일 같지 않아 이계 대한민국 서울에 계신 부모님이 그리워서 피눈물 한 방울이 떨어졌다.

'결국 모두 용서할 수밖에 없겠어.'

*   *   *

"뭐, 뭐라고? 철갑기마대가 모두 포로로 잡혔다? 그 말을 짐이 믿으란 말인가?"

소드 마스터 상급인 주비스 제국 황제의 노여움이 황궁 정전을 가득 메우자, 고위 귀족들의 몸은 광풍이 몰아닥친 강변 버드나무 가지처럼 사정없이 떨렸고 안색은 파랗게 죽어갔다.

"황제 폐하, 고정하시옵소서! 중신들이 모두 다쳤사옵니다."

"에이, 버러지 같은 밥벌레들! 그놈들 조련한다고 들어간 황금이 얼만데 전사도 아니고 포로? 도저히 용서할 수 없다. 이놈의 노블리아 상단인지 왕국인지 모르겠지만 병사들을 동원해서 고블린 한 마리 남기지 말고 모조리 없애 버려라!"

전쟁을 선포하는 황제의 표정은 엄숙했다. 하지만 명령을 받은 카발레로 공작은 목숨을 걸고 이를 막아야만 했다.

"황제 폐하, 고정하시옵소서! 당연히 왕국의 이름을 지워 그들의 잘못을 징치해야 하오나, 그보다 먼저 그들이 우리 철갑기마대를 포로로 잡은 방법을 파악해야만 하옵니다. 통촉하시옵소서, 황제 폐하!"

"그들이 철갑기마대를 포로로 잡은 방법?"

"그렇사옵니다, 황제 폐하! 현자의 어록에도 물이 범람할 듯싶으면 둑을 쌓아 막아야 하고, 병사가 공격해 오면 병사로 막는다 하지 않았사옵니까. 철갑기마대는 사령관의 명령을 받고 공격했다가 백인대 하나가 전멸했으며, 남은 병사들은 안개가 밀려와서 평원을 덮는 순간, 말 그대로 순식간에 자취를 감췄다고 하옵니다. 도저히 믿기지 않는 이 일은 우리 간자들이 직접 목격한 사실인지라 믿지 않을 도리가 없어 다각도로 그 방법과 파훼 요령을 연구 중이옵니다. 통촉하시옵소서, 황제 폐하!'

카발레로 공작은 열과 성을 다해 사태의 심각성을 설명했다.

"그러니까 경의 말은 만약 대책을 수립하지 않고 전쟁을 벌인다면 우리 병사가 모두 포로가 될 수도 있다는 말이군."

"아뢰옵기 황송하오나 그렇사옵니다, 황제 폐하! 또 하나 말씀드리고자 하는 것은, 노블리아 왕국에서 포로 송환 협상을 하자는 연락이 왔사옵니다."

"포로 송환 협상? 포로들이 돌아오면 그 원인을 좀 더 명확히 알 수 있겠군. 그 포로 중에 철갑기마대 사령관과 마법사도 포함됐겠지?"

"그렇사옵니다, 황제 폐하!"

"대륙 제일 강병이라, 짐이 원하는 대륙 통일의 발판을 마련할 것이라고 하더니… 쯧쯧! 그 문제는 경이 알아서 하도록."

불의 황제라 일컬어지는 주비스 제국 이돌로 루카도르 황제는 혀를 차면서 정전을 나가 버리고 말았다.

양국 협상단이 제3국에서 협상을 벌이기 시작했지만 쉽게 끝날 일은 아닌 듯싶었다.

                    *   *   *

　아리안은 드워프와 저택을 나서며 그가 했던 말을 상기했다.

　'드워프 족장의 말은, 대왕지네를 죽여 종족의 위기를 구한 자의 주인이 구속 결계를 풀어 드워프 멸족을 막아줄 것이라는 신탁이 전해진다는데 무슨 얘기인지 모르겠군. 가서 자세히 들어보면 알겠지.'

　아리안이 성문을 나설 때까지 그를 경호하는 기사와 병사들이 어찌나 엄중히 거리를 통제했는지 성문까지 도로에 민간인은 한 명도 보이지 않았다. 멀리서 일어나는 작은 소란이 아리안의 귀에 들렸다.

　"아니, 대낮에 길을 막으면 어떻게 하자는 거요? 지금 빨리 가지 않으면 막대한 손실을 입게 되오. 비켜주시오."

　"젊고 얼굴이 반반한 녀석의 막대한 손실이라면 새 애인을 기다리게 하는 거로군."

　"세상에, 그것을 어, 어떻게……."

　"염려하지 마라. 네 애인도 길이 막혔을 테니. 그리고 급할수록 돌아가라는 현자의 말씀을 가슴에 품게."

　"그, 그게 아니오. 정말 급하단 말이오."

　길을 막은 병사가 부드러운 말로 하자, 상대는 더욱 강하게 밀어붙였다. 이번에는 병사가 화를 냈다.

　"야, 그 자식 끌고 가서 정말 급한 일이 뭔지 알아봐! 우리에게 대드는 것을 보니 수상한 놈이 틀림없어. 감히 태대공 저하께서 지나가시는 길에 뛰어들려는 놈이니."

"예, 십인장님!"

병사가 상관의 명령을 받아 한 걸음 앞으로 나서자, 바쁘다던 청년은 재빨리 돌아서서 달려갔다.

"아, 급하면 돌아가라면서요? 저는 그만 돌아가지요. 현자님의 말씀은 가슴에 품어 실천을 해야지요. 암, 실천이 중요하지요."

후다닥!

청년이 돌아서서 도망가는 자초지종을 들은 아리안은 쓴웃음을 머금고 성문을 나서서 헤르메스를 돌아봤다.

"헤르메스!"

"예, 태대공 저하!"

"내가 내 백성을 믿지 못해 불편을 주다니, 이상한 생각이 드는구나. 앞으로 번거로운 일은 피했으면 좋겠다."

아리안은 헤르메스에게 자신의 심정을 잔잔한 음성으로 전했다. 그는 안전도 중요하지만 이것은 조금 심하다는 생각을 버릴 수가 없었다.

"예, 태대공 저하!"

"그리고 나를 쫓지 말고 부모님이 계시는 저택 안전에 최선을 다해라!"

"하지만 혼자 움직이시면 번거로운 일이……."

"누가 혼자 움직인다고 했나?"

아리안은 말을 하면서 앞쪽 하늘을 쳐다봤다. 아리안의 눈길이 닿는 허공에 잠시 가벼운 일렁거림이 있다가 사라졌다.

"예, 태대공 저하! 안녕히 다녀오십시오."

"충성!"

"안티야스와 디오사만 따라오고 너희는 이곳에서 수련하고 있어라."

아리안이 자신을 따라오려는 수련생들에게 따라오지 말라고 명하자, 그들은 아쉬운 표정으로 발을 멈춘 채 안티야스와 디오사를 부러운 눈으로 전송했다.

'임원 중에서 안티야스만 마스터 초급이니 그를 도와줘야겠지. 디오사가 같이 가면 더 열심히 할 테고…….'

헤르메스는 급히 안티야스에게 주머니 하나를 전했다.

"주군, 다녀오십시오."

아리안은 기사와 병사, 그리고 수련생들의 인사를 받고 고개를 끄덕이며 성을 떠났다. 하늘에는 구름이 많이 끼어서 금방이라도 눈이 올 듯했다.

길을 안내한다며 앞서가는 드워프는 키에 비해서 상체와 하체가 너무 잘 발달하여 뒤뚱거리는 듯 보였지만 잘도 앞서 갔다.

며칠 후 아리안 일행은 코야칸 성에 도착했다. 코야칸에는 제국에 가까운 노블리아 왕국 왕궁을 세우느라 각종 건설의 함성이 요란히 울렸다. 왕궁보다 더 넓은 터에 종합 행정 부처

가 들어갈 건물, 도시 외곽 지역에는 세 개의 아카데미 뼈대가
세워졌다.

"흠, 건축하는 기술은 조잡해도 규모만은 대단하군."

"······."

아리안은 함께 온 드워프가 혼잣말하는 것을 듣고 빙그레
미소만 지었다.

그런데 순간 이상한 기운을 느꼈다. 그는 그대로 지나가려
다가 성을 향해 발걸음을 돌렸다.

"코야칸에서 하룻밤 묵고 가자."

코야칸은 황금이 뿌려지는 곳이었다. 돈 냄새를 맡은 각종
상인과 음지에서 눈을 번득이는 사람들도 몰려들었다.

"따끈따끈한 찐빵, 찐빵이 단돈 한 닢이요, 한 닢!"

"'일나거라'가 고개 숙이는 '계섯거라'의 강화판 '꼼짝 말
거레이'가 여기 왔어. 동지섣달 긴긴 밤을 늠름한 모습으로 황
야를 질주하는 '꼼짝 말거레이'와 보내면 아침 밥상이 당장
달라져. 자, 단돈 5실버로 천상의 기쁨을 맛볼 수 있는 기회.
날이면 날마다 오는 게 아냐. 돌아서서 후회하지 마. 기회는
망설이면 달아나는 것, 용기 있는 자가 미인의 마음을 쟁취한
다."

"거, 정말 '계섯거라'보다 괜찮은 거요?"

"허, 이 아저씨 때문에 오늘 밤 또 한 여자 가겠군."

"젊은 오빠의 외로움이 가슴에 사무쳐. 이리 와, 잉! 내가 위
로해 줄게."

아리안 일행은 '삶의 환희' 교향곡을 들으며 여관을 찾았다.

'그리움이 머무는 곳'이란 간판을 보고 안으로 들어섰다. 아직 해가 지지 않았는데도 1층 식당에는 손님이 많았다. 마치 주점임을 알리듯이 뿌연 담배 연기와 시끌벅적한 소리 때문에 눈이 맵고 귀가 먹먹할 지경이었다.

"젠장, 이곳에 돈 냄새는 나지만 우리 같은 용병은 할 일이 없잖아."

"맞아. 이곳 수비대는 보통 병사들이 아니야. 내가 훈련받는 것을 힐끗 봤는데 장난이 아니더라고. 완전히 지옥 훈련이야. 그런 놈들이 일반 병사라니 소름이 끼치더군."

"병력을 절반으로 줄이더니 훈련을 배로 늘린 모양이구나. 그런데 너, 그 이야기 들었어?"

이야기를 하던 친구가 갑자기 음성을 팍 줄이며 주위를 두리번거리자 동료들의 시선은 단번에 그에게 쏠렸다.

"무슨 얘기?"

"전신 시로코님이 이쪽으로 오셨다더군."

"전신 시로코님이? 도대체 그분이 왜 이쪽으로 오시는데?"

"이 왕국 태대공의 검술이 대륙 제일이라고 하잖아. 아마 그것 때문이겠지."

안티야스와 디오사는 아리안의 얼굴을 한 번 쳐다본 후 못 들은 듯한 주군의 태도를 보고 빈자리를 찾았다.

"교수님, 저곳에 빈자리가 있습니다."

디오사는 아리안 곁에 앉고 안티야스와 드워프가 함께 자리
했다. 안티야스와 디오사는 수련복을 입고 있었기에 가슴에
수놓인 태극 마크가 특이했는지 쳐다보는 사람들이 생겼다.

4인은 조용히 앉았다. 디오사는 처음 보는 분위기에 주위를
두리번거렸으며, 안티야스는 경계의 빛을 늦추지 않았다.

"손님, 무얼 갖다 드릴까요?"

15세 정도로 보이는 점원의 말에는 피곤한 기색이 잔뜩 묻
어났다. 안티야스가 아리안을 쳐다보자 그가 세 사람을 둘러
보고 주문했다.

"간단한 식사와 술을 좀 가져와라. 그리고 방 네 개가 필요
하다."

"5실버, 선불입니다. 방은 하나밖에 안 남았습니다."

"됐다. 그것을 사용하마."

안티야스가 헤르메스에게 받은 주머니를 열고 번쩍거리는
1골드를 넘겨줬다. 식사보다 먼저 술이 놓였다. 드워프는 아리
안을 한번 쳐다보고 나서 술을 잔에 따르지 않고 그대로 들이
마셨다.

"크, 좋군. 인간의 술은 또 다른 별미야."

이번에는 입을 열고 그대로 술을 부었다. 술 넘어가는 소리
가 시냇물이 급류를 빠져나가는 소리처럼 울리자, 주점 안의
많은 사람이 신기한 듯이 쳐다봤다.

콸콸콸콸!

"아니, 드워프잖아. 정말 오랜만에 보는군."

"그래? 드워프는 말만 들었지 난 처음 봐."

바로 그때, 갑자기 술집 안에 엄청난 기운이 퍼졌다. 술을 입에 붓던 드워프가 술병을 내려놓고 부들부들 떨었다. 디오사가 벌떡 일어나며 검을 뽑아 들었고, 안티야스가 극도로 긴장하여 손을 검집에 올려놨다. 아리안이 기파를 흘리자 세 사람은 평온을 되찾았다.

주점에서 술을 마시던 사람들 얼굴이 창백하게 변했다. 몇몇 사람은 안색이 파리하게 변하다가 급기야 쓰러지고 말았다.

"젠장, 술집에선 술 잘 마시는 것이나 자랑할 것이지 무슨 놈의 힘자랑이야."

주점 구석진 자리에서 술을 마시는 자의 몸에서 일어난 강한 기운이 주점을 덮었던 기운을 어느 정도 해소했다.

주점 문이 열리며 젊은 남녀가 들어왔다. 갑자기 주위가 밝아진 듯했다. 여자의 아름다움은 나이를 짐작하지 못하게 했고, 남자의 강맹한 모습은 천계 대장군이 하강한 듯했다.

"홍!"

무엇이 그리도 못마땅했는지 여자의 콧바람은 북풍한설이 몰아닥치듯이 주점 안의 공기를 단번에 차갑게 얼려 버렸다.

"욱!"

여자의 콧바람은 단순히 비웃거나 아니꼬울 때 내는 콧소리가 아니었다. 그녀의 콧바람에는 세상을 관조하는 자의 권능이 묻어나왔다. 또다시 몇몇이 쓰러졌다.

"지저분한 녀석들이 너무 많아 공기가 탁하군요. 누님, 정리할까요?"

"……."

그녀는 동행의 말을 듣고 살짝 고개를 끄덕였다.

"모두 나가라! 위대한 누님께서 이곳에서 식사를 하실 거다!"

주점 안의 손님들은 쉽게 움직이지 않고 서로 눈치만 봤다.

"이런 밥벌레들이 감히……."

그가 말하면서 기운을 퍼뜨렸다.

"으윽! 헉!"

주점 안에 얼굴이 파랗게 질리며 갑자기 쓰러지는 사람이 속출했다.

"음, 드래곤 피어로군."

구석에 있던 자가 일어섰다. 전신에서 투기가 강력하게 일었지만, 다른 사람을 도울 여력은 없는 듯했다.

"제법이군. 아우의 기운을 견디고 일어서다니. 하지만 너를 위해서는 움직이지 않는 게 더 좋았다. 천 년 만에 내려왔더니 재미있군, 정말 재미있어. 네스토! 검을 차고 있으니 네가 없애 버려라!"

"예, 알레그리아 누님!"

네스토라고 불린 자는 검을 뽑아 들었다. 그의 검에서 붉은색 오라블레이드가 넘실거렸다. 마법의 종주인 드래곤 중에서는 참으로 드물게 보는 소드 마스터였다.

"흠, 마법이 아니라 검을? 잘못 선택했군. 넓은 곳으로 가는 게 어떤가?"

네스토는 자신이 결정하지 못하고 알레그리아를 쳐다봤다. 여자가 고개를 끄덕이자 많은 사람이 밖으로 우르르 몰려나갔다.

"세상에, 드래곤에게 전혀 주눅 들지 않고 싸우려는 사람이 누구지?"

"글쎄, 용병왕보다 강하다는 전신 시로코님이셔. 대륙에서 제일 강하다는 세 사람 중 한 사람이지."

"대륙 제일 강자라니, 그 세 사람이 누구야?"

그의 말에 주위에 있는 사람은 물론이고 아리안도 귀를 기울였다.

"전신 시로코님은 국적이 없어. 그리고 주비스 제국 불의 황제 이돌로 루카도르. 마지막 세 번째는 아쉬람 제국의 라파엘 공작님이지. 그분은 번개왕으로 소문났어."

"이곳 노블리아 왕국 태대공 저하의 검술도 대단하다고 하던데?"

"그렇다고 하더군. 하지만 입증된 세 사람과는 달리 소문만 무성하지. 그 소문조차 믿기 힘들 정도야. 시로코님이 직접 검을 부딪치고자 이쪽으로 오신다더니 벌써 도착하셨군."

"어? 빨리 가자. 벌써 시작하려는 모양이야."

코야칸 한쪽에 건물을 지으려고 터를 닦은 곳에 두 사람이 서로 검을 들고 상대를 노려봤다. 아리안도 안티야스와 디오사를 데리고 가서 조용히 관전했다. 드워프는 싸움 구경보다 술이 좋은지 따라오지 않았다. 그가 손에 잡은 게 술병 대신 술 단지로 바뀌었을 뿐이다.

검을 겨눈 두 사람의 기세가 점점 달아올랐다. 그들 주위로 서서히 바람이 일고 모래와 자갈이 비명을 지르며 공중으로 날아올랐다.

관전하던 사람들이 견디지 못하고 뒤로 물러섰지만, 알레그리아는 옷깃마저 펄럭거리지 않은 채 오연한 표정으로 묵묵히 두 사람의 결전을 지켜봤다.

네스토의 검은 무려 3m에 이르는 오라블레이드를 자랑했지만, 전신 시로코의 검에서는 검사가 일어났다.

"아, 검사로구나."

"검사가 뭐야?"

"일반적으로 검사란, 오라블레이드를 이루기 전에 검에서 나온 오라가 마치 누에고치에서 실을 뽑듯이 가는 실처럼 뿜어져 나오는 것을 말하지."

'검사'라는 새로 듣는 명칭에 주위 사람들이 귀를 기울였다.

"그럼 전신 시로코가 마스터 초입이란 뜻이야? 도대체 무슨 소린지 모르겠군."

"그렇지? 하지만 전신 시로코는 일반적인 상식을 깼어. 그는 검사가 나타나자 오라블레이드로 가기 위해 노력한 게 아니라, 오히려 검사를 더욱 발전시켜서 채찍처럼 휘둘러. 그리고 그 검사 채찍에 걸리면 오라블레이드를 형성하지 않는 한 모두 잘려 나간다더군."

참으로 놀라운 일이었다. 세상에는 놀라운 사람이 많다고 하더니 정말 그런 모양이었다. 사람들은 눈을 부릅뜨고 앞을 주시했다. 대부분의 남자는 강한 무력에 향수를 느꼈고, 그런 장면을 직접 볼 수 있는 기회는 결코 많지 않은 법이다.

"허, 그래? 그렇다면 창과 검의 대결인가? 아니면, 살인 채찍과 검의 대결? 어쨌든 간에 흥미진진하군. 과연 누가 이길까?"

"그야 모르지. 기세 싸움에서도 서로 밀리지 않았고, 전신 시로코는 전장에서 10만 병사들과 사흘 밤낮을 싸웠지만, 상대는 무한한 마나의 소유자인 위대한 자인 듯하니 결과는 박빙의 승부를 예고하는 듯해."

구경하는 사람들은 관전 포인트를 짚어주듯이 이야기하는 설명을 귀로 들으면서 눈은 두 사람의 변화에 집중했다.

"천뢰칠격세. 제1격!"

우르릉!

네스토가 일갈하며 공중으로 뛰어오르자, 상단으로 치켜든 검의 오라블레이드가 천둥을 동반하면서 시로코에게 내려쳐졌다. 마치 빛의 장막이 시로코를 덮어씌우는 듯했지만, 전신은 살짝 피하며 좌횡베기로 네스토의 몸을 갈랐다.

네스토의 검술은 화려하고 엄청난 위력을 지닌 반면 전신의 검술은 단순한 듯 보였으나 강력했다.

네스토는 올려치기로 시로코의 검을 쳐낸 뒤 다시 소리쳤다.

"제2격!"

우르릉!

천둥소리는 더욱 커졌고, 네스토의 검은 태산을 가를 듯이 우횡베기로 이어졌다. 그의 우횡베기는 옆으로 휘두르는 검법이 아니었다. 그의 검을 따라서 일어나는 기운이 마치 헤일이 일어나는 듯싶었다.

시로코는 뒤로 물러서면 검의 여파에 휩쓸린다는 것을 깨닫고 살짝 뛰어오르며 검을 휘둘렀다. 검신의 검에서 검기가 뿜어져 밧줄 같은 검사를 이뤘다. 그의 검사가 채찍처럼 휘어지며 네스토를 감싸려 했다.

"아, 저 밧줄이 검사로구나."

"병신, 검사는 실처럼 가느다랗지. 저 검사가 뭉친 다발이 마스터의 오라블레이드를 제압하는, 바로 전신의 놀라운 위력이야."

네스토의 신형은 더욱 빨리 시로코에게 다가서며 그의 검사를 잘랐다. 잘린 검사 일곱 토막이 사방으로 흩어졌다. 눈으로 보기에는 한 번 휘두른 것 같았는데 7연참의 묘리가 깃든 듯했다.

쌩~!

두두둑!

"아~!"

구경하는 사람들이 모두 놀라서 신음을 토했다. 기운으로 이뤄진 검사가 끊어지는 게 마치 밧줄이라도 잘리듯이 소리를 냈다. 누가 봐도 네스토의 능력이 더욱 놀라웠다.

시로코는 당황하지 않고 다시 휘청거리는 검사를 발산하여 네스토에게 달려들었다.

"제3격!"

짜르릉!

네스토가 발휘하는 칠격세는 뒤로 갈수록 힘이 배가되는 듯했다. 천둥은 매우 가깝고 한편으로 무척 요란했다. 그의 몸은 공격을 시도한 후 아직 한 번도 땅을 밟지 않았다. 공중에서 휘두르는 그의 검에서 번개가 번쩍거렸다.

"허걱!"

네스토가 공중에서 검을 휘두르다가 갑자기 비명을 지르며 땅으로 떨어졌다. 그의 몸에는 이미 잘린 검사가 어느 틈에 박혔다. 시로코의 검사가 잘린 것은 그의 능력이 네스토보다 약해서가 아니라 원래부터 그걸 노린 듯싶었다.

"세상에, 검사가 잘려서 소멸된 게 아니었어."

"아니, 잘린 검사를 암기처럼 사용할 줄이야."

"크, 그것을 모르는 상대가 오히려 전신 시로코님을 도운 꼴이 됐군."

관전하던 사람들은 놀란 눈으로 시로코를 쳐다봤다. 전신이라 불리기에는 여러 가지 비기와 경험이 충분하겠지만 한 가지만 봐도 충분히 놀라웠다.

"흥, 바보 같은 녀석! 위대한 마법 대신 검을 들어 망신을 자초하다니……."

네스토는 놀란 눈으로 누님이 아닌 시로코를 쳐다봤다. 그의 눈에는 인간이라고 무시하는 게 아니라 경탄하는 빛이 가득했다. 그는 인간이라면 벌써 몇 번이라도 죽었을 상처를 입고서도 태연히 회복 마법을 걸었다.

"힐링!"

몸에 박혔던 검사 조각은 어느새 보이지도 않았다. 상처는 빠르게 회복됐다.

"흥, 파이어 스피어!"

여자는 무엇이 못마땅했는지 연방 콧바람을 일으킨 후 화염계열 6클래스 마법을 시전했다. 불꽃 창 여섯 개가 시로코를 향해 날아갔다.

갑자기 공격하는 여자를 보면서 시로코는 황당한 표정으로 급히 검사를 휘둘러 화염창을 막았다. 마법사와 검사가 가까운 곳에서 싸우면 검사가 유리하다는 정설을 무시하고 시로코는 겨울에 땀을 흘렸다.

여자는 그게 더욱 못마땅하여 드래곤 피어를 일으키며 마법을 영창했다.

"헬 플레임!"

7클래스 마법이었다. 동산처럼 거대한 지옥 화염과 같은 검은 불길이 시로코에게 덮쳐들었다. 관전하던 사람들이 도망도 가지 못하고 공포에 질려 자리에 주저앉거나 쓰러졌다.

7서클 마법 헬 플레임은 마스터가 상대할 만한 마법이 아니었다. 전신 시로코는 물론이고 그의 주위에 있던 사람들마저 그녀의 공격권에 갇히면서 모두 쓰러지고 말았다.

아리안이 기운을 일으켰다. 쓰러졌던 사람들이 정신은 차렸지만 멍한 눈길로 시로코를 바라봤다.

시로코는 열심히 검을 휘둘러 검벽을 만들어서 지옥 화염을 막아보려 했지만 역부족이었다. 검벽은 완전하지 못했고, 그의 머리카락은 불에 탔다. 그는 비록 낭패한 모습을 보여줬지만 결코 포기하지는 않았다.

"일격필살!"

그의 몸은 공중으로 솟구쳐 여자를 향해 빠른 속도로 다가서며 전력을 다한 일검을 내려쳤다. 허공을 가르는 굉음이 코야칸 시를 뒤흔들었다.

꽝~!

그의 검에는 자신보다 강한 자에게는 언제든지 목숨을 내주겠다는 결사의 의지가 담겼으며, 최후의 순간에도 결코 포기하지 않고 전력을 다한다는 투기가 만연했다.

천상미녀처럼 아름다운 알레그리아 얼굴에 처음으로 긴장한 빛이 어렸다. 심상치 않음을 느낀 여자가 재빨리 외쳤다.

"파이어 스톰! 실드!"

누구도 말로만 들었던 8클래스 마법이 펼쳐졌다. 인간 마법사가 펼칠 수 있는 마법이 아니었다. 알레그리아를 중심으로 거대한 화염 회오리가 원을 그리며 빠르게 퍼져 나갔다. 불의 회오리는 한두 개가 아니었다. 수십 개가 넘는 불의 회오리가 퍼져 나가자 구경하던 자들 중 누구도 살아남지 못할 듯했다. 시로코의 전력을 다한 일격필살의 의지가 담긴 검이 그녀의 실드에 부딪쳤다.

꽈꽝!

굉음이 울렸지만 실드는 깨지지 않았다. 시로코는 반탄력에 의해 뒤로 날려갔다. 화염 회오리가 그를 감쌌다.

'아, 이렇게 죽는구나.'

시로코는 자신의 죽음을 직감했다. 그러나 억울하지 않았다. 다시 태어나도 이번 생의 모든 선택을 후회하지 않고 또다시 같은 길을 걷게 될 것이다. 불에 타서 어마어마한 통증이 밀려올 줄 알았던 시로코는 자신의 상태가 이상하게 여겨져서 눈을 떴다.

광장을 덮을 듯이 퍼져 나가던 8클래스 대량 학살 마법 '파이어 스톰'이 일으킨 화염 회오리가 퍼져 나가지 못한 채, 마치 봉지에 갇히듯이 오므려지면서 오히려 점차 알레그리아를 향하여 압박하듯이 밀려갔다.

시로코는 놀란 눈으로 사방을 두리번거렸다. 광장 한쪽에 선 젊은이가 한 손을 뻗어 알레그리아를 가리키고 있었으며, 그 양쪽 뒤에도 검을 뽑아 든 두 젊은 남녀가 경호하듯이 서 있었다.

알레그리아는 파이어 스톰이 오히려 자신에게 몰려들자 경악했다.

'세상에, 이럴 수는 없어. 파이어 스톰은 펼칠 수는 있어도 취소는 안 되거늘……. 이런, 순간이동이나 텔레포트도 안 되잖아. 드래곤 로드를 능가하는 이런 능력을 펼치는 자가 인간일 리는 없지. 아, 신이 나를 자연으로 돌려보내려고 마음먹은 모양이군.'

알레그리아는 그 자리에 조용히 앉아 불길을 조종하여 자신을 가리키는 아리안을 처연한 눈길로 바라봤다.

감히 항거조차 할 수 없는 8서클 마법 '파이어 스톰'을 마치 빨래 걷는 것처럼 가볍게 다루는 광경을 보고 관전하던 사람들은 모두 아연실색하고 말았다.

그 일이 어느 정도의 권능인지를 잘 아는 네스토가 바닥에 무릎을 꿇었다.

"신이시여! 제발 저를 처벌하시고 누님을 용서하여 주소서!"

누가 드래곤은 눈물이 없다고 했던가. 그의 얼굴에는 자책 어린 빛이 역력했고 눈에서는 눈물이 하염없이 흘렀다.

파이어 스톰을 이룬 수십 개의 불길의 회오리는 모두 하나로 합쳐져서 알레그리아 주위를 강하게 휘돌았다. 순간, 알레그리아는 이상한 점을 느꼈다. 지옥 화염과 같은 검은 불꽃과 5,000도 이상 올라가야 나온다는 푸른 불길 속에서도 전혀 뜨겁지가 않았다.

그녀는 거룩한 분이 자신을 용서하고 거두려는 뜻이 있다고 여겼다. 그녀는 불길 속에서 재빨리 옷깃을 여미고 무릎을 꿇은 채 공손히 절했다. 그리고 마음속으로 기도했다. 그녀는 상대가 신이라면 들을 수 있다고 확신했다.

'소녀는 주인의 종입니다. 뜻대로 인도하소서!'

'너는 내 명을 추호의 어김없이 이행하겠느냐?'

알레그리아는 머리에서 울리는 신의 음성을 듣고 아리안이 신이라고 단정했다.

'나 알레그리아는 드래곤의 언령으로 맹약하나이다, 나의 주인이시여!'

일어나라. 내가 이 땅에 있는 동안 너를 거두리라.

알레그리아는 다시 한 번 절을 하고 일어나면서 그만 깜짝 놀랐다. 아리안의 손짓 한 번에 그 거대한 화염 회오리가 사라져 버렸다. 알레그리아는 다소곳이 아리안 뒤에 섰다. 네스토가 엉거주춤한 표정으로 알레그리아를 쳐다봤다.

콩!

알레그리아는 재빨리 그의 이마에 군밤을 먹이고 그를 끌어당겨 자신의 옆에 세웠다.

'내가 주인으로 모시기로 언약했다. 살아서 내일 뜰 해도 보고 싶다면 너도 빨리 드래곤 언약으로 맹세해라!'

'누님, 그렇게 되면 우리의 용생은 사라지는 것 아닙니까?'

'이 바보야, 주인님이 인간의 탈을 쓰고 이 세상에 계실 동안만이다. 길어야 백 년을 넘겠느냐? 오히려 그 기간은 우리에

게 가장 알찬 기간이 될 게 틀림없다.'

'아하, 그렇군요. 알았어요. 저도 언령으로 맹약하지요.'

"나 에르네스토는 주인님이 인간으로 이 땅에 계실 동안 주인으로 섬길 것을 드래곤 언령으로 맹약합니다."

아리안은 에르네스토가 갑자기 언령으로 맹약하자, 어리둥절하여 알레그리아를 쳐다봤다.

'주인님, 저 잘했죠?'

'오냐. 잘했다.'

아리안의 칭찬을 받은 알레그리아는 얼굴이 발그레해지며 마치 공중에 붕붕 뜨는 듯했다.

아리안은 '저 애 드래곤 맞아?' 하는 표정이었다가 곧 고개를 끄덕였다.

"좋다, 받아들인다. 네스토, 하지만 내 명령을 어기고 독단적인 행동을 하면 안 된다."

"물론입니다, 주인님! 염려 꽉꽉 묶어두십시오. 명령만 하시면 어떤 왕국이나 제국도 '헬 파이어'로 태워 버리든가 메테오 마법으로 가루로 만들어 버리겠습니다. 헤헤."

'에고, 머리야. 아무래도 '잘못된 만남' 아닌가? 느닷없이 두통이 생기려고 하는군.'

아리안은 머리를 한 번 흔들고 안티야스와 디오사를 쳐다보고 말했다.

"가자!"

"잠깐!"

지금까지 옆에서 조용히 상황을 관망하던 전신 시로코가 떠나려는 아리안을 급히 불렀다. 아리안은 발을 멈추고 시로코를 돌아봤다.

　"태대공 저하시죠? 저는 시로코입니다. 저하께 한 수 배우고자 불원천리 찾아왔으니 부디 뿌리치지 마시기 바랍니다."

　"전신 시로코라고?"

　아리안은 상대의 이름을 듣고 그를 자세히 살폈다.

　"동료들이 저를 아껴서 그리 부를 뿐입니다."

　"그대가 이 시대에 보기 드문 남자라고 들었다. 허락한다."

　"감사합니다, 태대공 저하."

　아리안이 일행을 뒤로 물러나게 하고 앞으로 나섰다. 이때 뒤에 남은 알레그리아가 이상하다는 듯이 중얼거렸다.

　"네스토, 주인께선 저 사내를 보기 드문 남자라고 하시면서 높이 평가하셨다. 넌 그 이유를 아느냐?"

　"당연하지요. 누님께는 죄송하지만, 주인님께서 말하신 뜻은 남자가 여자보다 우월하다는 말씀입니다. 흠흠!"

　네스토는 말을 마치고 어깨를 살짝 뒤로 젖히고 힘을 지그시 줬다. 가벼운 기침을 하면서 눈에 힘을 주는 모습을 본 안티야스와 디오사가 눈물을 글썽거리며 웃었다.

　"큭큭! 풋풋!"

　고개를 갸웃거리던 알레그리아가 안티야스에게 물었다.

　"그런 뜻이 아닌 듯해. 동생, 주인님이 남자라고 말씀하신 뜻이 뭐지?"

"주군께서 말씀하신 보기 드문 남자란, 남자 중에서도 남자라는 뜻입니다. 사소한 이익에 얽매이지 않고 대의를 좇으며, 평소 말과 행동이 일치하여 항상 동료나 친구에게 믿음을 주는 사람을 남자라고 하신 것입니다."

"네스토, 너 뭐라고 그랬지? 남자가 여자보다 우월하다고?"

"하하! 누님도 참. 농담도 못합니까?"

"이리 와, 이 새끼야. 너 농담으로 좀 맞아야겠다."

퍽퍽! 컥!

"누님! 농담으로 때리는데 살기가 웬 말입니까?"

퍽퍽!

"이 새끼가 누님의 농담을 살기라고 표현해? 좀 더 진지한 농담으로 맞아야 언어가 정화되겠군."

퍼퍽퍽!

알레그리아는 예쁜 발을 들어 뺨을 연타로 갈긴 후 돌려차기로 농담을 진지하게 표현했다.

그동안 아리안과 시로코는 공터에서 마주 섰다. 시로코는 아리안이 검을 뽑지 않을 뿐더러 허리에도 검이 없자 이상한 표정으로 물었다.

"태대공 저하, 검을 사용하지 않으십니까?"

"손에 검이 있어 뜻에 따라 움직이니 이를 수어검이라 할 것이며, 눈에 보이는 모든 것을 베어버리면 이를 목어검이라 부르리라. 이미 마음에 검이 있어 그 진퇴가 자유로우면 심어검이라 할진대, 어찌 눈에 검이 보이고 보이지 않음을 탓하는가.

이제 그대가 품은 검심을 어려워하지 말고 마음껏 표현해 보게나."

수어검, 목어검, 심어검의 경지를 말했으나, 시로코는 처음 들어보는 용어라 고개를 갸웃했다. 시로코는 아리안이 뭔가 심오한 경지를 설명하는 듯했지만, 이해하지 못한 채 검에 기운을 집어넣었다. 갑자기 주위 기운이 몸살을 일으켰다.

그가 투기를 불러일으킬수록 그를 중심으로 주위 모래와 자갈들이 회오리치며 밖으로 튕겨나갔다. 그러나 아리안의 안색은 고요하기만 했다. 그의 옷깃 하나도 바람에 펄럭이지 않아서 상당히 대조적이었다.

"그럼, 갑니다."

이야기가 끝나기도 전에 시로코는 어느새 아리안에게 다가가서 검을 휘둘렀다. 내려치기, 올려치기, 횡 베기, 사선 베기, 찌르기 등 기본 검형만을 사용했다. 그러나 그의 기본 검형에는 일격필살의 의지가 담겼고, 중의 묘리가 숨을 쉬었다.

아리안이 고개를 끄덕였다.

"좋군."

챙챙! 챙챙!

아리안의 말을 듣고 안티야스와 디오사가 눈을 반짝이며 지켜봤다.

전신이라 불리는 시로코가 기본 검형을 사용하자, 그것은 더 이상 기본 검형이 아니었다. 현란한 어떤 검법보다 더욱 실용적이고 패도적이며 직선적이었다. 그의 검은 어떤 쾌검보다 빨랐고, 중검의 무게를 지녔으며, 그 어떤 환검보다 눈을 어지럽혔다. 아리안의 손에서 강기가 뿜어져 검의 형태를 지닌 채 시로코의 검을 맞받아쳤다.

"세상에, 검도 없이 전설의 강기 검이라니… 역시 주인님이야."

네스토가 놀란 눈으로 전장을 주시했다. 디오사가 고개도 돌리지 않은 채 안티야스에게 물었다.

"안티야스, 시로코는 단지 기본 검세를 수련하는 것만으로 전신의 단계에 돌입한 걸까요?"

"그것은 잘 모르겠지만, 누구도 그보다 더 기본 검세를 잘 운용한다고 보기는 어렵겠군요."

"한데 주군의 검이 이상해요."

"아! 참으로 놀랍습니다. 주군께서 지금 전신 시로코에게 가르침을 주고 있습니다. 쾌검보다 빠른 둔검의 깊이, 동을 제압한다는 정, 즉 정중동의 묘리를 보여주시는군요. 주군의 부동검은 이미 팔방을 제압했답니다. 아! 시로코가 주군의 가르침을 깨닫기 시작했습니다."

"예?"

디오사가 시로코의 검을 보자, 지금까지와는 확연히 다른 검을 보였다. 그의 검은 점차 느려졌다. 하지만 검이 부딪치는 소리는 더욱 빨라졌다.

디오사가 저도 모르게 신음을 흘렸다.

"아~!"

챙챙챙챙챙!

검이 부딪치는 소리는 간격이 점점 줄어들었다. 그리고 마침내 소리는 하나로 이어졌고, 결국 그 소리마저 사라졌다.

"……."

아니, 소리는 들리지 않는다고 해서 사라진 게 아니었다. 소리는 더욱 증폭되어 인간의 귀로 들을 수 있는 한계를 넘어섰을 뿐이다.

들리지 않는 굉음에 관조자에서 인간으로 변신한 에르네스토와 알레그리아가 고통을 호소했다.

"으윽! 내가 고통을 느끼는 굉음이 있었다니……."

"크윽! 누님, 이 소리는 인간이 낼 수 있는 소리가 아닌 듯합니다. 어? 소리가 점점 사라지는데요."

시로코는 누구에게도 질 수 없다는 호승심이 점차 사라지는 것을 느꼈다. 상대는 거대한 벽도, 도저히 넘을 수 없는 고산도 아니었다.

그가 상대하는 태대공은 그물에 걸리지 않는 바람과 같은 존재였으며, 웅장한 방파제도 도저히 막을 수 없는 구름과 같았다. 그는 상대가 처음부터 비교의 대상이 아님을 깨달았다.

"음~!"

아리안의 검은 상대를 죽이려고 날을 벼린 칼이 아니라, 환부를 도려내어 새살이 돋게 하는 활검이요, 생명의 검이었다.

시로코는 아리안이 자신과 검의 길이를 재보려는 게 아니라, 불필요한 동작을 잘라내어 한 걸음 성숙하도록 인도하고 있음을 깨달았다.

좀 더 빨리, 좀 더 강하게, 좀 더 버티는 것만을 목적으로 수련했던 지난날의 관념이 아리안의 검과 부딪치면서 서서히 무너졌다. 그는 점차 '부동검' 의 묘리를 깨우쳤다. 그는 한 가지 번득이는 생각을 잡고 그 자리에 주저앉았다. 그리고 아리안이 인도한 환상 수련에 빠져들었다.

아리안은 그가 작은 충격에도 위험에 처할 수 있음을 너무나 잘 알았기에 그의 주위에 결계를 쳤다.

"그가 깨어날 때까지 여기서 쉬었다 간다."

"예, 주군!"

"예, 주인님!"

힘차게 대답하는 네 사람은 부러운 눈으로 시로코를 바라봤다.

*   *   *

시로코는 검 하나를 들고 까마득히 높은 절벽 위에 섰다. 사방 5제곱미터도 되지 않는 정상에는 매서운 바람이 그를 날려 버릴 듯이 몰아쳤다.

쌔앵~ 쌩~!

그는 하체에 힘을 주고 왼발을 반보 앞으로 내민 채 무릎을 살짝 구부렸다. 가상의 적 머리를 검끝에 올려놓고 지그시 바라봤다. 검 위에 네스토의 머리가 드러났다.

"천뢰칠격세!"

네스토의 공격이 시작됐다. 그의 검은 갈수록 빨라졌고, 2격, 3격이 될수록 힘은 배로 늘어났으며, 5격이 지나자 검 자체가 보이지도 않았다.

자신의 검도 그의 빠르기에 맞춰서 빨라졌다가, 5격을 방어할 때는 잔상이 남을 정도였다.

네스토가 여섯 번째 공격할 때는 마침내 시로코의 검은 마치 그 자리에서 움직이지 않은 듯했다. 네스토의 7격은 엄청난 뇌성벽력을 동반했으며, 주위는 온통 그의 검이 뿌리는 빛으로 번쩍였다.

으르릉! 꽝꽝! 번쩍번쩍!

바로 그때였다. 시로코의 눈에 이상한 광경이 펼쳐졌다.

단순했던 빛이 점차 퍼지면서 빛을 이루는 조각들이 눈에 들어왔다. 놀랍게도 모든 빛이 직선으로 이뤄진 게 아니라 나선형으로 새끼 꼬듯이 연결된 것을 발견했다. 공간은 그대로 빈 게 아니었다. 수없이 많은 빛이 나선형으로 꼬여 연방 돌고 또 돌았다.

"아~!"

시로코는 마침내 공간의 틈이 비틀려서 직선보다 더 가까운 곡선을 발견했다. 시로코는 드디어 한계를 벗으면서 새로운 검의 세계로 들어갔다.

그의 몸이 부들부들 떨렸다. 그의 몸에서 공명이 일어났다. 소우주, 그의 몸에서 일어난 떨림을 동반한 진동은 대우주와 공명을 이루었다. 그 소리는 소 울음과 그렇게도 유사했다.

엉~!

시로코의 몸에서 밝은 빛이 쏟아져 나왔다.

그의 피부가 부서져 떨어져 나가고 새살이 차올랐다. 과거에 생겼던 수많은 상처와 아픔마저 떨어지는 피부와 함께 사라졌다. 새로 나온 살은 옥같이 반짝거렸다.

시로코는 사흘 만에 눈을 떴다.

아리안이 대견하다는 눈빛으로 바라봤다. 시로코는 그 자리에서 무릎을 꿇었다.

"태대공 저하의 한량없는 은혜를 입었습니다. 부디 부족하다 내치지 마시고 곁에 두시어 평생 동안 만 분의 일이라도 은혜를 갚을 수 있게 해주십시오."

"시로코, 그대를 기꺼이 가신으로 받아들인다. 하지만 명심해라. 게으르거나, 겸손하지 않거나, 명령을 따르지 않으면 그대의 목숨을 취하리라."

"예, 주군. 명심하겠습니다."

아리안 일행은 안티야스, 디오사, 드워프, 알레그리아, 에르네스토, 그리고 시로코까지 일곱 명으로 늘어났다.

아리안이 주위를 둘러봤다. 시로코는 안티야스와 무슨 이야긴지 나직이 속삭이고 있었고, 알레그리아는 아리안에게서 눈을 떼지 못했다. 드워프는 에르네스토의 눈치를 살피느라 안절부절못하는 기색이 역력했다.

"알레그리아, 네스토, 시로코!"

"예, 주군!"

"예, 주인님!"

"세 사람은 먼저 왕도에 있는 내 집으로 가 있는 게 좋겠다."

아리안은 그들이 같이 가면 드워프 종족이 불편할 듯싶었다.

에르네스토와 시로코는 별말 없이 고개를 끄덕였지만, 알레그리아는 고개를 잘래잘래 흔들었다.

"주인님, 저는 따라가야만 해요. 남자보다는 제가 주인님의 수발도 들어야 하고, 잠 안 자는 제가 경호에도 적격이잖아요. 앞으로 주인님의 안전은, 저 공간 속에 숨어 있는 녀석이 뛰어나긴 해도 제가 확실하게 지킬게요. 아셨죠?"

알레그리아는 레모가 숨은 공간을 손가락으로 가리키며 단호한 음성으로 못을 박았다. 아리안이 두 손으로 머리를 잡았지만, 알레그리아는 여여한 표정이었다.

'에고, 머리야. 시작부터 조짐이 심상치가 않아. 처음에 꽉 잡아야지.'

"안 된다. 내가 가는 곳에 네가 가면 내가 부담스러워진다. 돌아가라."

"앙~! 주인님은 나만 미워하는 것 같아. 으앙!"

갑자기 알레그리아가 자리에 주저앉아 울음을 터뜨리자, 그녀를 바라보는 사람 모두 황당한 표정을 지었다. 그러나 오직

한 사람만이 진지한 표정으로 눈물을 주르르 흘리며 서럽기 더할 나위 없이 울었다. 그녀는 듣는 사람마저 가슴이 아프고 지난 서러움이 생각날 정도로 진정 구슬프게 울었다.

여자의 눈물 앞에서는 옳고 그름이 녹아버렸으며, 논리와 사고가 자취를 감췄다. 아리안은 지금까지 한 번도 그처럼 처연한 표정의 심오한 공격을 받아본 적이 없었기에 그만 항복을 선언할 수밖에 없었다.

"알았다, 알았어. 넌 따라오도록 해라. 그리고 제발 그만 울어라."

뚝! 쌩긋!

"알았어요, 주인님. 역시 주인님이 최고야. 난 하늘만큼 땅만큼 주인님이 좋더라."

"에고, 머리야."

"주인님, 머리 아파? 호 해줄까?"

쫘당!

아리안은 결국 뒤로 넘어갔고, 디오사는 남자에게 최대한 어필할 수 있는 비장의 무기가 무엇인지를 깨닫고 안티야스를 힐끗 쳐다봤다. 그때였다.

"크엉! 나도 갈 거야. 크엉!"

갑자기 에르네스토가 땅바닥에 털썩 주저앉아 울음을 터뜨렸다. 네스토가 몸을 흔들고 두 주먹으로 가슴을 치면서 울음을 터뜨리기는 했지만, 그 모습은 마치 맹수가 싸우기 직전에 자신의 힘을 과시하는 모양새였다.

시로코와 안티야스가 서로를 쳐다보며 손으로 머리 위에서 동그라미를 그렸다.

콩!

"자식! 한 번 써먹은 방법은 효과가 절감되는 게 아니라 반감이 증폭되는 거야. 그리고 눈물에는 3대 요소가 있어."

"누님, 우는 데도 질소, 인산, 카리와 같은 요소가 필요해요?"

"에고, 네스토야. 네 이름에 토가 들어가는 이유를 알겠구나."

"누님, 정말 그래요? 제 이름에 토가 들어가는 이유가 뭐죠?"

"토는 '옆길로 빠지는 토, 토할 것 같다는 토'의 '토'란다. 알겠니?"

"아하, 누님, 그건 '토'가 아니라 '또'가 아닌가요? 옆길에 먹을 것이나 반짝거리는 것을 숨겨놨구나. 누님, 한데 눈물의 3대 요소를 모르니까 자꾸 옆길로 새는 거죠?"

"에고, 네가 똑똑한 건지 미련한 건지 나도 모르겠구나."

"누님, 어느 현자가 말했죠. 내가 나를 모르는데 넌들 나를 알겠느냐고. 그냥 눈물의 3대 요소나 말씀하세요. 몰라도 괜찮으니 너무 미안해할 필요는 없습니다, 누님!"

"눈물은, 첫째, 소리를 동반해야 할 때와 그렇지 않을 때가 있단다. '엉엉' 소리 내어 울 때, 어깨를 들썩이며 흐느낄 때, 소리 없이 처연한 표정으로 눈물만 흘릴 때가 있고, 각기 상황에 따라서 극적 효과가 다른 법이지. 둘째는 표정이란다. 눈물은 감정의 소산이지 결코 소금물이 아님을 명심해야 한다. 얼굴은 웃고 있지만 눈물이 타고 흐를 때는 안타까움이 극에 달했을 경우이고, 상대를 쳐다보지 않고 표정이 없는 얼굴로 눈물을 흘릴 때는 지금까지와는 다른 결심을 했을 때란다."

알레그리아는 아리안을 슬쩍 쳐다본 뒤에 말을 이었다.

"셋째로, 가장 중요한 것은 역시 마음이라 할 수 있지. 서글픔과 안타까움, 그리고 진정이 들어 있지 않다면 어떻게 기대하는 결과가 나오겠니."

알레그리아는 길게 설명했지만 누구도 지루하다고 여기지 않았다. 그녀의 말에는 나름 진실이 숨겨졌다고 여겼기 때문이다.

"누님, 눈물은 소금물이 아니라고 했는데, 둘 다 짜다는 점에서 같지 않은가요?"

"분명 유사한 면이 있는 것은 사실이지만, 정반대 성질이 강해. 소금은 변하지 않고 그대로 보존하는 성질이 강한 반면에, 눈물은 모든 아픔과 벽을 넘어서 장애를 씻어버리고 하나로 합하려는 성질이 독특하지 않니?"

아리안은 알레그리아의 말을 듣고 혀를 내둘렀다.

'에고, 저게 만 년을 산다는 드래곤의 지혜인가? 앞으로 험난한 여정이 예상되는군. 알레그리아가 네스토처럼 강짜를 부리는 일이 없었으면 좋겠는데⋯⋯.'

어쨌든 간에 묵묵히 일행을 부러운 눈으로 바라보던 시로코와 투덜대던 에르네스토는 왕도로 향했다. 앞장서던 드워프는 드디어 길을 벗어나서 산으로 들어갔다.

다섯 사람은 숲으로 들어서며 숲이 인간 세계와는 다른 세계임을 절감했다.

겨울 산은 조용한 듯했지만 그 가운데서도 세월이 입혀준 기경과 비경 속에서 온갖 동물이 먹고 먹히는 먹이사슬을 확인했다. 일행은 우렁찬 생존의 합창을 들으며 짐승들이 다니는 길을 따라 앞으로 나아갔다.

"주인님, 이렇게 힘들게 갈 필요가 있나요? 텔레포트하면 쉬울 텐데."

"알레그리아, 쉬운 것을 너무 좋아하면 쉽게 생을 마칠 수 있다."

쉬운 것을 너무 좋아하면 쉽게 생을 마칠 수가 있다.

"치! 알았어요, 주인님!"

입을 삐죽이는 알레그리아를 보면서 아리안은 속으로 미소를 지었다.

'크, 완전히 소녀 같군. 저런 알레그리아를 누가 7,000살이 넘는 고룡이라 부를까.'

* * *

그들은 사흘이 지나서야 드워프 마을에 도착했다. 그러나 마을로 들어갈 수가 없었다. 안내하던 드워프의 모습이 갑자기 사라졌다.

"어? 분명 여기서 사라졌는데 마법의 흔적조차 발견할 수 없다니 정말 이상해요, 주인님!"

알레그리아가 도저히 이해가 안 된다는 표정으로 주위를 살폈다. 주위에는 나무나 바위가 있는 것도 아니었으며, 이상하게 공간이 왜곡된 어떤 흔적도 보이지 않았다.

안내하던 드워프는 결계 안에서 아리안 일행을 쳐다봤다.

'젠장, 만약 저들이 들어오지 못하면 그동안 고생한 게 모두 허사잖아. 크크, 드래곤도 역시 들어오지 못하는군.'

안티야스는 드워프가 사라진 장소에서 왔다 갔다 해봤지만 아무런 이상이 없었다. 디오사는 땅바닥을 면밀히 살폈다.

"그것 참으로 신기하군. 뭔가 있는 듯한데 주위와 전혀 다른 점이 없다니……."

"맞아요. 마치 순간이동하듯이 여기서 사라졌어요."

아리안이 상단전에 기운을 모았다. 아리안이 상단전을 열자 어른거리는 공간을 발견할 수 있었다.

"아, 여기서 고대종족의 진법 흔적을 발견하다니……."

한편, 시로코와 에르네스토는 노블리아 왕국 왕도에 도착했다.

"시로코, 식당에서 밥 먹고 들어가지. 주군 댁에 가자마자 밥 달라고 하는 것도 이상하잖아."

"그럴까. 마침 저곳에 식당이 보이는군."

두 사람은 사흘 동안 같이 오다 보니 상당히 가까워졌다. 네스토는 검으로 자신을 이긴 시로코를 동료로 인정했다. 식당 겸 여관은 낮 시간인데도 많은 손님이 자리를 차지했다.

"역시 왕성이 있는 곳이라 사람이 많군."

"마침 빈자리가 보여. 저쪽으로 가지."

"그러지."

두 사람은 자리에 앉아 식사를 주문한 뒤에 주위 사람들이 떠드는 이야기를 들었다.

"용병왕 카르마니님이 이곳에 오셨다는군. 그 소리 들었어?"

"뭐라고? 용병왕 카르마니님이? 이곳에서 전쟁이 난 것도 아닌데 무슨 일이지?"

"오슬람 성에서 태대공 저하와 전신 시로코님의 결투 소식이 전해졌나 봐."

용병왕 카르마니와 전신 시로코의 이름은 단번에 시선을 집중시켰다.

"오슬람 성? 처음 들어 보는 성이군. 내가 알기로는 코야칸 성으로 들었는데."

"맞아. 코야칸 성이었지. 한데 현자 한 분이 국왕 전하께 상소를 한 모양이야. 코야칸은 왕성이 되기에는 어감이 좋지 않다. 잘못하면 '고약한' 으로 들릴 수도 있지 않으냐. 이름의 기운은 절대 무시할 수 없으니 고쳤으면 좋겠다. 현자의 상소를 읽은 국왕 전하께서는 오슬람 성으로 개명한다는 칙서를 내리셨어."

설명을 듣던 사람들은 저마다 고개를 끄덕이며 서로 둘러봤다.

"음, 그렇게 됐구나. 아차, 용병왕은 어떻게 됐지?"

"응, 카르마니님도 오슬람 성으로 갔다가 한발 늦은 모양이야. 태대공 저하는 떠났고, 전신 시로코님의 흔적이 이쪽으로 움직였다고 해서 따라온 것이겠지."

"크크, 오늘은 태대공 저하의 저택 정문이 좀 시끄러워지겠군."

역시 공짜 구경은 누구나 즐기는 모양이다. 구경 중에서도 불구경과 싸움 구경이 가장 재미있다는 말도 있지 않던가.

"맞아. 용병왕 카르마니님의 성격이 전혀 거침이 없는 분이니까. 밥 먹고 그곳에 가서 공짜 구경이나 해야겠어. 자넨 어떤가?"

"그러세. 의뢰가 들어오면 단장님이 연락하시겠지."

시로코와 에르네스토도 서로를 쳐다보고 급히 밥을 먹었다.

저택 앞에 도착한 시로코는 문을 지키는 병사에게 다가갔다.

"누구냐?"

"우린 태대공 저하의 가신이다. 저하께서 먼저 집에 가서 기다리라고 하셨다. 총관님께 연락해 다오."

"알았소. 잠시 기다리시오. 이름은 어떻게 되오?"

병사들은 두 사람의 행색을 살폈다. 가신이라면 자신과는 상대가 안 될 정도로 상전이다. 아직 확인되지는 않았지만 말을 놓을 수는 없었다.

"나는 시로코고 이 친구는 네스토다."

"시로코… 님? 전신이란 말이오?"

"그렇게 부르는 사람도 있더군."

"아, 예. 잠시만 기다려 주십시오."

전신 시로코의 이름은 결코 가볍지 않았다. 병사는 허겁지겁 안으로 뛰어 들어갔다.

"총관님! 총관님!"

"왜 그렇게 놀란 표정이냐?"

총관 헤레스가 놀란 표정의 병사에게 물었다. 헤레스의 모습이 전과는 많이 바뀌었다. 주비스 제국에서 기사단장으로 후작까지 지냈던 귀족의 품위가 물씬 풍겼다.

"총관님, 지금 정문에 전신 시로코님이 저하의 가신이라며 동료와 함께 왔습니다."

"그래? 전신 시로코라면 내가 나가봐야겠군."

헤레스는 정문으로 나와 두 사람을 살폈다. 에르네스토의 기운은 범상치가 않았다. 전신 시로코 역시 생각보다 뛰어나서 결코 자신의 아래가 아닌 듯했다.

'흠, 놀랍군. 저자는 드래곤의 유희인 듯하고, 시로코도 듣던 것보다 뛰어나. 이미 마스터의 단계를 넘어 새로운 경지에

들어선 듯해. 정말 놀라운 일이잖아. 그러니까 아리안이 가신으로 삼은 거겠지.'

헤레스는 먼저 인사했다.

"어서 오시오. 내가 총관이오."

"안녕하십니까? 이번에 태대공 저하를 주군으로 모시게 된 시로코입니다. 주군께서 드워프와 동행하시면서 먼저 가 있으라고 하셨습니다."

"알겠습니다. 잘 오셨습니다. 그리고 저분은 혹시……?"

"네스토입니다. 난 단지 주군의 가신일 뿐입니다."

헤레스는 네스토가 드래곤인데도 겸손한 모습을 보고 속으로 미소를 지었다.

'크크, 드래곤인데도 저렇게 겸손하다? 틀림없이 아리안에게 놀란 모양이군. 드래곤과 그랜드 소드 마스터……. 허, 이젠 대륙 정복도 주머니 안의 구슬이군.'

"자, 자, 들어갑시다. 하하하! 두 분 참으로 잘 왔습니다."

헤레스는 두 사람과 안으로 들어가서 아리안의 할아버지와 아버지께 인사를 드리게 했다. 그리고 각자 방을 정해주고 돌아갔다.

시로코는 기합 소리가 심상치 않음을 느끼고 수련생들이 수련하는 장소로 천천히 걸어갔다. 할 일이 없는 네스토 역시 그의 뒤를 따랐다.

수련장에는 70여 명의 젊은이가 땀을 흘리고 있었다.

"아니, 저들은?"

"왜 그래, 시로코?"

수련생들을 보고 놀란 시로코를 보고 네스토가 의아한 표정으로 물었다.

"저들이 모두 마스터야. 더구나 대부분이 마스터 중급이라고."

"그래? 히야, 말도 안 돼. 왕국에는 마스터가 다섯 명을 넘지 못하고 제국이라 해도 열 명이 넘는 곳이 없다고 들었는데……"

"그렇지. 그게 현실이야. 하지만 저들은 분명 마스터 중급이 대부분이야. 대륙 최강의 무력 집단은 제국이 아니라 우리 주군이셔."

시로코는 태극 마크를 가슴에 부착한 그들의 능력과 수련 과정을 보고 할 말을 잃었다. 이때 파라미가 시로코에게 다가왔다.

"이곳은 일반 무사의 출입이 금지된 곳인데, 누구시죠?"

"아, 그런가? 가신이 된 지 얼마 되지 않아서 몰랐네. 나는 시로코이고 이 친구는 네스토라네."

"아, 그렇습니까? 전신 시로코님의 이야기는 많이 들었습니다. 뵙게 되어 반갑습니다. 얘들아, 이리 와라!"

"그래, 파라미. 어? 그분들은 누구셔?"

"인사드려라! 전신 시로코님과 위대하신 분이야. 이번에 새롭게 주군의 가신이 된 분들이지."

네스토는 스스로 드래곤이라고 소개하지도 않았는데 파라

미가 알아채자 놀란 눈으로 쳐다봤다. 시로코는 재미있다는 듯이 일행을 바라봤다. 그들의 행사는 범상치 않았다. 그들은 드래곤이라고 해도 놀라지 않았다. 단지 흥미로운 표정으로 살필 뿐이었다.

그때 파라미가 정문이 있는 곳의 기척을 살피는 듯하더니 물었다.

"정문에서 누군가가 소란을 피우는데 상당한 실력자 같아. 시로코님보다는 약하지만 나보다는 센 듯해. 누가 나가볼래?"

시로코는 파라미가 하는 평가를 듣고 다시 한 번 놀랐다.

'세상에, 상대의 실력을 평가하는 것은 일반적으로 상대보다 능력이 뛰어날 때만 가능하다고 전해지지 않았던가. 정말 이 젊은이는 여러 모로 놀라게 하잖아. 지금 온 것은 용병왕이 분명해. 내가 나가는 게 좋겠지.'

"계속 수련하게. 내가 나가보겠네."

시로코가 말을 남기고 정문으로 향했다.

정문에서 기운을 흘리는 것은 역시 용병왕 카르마니였다.

"카르마니님, 오랜만입니다."

"어? 시로코, 자네를 여기서 보다니 의외로군. 어쨌든 잘됐네. 자네와도 겨뤄보고 싶었으니까. 자, 검을 뽑게."

"카르마니님, 이곳은 제 주군의 저택입니다. 누구도 이곳에서 큰소리칠 수는 없습니다. 잠깐 안으로 드시지요."

"누구도 큰소리칠 수 없다? 여기가 황궁이라도 된다는 말인가? 시로코, 다시 말하지만, 누구든지 내게 어떤 제약도 줄 수 없다는 것은 자네도 잘 알 텐데?"

구경하는 사람들이 차츰 많아지자 카르마니의 호기는 점점 더 커졌고, 더불어 그의 음성도 쩌렁쩌렁 울렸다. 따라온 네스토가 화가 나서 오히려 어이없다는 듯이 한마디 했다.

"주군께 혼이 나더라도 저 자식 입을 찢어버려야겠군. 감히 주군 저택에서 주군을 능멸해? 홀드!"

번쩍!

"마법사인 모양이군. 하지만 어림없다!"

카르마니는 네스토의 마법을 비웃다가 깜짝 놀랐다. 자신의 능력으로 이 정도의 마법을 벗어날 수 없었다.

"꼼짝할 수가 없어! 어떻게 된 거지?"

그에게는 6클래스의 마법을 해제하는 아이템이 있다. 그럼에도 전혀 쓸모가 없었다.

2m가 넘는 듯한 거구인 카르마니는 그제야 황당한 표정을 지었다. 185cm의 키에 날씬한 체격인 네스토는 그를 한 손으로 가볍게 들고 수련장으로 끌고 갔다. 구경하던 사람들이 모두 그의 괴력에 놀랐다.

"세상에, 용병왕을 단숨에 제압해 버리다니……."

"와, 자기 체격 두 배는 됨 직한 용병왕을 한 손으로 들고 가는 것 좀 봐."

"젠장, 점점 재미있어지려는 순간에 데리고 가면 어떡해."

용병왕은 수련장까지 끌려왔지만 결코 기가 죽지는 않았다.

"크크, 날 제압했으면 자네 주군이란 자를 생각해서라도 빨리 죽이는 게 좋을 거야. 난 내가 받은 모욕은 절대 잊지 않는 사람이니까."

"그 자식, 참으로 웃기는군. 자신이 마치 대단한 자라도 된 듯이 착각하는 꼬락서니하곤. 이 새끼야, 네가 용병왕이면 난 전신이시다. 알겠어? 나이 한두 살 많다고 존대해 주니까 하늘 높은 줄 모르고 날뛰고 있군. 네스토, 그 자식 좀 풀어줘. 버릇을 고쳐줘야겠어."

카르마니의 말을 들은 시로코가 주군을 가볍게 말하는 것을 듣고 참을 수가 없어 마침내 화를 냈다.

"캔슬!"

네스토가 그에게 홀드 마법을 풀어줬다.

"크크, 날 풀어주다니 이건 정말 크게 실수하는 거야."

뚝뚝, 으드득!

카르마니가 손가락을 꺾고 목을 돌려보고 나서 검을 들었다. 수련생들이 모두 뒤로 물러서서 두 사람을 쳐다봤다.

"건방진 놈, 할 줄 아는 것이라곤 큰소리치는 것밖에 없군."

"크크, 어디 손맛이나 제대로 볼 수 있었으면 좋겠어. 흐흐!"

쌩!

카르마니의 도가 위맹한 소리를 내며 공간을 갈랐다. 역시 용병왕이었다. 베기 위주의 도가 시로코의 목을 향해 직선으로 빠르게 닥쳤다.

중검의 묘리가 담겼기에 공기를 가르는 소리가 묵직했으며,

도를 다루는 자답지 않게 변검의 묘리가 담겨서 도가 세 갈래로 갈라졌다.

카르마니의 도는 시로코의 목과 어깨, 그리고 허리를 동시에 노렸다. 어느 한곳을 막으면 다른 곳이 베일 듯했다. 뒤나 옆으로 피할 수밖에 없었다.

그 광경을 바라보는 수련생들은 순간이동에 가까운 보법을 생각했다.

퍽!

하지만 뜻밖의 상황이 발생했다. 시로코의 검이 카르마니의 도를 든 오른쪽 어깨를 잘랐다. 카르마니는 자신의 도가 시로코의 목을 가르는 순간 도가 사라진 것을 알고 깜짝 놀랐다. 아직 어깨가 잘린 것을 모르는 듯했다.

"악, 이게 어떻게 된 일이야. 분명 내 도가 먼저 도착했을 텐데……."

"건방진 놈. 너는 죽었다 깨어나도 직선보다 가까운 곡선이 존재함을 알지 못할 게다. 사실 나도 얼마 전에 주군께 배웠지만. 네가 내 주군을 모욕하지만 않았다면 나도 이렇게까지 하고 싶지는 않았다. 넌 내가 그분의 말고삐 잡는 것마저 영광으로 여기는 분을 능욕한 것이다. 썩 꺼져라! 다시는 상종하고 싶지도 않다!"

시로코의 진노를 담은 호통을 듣고도 카르마니의 태도는 변하지 않았다. 그는 입꼬리를 말아 올려 기분 나쁘게 웃었다.

"크크, 시로코! 이게 끝이라고 착각하지 않는 게 좋을 거다.

오늘은 그만 물러가도록 하지. 크크크!"

　카르마니는 바닥에 떨어진 검사의 생명인 오른팔을 집어 들고 묘한 여운을 남긴 채 사라졌다. 시로코는 그의 등을 무심한 표정으로 지켜봤다. 수련생들은 시로코의 동작을 연상하느라 여념이 없었다.

　직선보다 가까운 곡선이 존재한다.

Chapter 03
천 년의 예지

아리안은 어른거리는 공간을 향해 손을 들어 가리켰다.

쿵!

갑자기 굉음이 울리면서 변이된 공간이 깨졌다. 전혀 다른 공간이 나타났다. 일행은 모두 놀라서 할 말을 잃었지만, 가장 놀란 것은 결계 안에 있던 드워프였다. 그가 재빨리 앞으로 나서며 공손히 말했다.

"역시 우리가 천 년 동안 기다리던 분이군요. 이쪽으로 오십시오."

아리안 일행이 마을로 들어서자 이미 연락을 받았거나 그렇지 않으면 결계가 무너지는 소리를 들었는지 드워프들이 몰려나왔다.

"알레그리아, 기운을 드러내지 마라."

"예, 주인님."

아리안은 알레그리아에게 주의를 주고 마을 안으로 들어갔다. 마을은 통나무로 지은 집과 돌로 지은 집이 많이 보였고, 맞은편 절벽에는 커다란 동굴들이 입을 벌리고 있었다.

"세상에, 인간들이야. 인간들이 어떻게 결계를 넘어왔지?"

"누군가 이들을 인도해서 들어왔을 텐데, 족장님이 아시려나?"

"아실 거야. 그러니까 싸우든지 도망가라는 명령이 없지. 아, 장로님들이 나오신다."

주위에서 떠드는 드워프들의 음성에는 신기한 기색이 역력했지만, 그들의 안색은 몹시 침울해 보였다.

"장로님, 데려왔습니다."

지금까지 아리안 일행을 안내했던 드워프가 수염이 긴 세 사람의 장로에게 공손히 말했다.

"수고했다. 제가 이곳 장로인 에스판토입니다. 어느 분이 인간 대표입니까?"

"반갑습니다. 아리안입니다. 초대해 줘서 감사합니다, 에스판토 장로님. 제가 일행을 이끌고 있습니다."

아리안이 인사를 했지만, 에스판토 장로는 알레그리아를 불안한 표정으로 쳐다봤다. 아리안이 알레그리아를 돌아봤다. 그녀가 황급히 손사래를 쳤다.

"아닙니다, 주인님. 절대 기운을 흘리지 않았습니다. 저도 신기하게 여기는 중이에요. 야, 너 어떻게 알았어?"

알레그리아가 도리어 황당하다는 표정으로 드워프 장로를
향해 드래곤 피어를 퍼뜨렸다. 마을 광장이 갑자기 숙연해지
고 드워프들이 모두 공포에 질렸다.

"으윽! 허걱!"

"그리아!"

아리안은 화가 났는지 낮은 목소리로 단호하게 불렀다.

"호호, 벌써 5월인가? 하늘이 참 푸르네요. 주인님과 산책하
기에 딱 좋은 날씬데요. 어디 좋은 장소가 있는지 찾아봐야지.
한데, 주인님이 나를 '그리아'라고 부르시다니… 어감이 너무
좋아. '그리아!', 그리운 사람이라는 뜻이잖아. 그리아, 너무
좋다. 헤헤, 그리아, 그리아, 나의 그리아……(흥얼흥얼)."

그녀는 아리안의 표정이 심각하게 변하자 흥얼거리며 자리
를 피해 버렸다. 디오사가 눈이 올 듯한 우중충한 하늘을 한번
쳐다보고 손으로 입을 가렸다.

"후훗!"

안색이 평상시로 돌아온 에스판토 장로는 드래곤이 아리안
의 말에 복종하는 모습을 보고 고개를 끄덕이며 말했다.

"와줘서 감사합니다. 잠시 안으로 들어가시겠습니까?"

"감사합니다. 그럴까요?"

알레그리아는 보이지 않았고 안티야스와 디오사는 장로의
집 앞에서 기다렸다.

아리안은 장로와 함께 집 안으로 들어갔다. 집의 구조는 단

순했다. 침실 겸 거실이 하나였고 커다란 작업장 하나가 딸렸을 뿐이다. 통나무로 지은 그의 거실은 그 구조처럼 그리 단순해 보이지는 않았다. 천 년 이상 된 세월의 깊이에서 풍기는 향기가 가득 배어 있었다.

"아리안님, 단도직입적으로 말하지요."

차를 권하는 것마저 잊은 에스판토 장로의 음성에는 다급함이 서려 있었다.

"우리 마을은 지금 위기에 처해 있습니다. 이 마을에는 결계가 쳐졌기에 누구의 침입도 받지 않았지만 이제 광산의 광석도 동이 났고, 어쩐 일인지 식물도 더는 자라지 않습니다. 부디 이 마을의 결계를 풀어주기 바랍니다."

그의 표정에서는 금방이라도 무릎을 꿇을 만큼 다급함과 안타까움이 잔뜩 묻어났다. 아리안은 마을 전체에서 신비한 기운을 느꼈기에 묵묵히 에스판토 장로를 쳐다봤다.

드워프는 커다랗고 수염이 더부룩한 대장군 같은 얼굴인데도 키가 작아서 아무래도 웃음을 자아내기에 충분했지만 아리안은 진지한 태도로 바라봤다.

"에스판토 장로님, 자세히 말씀해 보시겠습니까?"

"아리안, 아무래도 내가 나이를 많이 먹은 듯하니 말을 쉽게 해도 될까? 왠지 불편해서 말이네."

"하하, 그렇게 하시죠. 이미 말을 놓고 있지 않습니까?"

아리안이 웃으면서 승낙을 하자 드워프 장로는 '그랬었나?' 하는 듯이 눈을 동그랗게 떴다가 멋쩍은 표정을 짓더니 언제 그랬느냐 듯한 표정으로 이야기를 시작했다. 아리안은 장로의 능청스런 표정에 웃지 않으려고 어금니를 깨물었다.

"흠, 그랬군. 예전에 우리 드워프 종족은 천마전쟁에 참여했다가 다행히 승리에 기여했으나 멸족 위기에 빠진 적이 있지."

"드워프 종족이 천마전쟁에 참여했었다고요? 아하, 신무기를 제작해서 천계를 도왔군요."

아리안은 키가 작은 드워프가 전쟁에 참여했다는 말을 믿기가 어려웠다. 에스판토 장로는 아리안의 말을 듣고 빙그레 미소를 지었다.

"누구든지 그렇게 여기겠지. 하지만 무기를 제공했을 뿐만 아니라 직접 전쟁에도 참여했고, 우리의 왕은 고대종족 사령관의 부관으로서 탁월한 능력을 발휘했어. 자네는 들어봤나, 자이언트 드워프에 대한 전설을?"

"아, 그렇구나."

얼핏 서적에서 본 기억이 떠올라 놀란 듯한 아리안의 말에 드워프 장로는 반색했다.

"그렇군. 그 사실을 아는 걸 보니 자네는 고대종족의 피를 이은 자였어."

이번에는 아리안이 놀랄 차례였다. 아리안은 동굴 속에서 고대인의 유물을 본 후에야 그들이 28자 한글을 사용하는 대한민국의 조상임을 알았다.

"세상에, 그 사실을 어떻게 아셨죠?"

아리안이 긍정을 하자, 장로는 순식간에 환한 표정이 되어 신이 나서 설명했다.

"자이언트 드워프는 세상에 얼굴을 드러낸 적이 없다네. 고대종족의 특전단이 됐을 때도 모두 얼굴을 철모로 덮고 출전했었지. 오거와 같은 체격과 힘, 오크 대전사를 능가하는 전투력과 용맹을 지녔으면서도 고대종족의 은혜로 마법 저항력까지 지녔기에 모두 그들을 고대종족으로 착각했으니까."

장로의 설명은 연방 이어졌다. 고대종족의 지도자는 드래곤로드의 10클래스 마법을 뛰어넘었다고만 말했다. 그리고 아리안이 비록 심장에 마나 고리는 없지만 마법을 할 수 있음도 지적했다. 아리안은 들을수록 놀라웠다.

"아니, 그것은 또 어떻게 아셨죠?"

"고대종족 지도자들은 마법을 마치 숨 쉬듯이 자연스럽게 발현했으니까. 그들은 마나 고리를 심장에 만들지 않고 가슴을 열어 사용했다고 전해지네. 물론 가슴을 연다는 말이 무슨 뜻인지는 모르지만."

드워프 종족은 인간에게 전해지지 않은 고대인에 대한 이해를 안고 있었다. 아리안은 이야기를 나누면서 지금까지 누구에게도 말하지 못했던 답답함이 해소되는 것을 느꼈다.

"아, 그것은 인간이 가지는 힘의 터전을 세 가지로 나눕니다. 배꼽 밑의 하단전은 육체의 힘을 증가시키고 변화시키는 기본 바탕이 되지요. 다음이 말씀하신 중단전으로 가슴에 있습니다. 중단전을 열게 되면 하단전이 무섭게 발달하고 정신적인 권능, 즉 자연력을 사용할 수 있지요. 초인이라 부르는 단계랍니다."

"그러면 상단전도 있겠군. 상단전은 어디 있으며, 그 능력은
어떤 것인가?"

에스판토 장로는 짐짓 호기심이 솟구치는 모양이었다. 그의
눈은 호기심과 기대로 반짝거렸다. 아리안은 장로의 모습에
실소를 흘리며 이야기를 계속했다.

"상단전은 이마에 있습니다. 제3의 눈이라고도 부르며 영적
인 눈, '영안'이라고도 하지요. 진실을 바라보고 시간과 공간
너머를 볼 수 있답니다."

에스판토 드워프 장로는 궁금한 점을 참지 못하고 연방 물
었다. 아리안은 이를 싫증내지 않고 진지하게 대답했다.

"시간과 공간 너머란 무슨 뜻인가?"

"시간이란 흐르면 다시 오지 못하는 것으로 알고 있습니다.
그렇지 않습니까?"

아리안과 장로의 이야기는 조금씩 깊이를 더해갔다.

"그거야 당연한 말이지. 어제가 오늘이 되고 내일로 변하지
만, 오늘이 된 어제는 실제 어제와는 모든 게 변해 있기에 결코
어제라고 부를 만한 것은 조금도 남아 있지 않겠지."

"장로님은 역시 대단합니다. 한데 시간은 직선이 아닙니다.
비틀려 있지요. 어제와 오늘, 그리고 내일을 한 번에 볼 수 있
는 시간의 틈새가 있다는 말입니다. 상단전이 열린 초기에는
그 틈새를 발견하지만, 지금까지의 모든 기본 개념의 혼란과
관념의 파괴로 미쳐 버리는 사람도 생겨납니다. 그 틈새에 홀

로 서서 어제와 오늘, 그리고 내일을 함께 보기에 진실을 바라
본다고 하는 겁니다."

두 사람의 이야기는 점차 깨닫지 않은 사람은 이해하기 어
려운 부분을 언급하고 있었지만 누구도 개의치 않았다. 실로
놀라운 일이었다.

"그렇다면 공간은 어떤가?"

"공간은 시간과는 조금 다릅니다. 다른 적절한 표현이 없어
서 비틀렸다고 말합니다. 두 점의 가장 가까운 거리를 선으로
그었을 때 우리는 그 선을 직선이라고 부릅니다. 한데 직선보
다 더 가까운 곡선이 있음을 알게 되지요. 이를 이론으로 설명
하자면 언어의 한계를 느끼게 됩니다. 좀 더 설명하기 쉬운 다
른 예를 들어볼까요?"

아리안은 장로가 이해하도록 쉬운 설명을 한다고 했지만 알
아듣는 것은 상대의 몫이었다. 우리가 눈으로 자신의 코를 보
면 눈동자가 가운데로 모이고, 그 상태를 사시안, 혹은 사팔눈
이라고 부른다. 그 상태로 사물을 보면 두 개로 보이는데, 우리
는 그 두 개 중에서 하나는 실상이고 나머지 하나는 허상이라
고 여긴다. 하지만 어떤 게 허상이고 어떤 게 실상인지 구분할
수 있는 사람이 있을까? 아리안의 설명을 장로는 그제야 깨달
았다.

"허허, 사시안이 아니면 두 개 상이 나타나지 않을 테니 그
건 곤란하겠군."

"바로 그렇습니다. 하나의 상을 허상과 실상으로 나누어 볼

수 있는 눈이 필요합니다. 하지만 원래 사물은 두 개 상이 있는 것은 아닐까요? 그리고 그 두 개의 상은 허상과 실상의 경계를 수없이 오가는 것은 아닐까요? 우리가 허상 위에 서도 실상은 어느 순간 허상 위에 서 있지는 않을까요? 모든 가정과 관념을 뛰어넘는 진실의 눈은 인간의 생각과 관념 너머를 본답니다."

"음~!"

에스판토 장로는 만 년 삶을 사는 드래곤의 지식을 뛰어넘는 지혜의 바다를 엿본 듯했다. 그의 신음은 무저갱을 채울 듯이 깊었다.

"아리안님, 전쟁이 끝난 후 마황은 고대종족과 드워프 종족의 씨를 말리라고 마왕에게 명령을 내렸습니다."

에스판토 장로는 자신의 말투가 바뀐 것도 모르고 말을 이었다.

"중간계로 숨어든 마왕은 고대종족과의 싸움에 역부족임을 느끼고 인간에게 반간계를 사용했지요. 고대종족의 엄청난 힘에 불안하던 인간은 고대종족과의 전쟁을 선포했습니다."

장로의 이야기는 계속됐다. 마왕의 반간계에 걸린 인간은 집요하게 공격을 감행했다. 물론 정면 승부는 생각할 수도 없었기에 암계를 펼쳤다.

고대종족 여자들이 사용하는 물건에 불임약을 발랐고 여자들의 기호식품에 불임 물질을 첨가했다. 또한 어린아이들을 공격 목표로 삼아 온갖 기물과 괴물을 이용하여 죽였지만, 그때까지도 고대종족은 인간의 악랄함을 깨닫지 못했다.

그들이 아리안이 말한 진실의 눈으로 사태를 직시했을 때는 너무 늦은 때였다. 고대종족의 씨가 마른 것이다.

그러나 그들은 그 당시만 해도 충분히 인간을 멸족시킬 힘이 있었는데도 웬일인지 그렇게 하지 않았다.

지금도 그 사실을 아는 유사인종이 궁금하게 여기는 점은, 그들이 그때 진실의 눈으로 본 것은 과연 무엇일까 하는 점이다.

드워프 장로는 지금도 궁금하다는 표정이 역력했다.

"그들은 고대종족의 멸족이 눈앞에 놓였으면서도 오히려 드워프 종족과 엘프 종족을 걱정했습니다. 마왕과 인간의 침입을 막으려고 결계를 만들어 안전을 도모했으며, 그 결계는 드래곤도 풀지 못했기에 안전한 삶을 영위할 수 있었지요. 하나 마왕의 재침입이 임박하면 결계 내의 식물 성장이 지장을 받아 생활하기 어렵겠지만, 참고 기다리면 그들의 힘을 이어받은 후손이 문제를 해결해 줄 것이라고 전해 내려옵니다."

"한 사람이 결계를 빠져나갔으니 다들 한 사람씩 장소를 옮기면 되지 않습니까? 더구나 지금은 그 결계마저 깨졌으니 문제가 해결된 게 아닌가요?"

아리안은 처음 드워프 마을에 들어섰을 때 느꼈던 의문을 물었다.

"그런 생각도 해봤습니다만, 여의치가 않습니다. 대왕지네가 어쩐 일인지 결계를 열고 들어와서 상당수 종족을 잡아먹었지요. 그전에는 감히 결계 밖으로 나갈 생각도 하지 못했답니다. 대왕지네가 나가는 뒤를 따라 한 사람이 겨우 나다닐 수 있는 길을 발견했으나 다른 사람은 나갈 수가 없었지요. 비록 지금 결계가 깨졌다고는 하나, 우리가 나갈 수는 없습니다. 우리가 지켜야 할 또 하나의 문제가 있기 때문이지요. 일단 한번 가서 보는 게 어떻겠습니까?"

에스판토 장로가 일어서자 아리안도 고개를 끄덕이며 일어섰다. 두 사람이 밖으로 나오자 여러 사람이 그를 둘러쌌다. 그때 알레그리아가 다가오면서 물었다.

"주인님, 이곳은 참으로 괴이한 곳이에요. 뭔가 이상하기는 한데, 꼭 꼬집어서 이렇다 할 것은 또 없으니 말이에요. 그리고 제 레어가 이곳에서 멀지 않아요. 아무래도 레어 내부를 손보려면 이 아이들이 필요해서 찾으려고 해도 보이지 않았는데 이렇게 가까운 곳에 있으면서도 찾지 못한 게 너무 신기한 거 있죠. 도대체 어떻게 한 거죠?"

"너는 다른 드래곤의 아공간을 발견하여 열 수 있나?"

"에이, 그건 안 되죠. 아공간이란 만든 사람의 의지와 연결된 것이니까요."

"바로 그것이다. 이곳을 만든 사람의 뜻이 없다면 발견할 수가 없지. 지금은 열려야 할 때가 되어 자연스럽게 결계를 약화시켰기에 외부와 이어진 것이야. 모두 이곳에서 기다려라. 장로님과 다녀올 곳이 있다."

"안돼요, 주인님! 저는 주인님의 안전을……."

"너는 언제나 내게 두 번 말하도록 하는구나. 벌을 받아야만 하겠다."

아리안은 말하면서 오른손을 들어 알레그리아를 가리켰다.

"주인님, 이러시면… 앗!"

알레그리아의 모습이 갑자기 사라졌다. 드워프 장로는 위대한 존재고 신의 대리자인 드래곤을 가볍게 처리하는 광경에 그만 너무 놀라고 말았다.

"세상에, 위대한 존재를……."

"이제 가실까요, 장로님?"

"예, 예, 아리안님!"

두 사람이 도착한 곳은 마을 한쪽 동굴이었다. 동굴 입구는 누가 실수로라도 들어갈 수 없도록 문을 달고 빗장으로 막아 놓았다.

"이곳입니다, 아리안님!"

아리안은 오른손을 들었다. 손에 백색 검 한 자루가 나타났다.

"아, 전설의 심검이 출현했구나. 전설이 이루어지고 있어."

에스판토 장로는 감격스런 표정으로 아리안을 바라봤다.

아리안은 동굴 안으로 한 걸음 들어갔다. 동굴 안은 어두웠지만, 어둠이 아리안을 불편하게 하지는 않았다.

동굴은 그다지 넓지 않았다.

'음, 이곳은 단지 아공간의 위치를 알리려는 의도일 뿐이구나.'

아리안은 벽 앞에 서서 마음속으로 아공간을 열겠다는 의념을 일으키며 수인을 그렸다. 그리고 한 걸음 두 걸음 벽으로 가까이 다가섰다. 벽과 부딪쳤지만 망설이지 않고 다시 한 걸음을 내디디며 심검을 휘둘렀다.

꽈꽝!

결계가 굉음을 일으키며 깨졌고, 그 소리는 점점 퍼져 나갔다. 새로운 세계가 펼쳐졌다.

웅~!

아리안이 아공간에 들어서면서 울리기 시작한 공명이 계속 장중하게 퍼졌다. 소리에 이끌렸는지 사람들이 하나둘 몰려들었다. 드워프들이었다. 하지만 그들의 키는 일반 드워프의 두 배에 가까웠다. 아리안의 키가 지금은 190㎝에 육박했지만, 그들은 250㎝가 넘는 듯했다.

"아, 자이언트 드워프!"

아리안이 탄성을 터뜨렸다.

전설의 전사 자이언트 드워프!

오거를 능가하는 힘과 오크 대전사보다 용맹하고 날렵하며, 마법 저항력마저 지녔기에 마계 마장마저 두려워하지 않는다는 자이언트 드워프가 천 년의 숨결을 고르며 결계 속의 아공간에 숨은 채 때를 기다린 것이었다.

아리안 앞에 모였던 자이언트 드워프들이 서서히 길을 터주자, 아리안이 앞으로 나아가려다가 그 자리에 멈췄다. 자이언트 드워프가 만든 길로 세 명의 자이언트 드워프가 다가왔다.

그들은 일반 자이언트 드워프보다 머리 하나는 더 커서 3m에 달했다. 아리안은 그들이 자신 앞에 이르자 올려다봐야 했다.

"약속된 자를 뵙습니다. 확인하기 위해 진법을 펼치겠습니다. 허락하소서!"

앞에 선 자이언트 드워프의 음성은 쩌렁쩌렁 울렸다. 어조는 무척 공손했지만, 애써 담담하여 감정을 드러내려 하지 않는 듯싶었다.

"허락한다."

"파천연환청룡암흑진법!"

자이언트 드워프가 진법을 소리쳐 불렀다. 아리안은 단숨에 이름에 담긴 의미를 깨달았다.

'흠, 조상들이 만든 진법이라 이름도 한문으로 지었군. 저들은 모르겠지만, 이름 안에 진법의 성격이 그대로 담겼잖아.'

"개진!"

자이언트 드워프 수장의 명령이 떨어졌다. 자이언트 드워프 108명이 일제히 화답하고 무기를 뽑아 든 채 아리안을 향해서 진법을 펼쳤다. 오거의 키를 능가하는 자이언트 드워프들의 진법은 마치 거대한 담장인 듯했다.

그들의 수좌가 진언을 외치며 진법을 이끌었다.

"천 년 한이 가슴에 사무치니!"

광장에 있던 자이언트 드워프들은 사라졌다. 진을 펼친 108명에게서 발휘되는 기운만이 점차 공중에서 휘몰아쳤다.

"태양은 빛을 잃고 어둠만 가득하네!"

진을 펼친 자이언트 드워프들은 서서히 움직이다가 조금씩 빨라졌다. 그들이 움직이면서 땅을 밟는 소리가 우렁찼다.

쿵쿵! 쿵쿵!

그 소리는 그들이 움직이다 보니 어쩔 수 없이 생긴 발걸음 소리가 아니라 의도적으로 일으킨 진각이었다. 진각은 자신들의 기운을 조금씩 증가시켰고, 반면에 상대의 기운은 위축시켰다.

'이들의 한이 파천청룡진법을 변화시켰어. 흠, 어떻게 변했는지 기대가 가는군. 결코 내게 호의만 있는 것은 아니야.'

그들의 머리 위에 모인 기운은 점점 강해지더니 하나의 형상을 갖췄다. 엄청난 크기의 청룡이었다.

크르룽!

청룡은 마치 천둥소리와 같은 울음을 터뜨렸다. 기운으로 만들어진 청룡이 포효하다니 기묘요, 괴사였다.

아리안도 그대로 있을 수 없음을 깨닫고 수인을 그었다. 아리안 머리 위로 황룡이 나타났다. 108명의 자이언트 드워프가 진법을 활용해 만들어낸 청룡보다 결코 작지 않았다.

화르륵!

청룡이 황룡을 보더니 불을 내뿜으며 달려들었다. 황룡도 불을 뿜었다. 화염이 공중에서 부딪쳐 폭발했다.

꽈광!

엄청난 굉음을 일으키며 불꽃은 사라졌지만 연방 다시 격돌했다. 서로 조금도 이득을 얻지 못했다. 자이언트 드워프 수좌가 청룡에게 힘을 더하려고 진언을 이었다.

"사나이 품은 욕망, 씻을 길이 없구나."

자이언트 드워프들이 진언을 따라서 외우며 손을 들어 청룡을 가리켰다.

꽈르릉!

진언과 드워프의 기운을 받은 청룡이 크게 포효하며 황룡에게 불을 내뿜고 발톱을 세우며 달려들었다. 청룡이 크게 득세하자 아리안의 음성이 고요히 창공에 스며들었다.

"세월은 무상해도 삶의 강은 흐르고,

광풍호우 요란해도 낙락장송 의연하니,

태허의 신비는 태극에서 피어나더라."

황룡은 청룡의 공격을 받아주었다. 청룡이 불을 내뿜어도 같이 불로 공격하지 않고 살짝 피했다. 대부분 불길은 피했지만 다 피하지도 않았다. 어쩐 일인지 더욱 화를 낸 청룡이 발톱으로 할퀴어 황룡의 몸에 상처가 생겨서 피가 흐르는데도 반격하지 않고 묵묵히 받아줬다.

황룡에게 상처가 생기자 아리안의 몸에도 피가 흘렀다. 황룡의 모습은 마치 화가 난 부인을 달래는 듯이 보였다.

"한을 듣지 못하는 하늘을 깨라."

자이언트 드워프 수좌의 진언은 극한에 이르렀는지 심히 떨렸다. 청룡의 공세 역시 수비는 염두에 두지 않고 극에 달했다. 하늘은 청룡의 광란에 가까운 공세의 기운으로 어둡게 변했으며, 사방에서 천둥이 치고 번개가 작렬했다.

우르릉! 꽝꽝!

황룡의 비늘이 하나둘 떨어져 나가기도 했다. 아리안의 의복은 이미 붉게 변했다. 그러나 그의 안색은 평온했고, 오히려 얼마나 고생이 많았느냐는 듯 미안한 기색이 더욱 역력했다.

"새로운 하늘이 언제나 함께하리라."

자이언트 드워프 수좌가 입에서 피를 뿌리며 진언을 완성했다.

꽈르릉!

한층 힘을 받은 청룡이 그 어떤 신병이기보다 날카로운 발톱으로 황룡의 심장을 향해 전력으로 찔렀다. 피가 폭포처럼 쏟아져서 진법을 이룬 자이언트 드워프의 전신을 흠뻑 적셨다. 황룡이 힘을 잃고 천천히 땅으로 떨어지다가 사라졌다. 아리안이 그 순간 바닥에 쓰러졌다.

꽈르륵! 꽈륵!

황룡이 사라지자 청룡은 하늘을 바라보고 크게 울부짖었다. 마침내 청룡마저 슬피 울다가 사라졌다. 자이언트 드워프들이 그 자리에 주저앉으면서 진법은 자연스럽게 깨졌다.

도저히 사라질 것 같지 않던 그들의 천 년 한이 피를 뒤집어 쓰면서 사라졌다.

그들 중 수좌가 그 자리에 무릎을 꿇었다. 다른 자들도 그 자리에 오금을 접었다. 그러나 아리안은 자리에서 일어나지 못했다.

자이언트 드워프 수장의 눈에서 피눈물이 흘렀다.

기다림은 기어이 한으로 변질됐고, 그렇게 수없이 각오를 새롭게 되새겼으며, 결코 용서하지 않으리라 그토록 다짐하고 또 다짐했건만…….

이유나 변명을 늘어놓지 않았고, 힘이 있건만 같이 죽자고 덤비지도 않았다. 어찌나 힘들었느냐고, 얼마나 고통스러웠느냐고 그대로 당해주며 대신 피를 흘리다가 쓰러진 사람은 도저히 잊지 못할 주인의 약속된 후손이었다.

피눈물을 흘리는 드워프 수장이 입술을 지그시 깨물었다.

"주인님을 옮겨라!"

아리안은 한동안 깨어나지 못했다. 진법에 참여했던 자이언트 드워프들은 피를 뒤집어 쓴 채 아리안이 누운 방 앞에 무릎 꿇고 물 한 모금 마시지 않았다.

그렇게 하루, 이틀, 사흘이 지났다. 그들이 아무리 자이언트 드워프라고 해도 안색이 창백하게 변해갔다.

그때, 다른 자이언트 드워들도 하나둘씩 무릎 꿇은 자들 뒤에 자리했다. 결국 아공간에 있던 모든 자가 자리를 함께하여 아리안의 쾌유를 빌었다. 그리고 무심한 시간은 아공간 안팎에서 일으키는 안타까운 바람 속에 연이어 흘러만 갔다.

아리안은 허허로운 공간 속에서 가부좌를 한 채 앉아 있었다. 멀리 보이는 작은 점 하나가 점점 다가오면서 커졌다. 아리안은 그 점이 바로 일원(一元)임을 알았다.

더할 나위 없이 커진 일원은 아리안을 삼켜 버렸고, 하나가 됐다. 일원이 아리안이고 아리안이 일원이었다. 일원은 그대로 커지고 퍼지는 것만이 아니라 부글부글 끓었고, 마침내 혼돈을 이뤘다.

혼돈은 단순한 어지러움과 무질서가 아니었다. 그 안에서 무수한 공명이 일어나면서 창조의 역사가 벌어졌다.

음양이 이뤄졌다. 빛과 어둠이 탄생했으며 서로 격돌하고 어루만지면서 생명의 기운을 생성하고 퍼뜨렸다. 빛과 어둠, 그리고 음양이 만들어낸 생명의 기운이 돌고 돌아 삼태극을 이루었다.

삼태극은 그대로 있지 않고 수없이 많은 빛을 뿌렸다. 빛 하나하나가 달이 되고 태양이 됐으며 무수히 뿌려진 별이 됐다.

사상(四狀)이 갖춰졌다. 상(狀)은 멈춘 채 있지 않고 운행을 시작했다. 종의 종류가 다양해지고 같은 종끼리 모여 목, 화, 토, 금, 수의 오행을 이루는가 싶더니 곧이어 그 오행에 육기의 기운을 골고루 퍼뜨렸다.

오행이 상생 상극하여 육기를 완성하며 일원(一圓)을 이뤘다.

아리안은 일원(一元)이 일원(一圓)을 이뤄가는 신비와 기경을 목격하고 몸을 부르르 떨었다.

아리안의 떨림에 일원이 사라지고 아보가도 대륙이 나타났다.

마계 마황이 대륙을 내려다봤다. 그의 위대한 뿔에서 번개가 번쩍거리며 성의 탑들을 내리쳤다. 마황의 권능은 대륙을 뒤덮었고, 마왕들이 뿜어내는 검은 아우라는 파괴하지 못할 게 없었다.

대륙의 모든 성이 무수한 마수마물의 공격에 불타올랐으며, 거침없는 살육을 자행했다. 곡성이 진동하고 살이 타는 냄새가 대륙을 덮었다.

엘프들을 검은 엘프와 마물이 합동하여 공격했고, 드워프들도 마수의 밥이 됐다.

드래곤 로드의 날개가 잘렸지만 도마뱀 꼬리처럼 다시 생성되지 못하고 자연으로 돌아갔다. 드래곤의 재생력은 트롤을 뛰어넘고 그들의 '힐링 마법'은 신의 뜻이라던 말은 단지 전설로만 남았다.

혈향과 노린내만 가득한 대륙에서 유사인종과 지성체는 사라졌다.

아리안의 눈에서 하염없이 눈물이 흘러내렸다. 그의 비통함이 비명이 되어 터져 나왔다.

"으아악!"

아리안이 엿새 만에 깨어났다. 아리안의 비명이 아공간에 경종을 울렸고, 그의 눈물이 아공간을 희망과 감격으로 채웠다.

'주인님이 깨어나셨다.'

땅바닥에 무릎 꿇은 자들 눈에서 뜨거운 눈물이 솟았다. 그들은 모두 고개를 들어 방문을 주시했다.

아리안이 누운 침상 밑에 무릎 꿇은 자이언트 드워프 수좌와 두 사람이 감격 어린 표정으로 아리안의 안색을 살폈다. 아리안이 눈을 뜨고 그들을 내려다봤다.

"주인님!"

쿵!

세 사람이 동시에 바닥에 머리를 박았다. 그들은 주인님이라는 한마디를 내뱉은 채 고개를 들지 못했다.

"일어나라!"

아리안의 음성에는 어떤 질책이나 원망스러움이 섞이지 않았다.

"저희는 주인님을 시험하고 해를 입힌 죄인들입니다. 부디 저희를 용서하시고 내치지 말아주소서!"

"내가 어찌 기다림의 아픔을 모르겠느냐. 하루가 백 년 같은 그 안타까움과 심장이 에이는 듯한 처절함의 세월이 무려 천 년이었다. 아침에 눈을 떠서 다시 잠을 이룰 때까지 변하지 않는 세상 속에 갇힌 자의 통한이 나조차 아프게 하는구나. 미칠 것만 같은 단순함 속에서 자신을 잃지 않고 전통을 이어가며 허상 같은 내일을 준비한다는 게 오죽이나 처절하고 서러웠겠느냐."

이야기를 하는 아리안의 눈에서 피눈물이 흘렀다. 그의 말이 진심에서 우러나오지 않았다면 어찌 그런 일이 있을 수 있을까. 그가 온전히 자신들의 아픔을 이해하지 않았다면 어찌 눈물인들 흐를 수 있을까. 자이언트 드워프들은 감격에 젖어 어금니를 깨물었지만, 콧등이 시큰해지더니 그만 눈물콧물이 한줄기를 이뤘다.

"주인님~!"

"용서를 빌 자는 어디 있으며, 용서할 자는 또 누구란 말인가. 단지 이 대륙의 지성체인 인간, 드워프, 엘프, 드래곤에게 닥칠 '대륙 최후의 날'에 겪을 참상이 내 마음속에 안쓰러움과 슬픔의 강물을 멈추지 않게 하는구나."

"주인님, 명령만 하소서! 저희가 주인님의 아픔을 베어버리겠나이다."

"좋다, 너희를 내 가신으로 인정하겠다. 내 오른팔이 되어 적을 베어버려라!"

"주인님을 뵙습니다."

쿵!

세 드워프가 머리로 방바닥을 찧으며 함께 절했다. 마당에서 무릎 꿇고 있던 자이언트 드워프들은 그들의 말을 듣고 일제히 땅바닥에 머리를 박았다.

"주인님을 뵙습니다."

그들의 진심에서 우러나온 외침에는 천 년 한과 바람[願]이 녹아 있어 기묘한 떨림을 만들었다. 그들의 눈에서는 하염없이 눈물만 흘러내렸다.

아리안은 묵묵히 그들을 바라보면서 자신의 어깨에 그들의 내일이 놓인 것을 느꼈다. 이제 저들의 눈물을 닦아주고 투박하지만 신념으로 가득 찬 손을 잡은 채 내일을 향해 오늘을 걸어가야 하리라.

구구궁!

시대의 위기를 예지하고 선조들이 안배한 천 년 아공간이 깨지는 소리가 장중하게 울렸다. 그 소리는 마치 진정한 신화의 장을 여는 신호처럼 들렸다.

드워프들은 장로를 위시해서 모두 나와 아리안을 기다렸다. 아리안이 동굴에서 나왔다. 그 뒤에 세 명의 자이언트 드워프가 모습을 드러냈다.

"아, 천 년 전설 속의 우리 수호자님들이시구나."

"수호자를 뵙습니다."

드워프들이 자이언트 드워프의 모습을 발견하고 놀라서 땅에 엎드렸다.

"네 이놈들!"

자이언트 드워프 수좌가 크게 노하여 고함을 질렀다. 그의 노성이 어찌나 컸던지 산천이 쩌렁쩌렁 울렸고 기이한 메아리가 길게 이어지며 듣는 사람을 격동시켰다. 드워프들이 모두 부들부들 떨었다.

"주인님이 앞에 계시거늘 내게 절하는 네놈들은 도대체 어떤 족속들이냐?"

"주인님을 뵙습니다."

"허허, 됐다. 모두 일어나라!"

아리안은 허탈하게 웃음을 터뜨리며 드워프들을 일어나게 했다.

"명을 받듭니다."

*   *   *

한편, 촐랑대다가 아공간에 갇힌 알레그리아는 앞이 보이지 않는 것을 느끼고 마법을 펼쳤다.

"파이어!"

그러나 불은 생기지 않았다.

"세상에, 주인님이 내 마법 능력을 금제하신 건가? 젠장, 앞이 보여야 어떻게 해보지. 아니, 이건 또 뭐야? 처음 느껴보는 이상한 감정이잖아. 이게 두려움이고 공포라는 건가? 내게 폐쇄공포증이 있었나? 주인님, 잘못했어요. 다신 안 그럴게요. 꺼내주세요. 흑흑! 주인님은 멍게, 가재, 말미잘이야. 흑흑!"

알레그리아는 울다가 지쳐서 입을 다물었다. 어둠의 장막 속을 침묵이 무겁게 내리눌렀다. 침묵은 '말이 없음, 혹은 그런 상태'가 아니라 원초적 두려움이 스멀스멀 피어오르는 피할 수 없는 공포의 공간이었다.

외부의 소리가 멈추자 내면의 소리가 서서히 고개를 들었다.

"제발 우리 국왕 전하를 한 번만 용서해 주십시오, 위대한 존재님!"

"크크, 내 유희를 망치고 날 능욕한 자를 용서하라고? 인간들은 그렇게 용서를 잘하는 모양이군. 벌레보다 못한 인간들, 모조리 태워주마. 헬 파이어! 푸하하하!"

왕궁이 화염에 싸였고, 수많은 병사와 경호기사, 그리고 국왕과 귀족들마저 꺼지지 않는 불길 속에서 괴로워하는 광경을 지켜보며 광소를 터뜨리는 자신이 보였다.

장면이 다시 바뀌었다.

"아니, 정말 왕궁에 보석이 없다고? 이런 하찮은 것들이 감히 날 속이려 들어?"

"위대한 존재시여, 가뭄이 계속되어 백성들이 먹을 게 없어 죽을 처지에 놓였습니다. 왕궁에 있던 보석들을 팔아 식량을 사오느라 어쩔 수가 없었습니다. 부디 고정하시고 조금만 더 시간을 주시기 바랍니다, 위대한 존재시여!"

"미천한 벌레가 죽을까 봐 내게 보내려던 보석을 팔았다고? 크크크, 잘했군, 잘했어. 죽어버려라. 헬 파이어!"

제3자의 입장에서 바라본 과거의 자신은 광룡이 틀림없었다.

잠시 후에는 과거 자신이 했던 말들이 글자가 되어 눈앞 허공에서 아른거렸다. 처음에는 한 줄로 늘어서서 무슨 말을 했었는지 알게 하더니, 돌연 흐트러지고 마구 뒤섞여서 공중에는 온통 날개로 된 글자들이 부유했다. 그리고 그런 현상은 세월이 흐름에 따라서 점점 많아졌다. 나중에는 자신의 주위 사방팔방이 글자로 가득 찼다.

알레그리아는 그때 깨달았다, 한번 뱉은 말은 절대 사라지지 않는다는 것을.

평소에는 잘 나타나지 않았다가 죽은 후 '진경(진실의 거울)' 앞에서 드러나거나 이처럼 나타나서 잘못을 일깨우는 것임을 알게 됐다.

한번 뱉은 말은 결코 사라지지 않고 증거가 되고 증인이 된다.

뱉었던 말은 사라지지 않을뿐더러 다시 이상한 현상을 일으켰다. 농담은 단지 희롱하는 뜻만이 있는 게 아니라 언어 자체가 농(膿:고름)해서 썩은 냄새가 풍겼고 자신의 내부 장기를 서서히 썩게 만들었다. 아름다운 말은 향기를 풍기고 피로하고 다친 심신을 어루만지며 회복시키는 효능이 있었지만, 안타깝게도 그런 말은 해본 기억이 별로 없다. 단지 드래곤 로드에게 했던 몇 마디가 미약한 향기를 풍기기는 했지만 워낙 의미 없는 말이나 살기 어린 말을 많이 했기에 묻혀 버리고 말았다.

'아, 언어란 드래곤 로드의 10서클 마법 '언령' 처럼 일정한 힘을 지니는 거였어.'

그리고 이것은 주인님이 자신에게 내린 벌이 아니라 은혜를 베풀었다는 것도 알게 됐다. 자신만을 위한 말은 엄청난 무게로 자신을 내리눌렀다. 남을 위한 말은 오히려 무게를 가볍게 했는데, 지금까지 살아오면서 남을 위한 말은 한 번도 해본 기억이 없었다.

"아~!"

전신을 내리누르는 고통 때문에 괴로운 것보다 지나온 삶이 안타까웠다. 아니, 모든 걸 아는 신(神)인 주인님이 이런 나를 어떻게 생각할까 싶은 생각이 들자 더욱 고통스러웠다. 자신 때문에 죽은 인간들이 죽는 바로 그 순간, 신(神)에게 무엇을 갈구했을까 싶은 생각에 미치자 알레그리아는 점점 부끄럽고 작아지는 것을 느꼈다.

"주인님, 정말 죄송해요. 흑흑!"

알레그리아가 콧물마저 흘리며 눈물을 펑펑 쏟고 나자 그녀를 가뒀던 아공간이 깨지고 다시 아리안 뒤에 섰다.

"명을 받듭니다."

무릎 꿇었던 드워프들이 일어나 앞서가는 아리안의 뒤를 따랐다. 알레그리아는 드워프 장로 세 명 및 자이언트 수좌 세 명과 함께 뭔가 의논하려고 장로 방으로 들어가는 아리안의 뒷모습을 물끄러미 바라봤다. 그리고 눈물과 콧물로 쌍곡선을 그린 얼굴을 살포시 숙였다.

'주인님, 정말 고마워요.'

*　　　*　　　*

"주인님, 저희 종족은 광석을 만져야 보람을 찾을 수 있습니다. 광석이 풍부한 곳으로 이주할 수 있게 해주십시오."

드워프 장로는 심각한 표정으로 아리안에게 말했다. 아리안은 고개를 끄덕였다.

"그렇겠군. 우선 광산을 잘 찾는 자를 선발하게. 드래곤과 같이 움직이면 안전할 거야. 그리고 장로는 이주 준비를 하면 되겠어."

드워프 장로가 밖으로 나가고, 아리안은 다시 자이언트 드워프 수좌를 쳐다봤다.

"너희는 이들이 이주하면 이곳을 사용하는 게 어떤가?"

"주인님, 우린 저들을 보호해야 하는데 가까운 곳에 있어야 하지 않겠습니까?"

"아니, 그럴 필요 없다. 저들은 결계를 쳐서 보호하고 너희는 내가 부를 때까지 전력으로 전투력을 증가시켜야만 한다. 그때가 멀지 않았다."

"예, 주인님. 명심하겠습니다."

"우선 아공간과 이곳을 연결시켰다. 차츰 너희가 살 만한 곳을 찾아보든가 마땅한 곳이 보이지 않으면 나와 함께 살면 될 것이다. 단지 주거 환경을 만들 시간은 필요하겠지."

그때, 드워프 장로가 한 사내를 데리고 들어왔다.

"주인님, 광산을 찾는 데는 이 젊은이의 재능이 특출합니다."

"주인님을 뵙습니다."

아리안은 장로의 말을 듣고 젊은 드워프를 쳐다봤다.

'흠, 생긴 모습은 평범하지만 눈빛에 영기가 깃들었어. 차기 장로 후보인가?'

아리안은 고개를 끄덕이며 알레그리아를 불렀다.

"알레그리아!"

"예, 주인님!"

알레그리아가 재빨리 들어왔다. 아리안은 기대에 차서 눈을 깜빡이는 그녀를 보고 어이가 없었다.

'정말 귀엽기도 하고 어이가 없기도 하군. 에고, 저 어리광을 누가 말리겠나.'

아리안은 여자란 이해하려고 헛되이 심력을 낭비하지 말고 있는 그대로 사랑하면 되는 새로운 종족임을 조금씩 깨닫게 됐다.

여자란 이해하려고 헛된 심력을 낭비하지 말고 있는 그대로 사랑하면 되는 새로운 종족이다.

"알레그리아, 수고 좀 해줘."

"주인님을 위하는 일이 어찌 수고가 될 수 있겠어요. 저의 즐거움이고 기쁨이자 보람이죠. 주인님, 수고(=손으로 하는 고통?)라면 안마해 드릴까요?"

선녀보다 아름답고 어린아이처럼 귀여우며 대륙 어느 황녀보다 귀태가 철철 넘치는 알레그리아가 소매를 앙증맞게 걷어

붙이면서 등 뒤로 다가오자 아리안은 뒤로 넘어질 지경이었다. 자이언트 드워프 수좌는 그녀가 고룡임을 알고 황당한 표정을 지우지 못했다.

'허! 고룡 맞아? 내 눈이 잘못됐나?'

"알레그리아, 안마는 다음에 기회 있을 때 부탁하기로 하고, 이 젊은이를 안전하게 데리고 다니면서 광석이 풍부한 장소를 찾도록 도와줘. 그게 내게는 시급한 일이야. 그래 주겠어?"

아리안은 미소를 띠며 부드러운 음성으로 말했다.

"에이, 그건 발품을 팔아야 하니 수고가 아니라 족고(?)잖아요. 그래도 주인님이 말씀하시니 들어야죠, 뭐. 알았어요. 그럴게요. 얼른 다녀오죠. 아차, 그리고 주인님, 알레그리아가 알고 보니 폐쇄공포증 있어요. 다신 그곳에 보내지 말아요. 아셨죠? 정말 무서웠다고요."

몸까지 부르르 떠는 알레그리아를 보며 아리안은 고개를 끄덕였다.

"알았어. 그러지. 잘 다녀와라."

"예, 주인님."

아리안은 여자를 움직이는 것은 힘과 논리가 아니라, 부드러운 미소와 조용한 음성, 달콤한 빵과 진정 어린 마음임을 서서히 깨달았다. 아리안은 드디어 철이 들어가고 있었다.

여자라는 종족을 움직이는 것은 힘과 논리가 아니라, 부드러운 미소와 조용한 음성, 그리고 달콤한 빵과 진정 어린 마음이다.

　"주인님, 저와 함께 구경할 게 있습니다."

　알레그리아가 젊은 드워프를 잡고 공중으로 날아가자, 드워
프 장로가 아리안에게 말했다. 아리안이 장로를 따라서 들어
간 동굴은 드래곤 레어만큼이나 컸다.

　"세상에, 이게 다……."

　동굴 안에 무질서하게 쌓인 것은 각종 보석을 가공한 것과
신병이기, 무구, 그리고 예술품들이었다. 어느 것 하나라도 세
상에 나가면 황실 제일 보물이 될 만한 것뿐이었다. 아리안조
차 넋 나간 듯이 쳐다보는 것을 본 드워프 장로는 신이 나서 가
슴을 쳤다.

　탕탕!

　그 표정은 마치 칭찬 받은 아이와 진배없었다.

　"주인님! 저희 종족이 천 년 동안 쉬기만 했겠습니까?"

　"허, 놀라워. 정말 놀라워. 이 정도라면 내가 당면한 모든 금
전적인 문제를 단번에 해결하겠군."

　"주인님이 즐거워하시니 저희가 고생한 보람이 있습니다.
저희도 이주해야 하니 주인님이 모두 옮겨주시죠."

　"그러지. 그렇지만 이건 정말……."

　'세상에, 저걸 모두 가지고 서울로 가면 빌 게이츠가 '형님'
하겠어. 삼촌 사업 자금도 확실히 후원하고 어머니께 산삼 한
뿌리도 사 드릴 수 있을 텐데…….'

아리안은 갑자기 서울에 계신 어머니 생각이 나자 침울해졌다. 드워프 장로는 아리안의 표정이 바뀌자 속으로 놀랐다.

'아, 역시 주인님은 저 정도에 연연하지 않으시는구나. 흠흠, 좀 더 심혈을 기울이라고 재촉해야겠어. 잘못하면 주인님 눈 밖에 날 수도 있겠다.'

아리안은 보물더미를 향해 손을 저었다. 순식간에 그 많던 보물이 아리안의 아공간으로 사라졌다.

아리안은 텅 빈 공간을 바라본 후 장로에게 물었다.

"지금 당장 필요한 것은 무엇인가?"

"헤헤, 주인님, 술하고 식량이죠."

"그렇겠군. 나갑시다."

"예, 주인님!"

아리안은 동굴 빈 공간에 대형 텔레포트 진을 그린 후 장로와 함께 동굴을 나왔다. 아리안은 드워프 장로와 자이언트 드워프 수좌를 불렀다.

"나는 잠시 돌아갔다가 내일 와야겠다. 만약 위대한 존재가 돌아오면 이곳에서 기다리라고 전해라."

"예, 주인님."

"안티야스와 디오사는 내 옆으로 와라. 그리고 레모도 나오너라."

"예, 주군!"

자이언트 드워프 수좌는 레모가 갑자기 나타나자 그를 전혀 감지하지 못했기에 몹시 놀란 눈으로 그를 쳐다봤다.

'주인님 옆에는 전혀 상상도 못했던 놀라운 사람들이 많이 있군.'

번쩍!

아리안은 세 사람을 잡고 '텔레포트' 시동어도 없이 의념만으로 사라졌다.

저택에 도착한 아리안은 안티야스에게 말하고 자신의 집무실로 향했다.

"안티야스, 가서 총관님을 불러다오."

"예, 주군."

아리안은 자신의 방으로 돌아오자 먼저 목욕을 하고 옷을 갈아입었다.

"아리안, 벌써 일을 모두 마친 건가?"

헤레스가 집무실로 들어서며 아리안에게 물었다.

"아닙니다, 스승님. 급히 필요한 게 있어서 왔습니다."

"날 찾은 것은 그 필요한 것 때문이겠군."

"예, 스승님. 이번에 드워프 종족을 수하로 삼았습니다. 그들에게 보낼 술과 식량이 필요합니다. 2,000명 정도가 먹을 일주일분을 내일까지 준비하라고 해주십시오. 저는 국왕 전하를 뵙고 와야겠습니다."

"알았네. 그렇게 하지, 아리안. 전신 시로코와 네스토가 왔던데, 시로코는 그렇다고 하더라도 위대한 존재는 어떻게 수하로 삼았나?"

"우연이었습니다, 스승님. 알레그리아라고 여성체 고룡도 있는데, 다른 데 볼일이 생겨서 보냈습니다."

"고룡까지? 흠, 잘됐군. 왕궁에 다녀오게. 식량은 준비해 놓으라고 사람을 보내지."

"예, 스승님."

아리안은 헤르메스의 경호를 받으며 곧 왕궁으로 들어갔다.

"국왕 전하, 태대공 저하께서 입궁했사옵니다."

"오, 어서 들라 해라."

"태대공 저하, 들어오라는 분부시옵니다."

아리안은 카르네프 국왕에게 허리를 숙여 안부를 물었다.

"국왕 전하, 그간 강녕하셨사옵니까?"

"오, 아리안! 어서 오게. 국왕이 되니 자네 얼굴 보기가 힘들어. 옛날이 좋았다는 생각이 새록새록 들더군. 어서 앉게."

카르네프 국왕은 집무실 책상에서 들여다보던 서류를 내려놓고 아리안에게 의자에 앉기를 권했다.

"물론 그렇사옵니다, 국왕 전하. 하지만 지금은 어느 왕국이나 제국의 눈치를 보지 않고도 필요한 일을 할 수 있지 않사옵니까?"

"그렇군. 태대공이 포로로 잡았던 철갑기마대를 황금 십만 냥을 받고 풀어줬다네. 덕분에 당장 급한 불은 끈 셈이지. 태대공이 아니었다면 일을 시작했다가 중단할 뻔했어. 정말 고맙네."

카르네프 국왕은 용안을 활짝 펴면서 자랑스러운 표정으로 말했다.

"국왕 전하, 이번에 드워프가 만든 물건들을 가지고 왔사옵니다."

"드워프가 만든 물건들을? 그게 정말인가?"

"그렇사옵니다, 국왕 전하. 그들이 천 년 동안 만든 것이라 양이 제법 많사옵니다. 대륙에 모두 풀면 값이 터무니없게 하락할 정도입니다."

아리안의 말을 들은 국왕이 아련한 표정을 지었다가 얼굴을 풀면서 아리안에게 물었다.

"세상에, 이런 일이 실제로 일어나다니…… 태대공, 그런 말 들어본 적 있겠지?"

"국왕 전하, 무슨 말씀이신지 잘 모르겠사옵니다."

"허허, 태대공이 모르는 일도 있군. 일반 백성이 살기가 힘들고 극에 이르면 돈벼락이나 맞았으면 좋겠다고 말하지. 하지만 상단주는 뭐라고 하는지 아나?"

국왕의 말에 아리안은 고개를 갸웃거리다가 흔들면서 물었다.

"글쎄요. 그거야말로 국왕 전하만 아실 듯합니다."

"하하하! 그런가? 상단주가 극한 상황에 처하면 누구나 이렇게 말하지. 이번 일은 드워프와 계약하지 않는 한 어려울 것이라고. 이젠 됐어. 인제야 백성을 굶기지 않고 왕국의 내일을 설계할 수 있겠구먼."

아리안은 카르네프 국왕의 용안에 눈물이 맺힌 것을 발견했다. 카르네프 상단주가 신생 왕국의 국왕이 되어 국고가 빈 상태에서 얼마나 노심초사했을지 깨닫게 되자 가슴이 뭉클했다.

"국왕 전하!"

아리안의 음성은 심히 떨렸다. 자신은 전혀 깨닫지도 못한 사이에 국왕의 고뇌는 끝이 보이지 않을 정도인 듯싶었다. 아리안의 가슴이 미어질 듯이 아팠다.

"국왕이 되어 백성이 굶는 것을 보지 않게 해달라고 얼마나 하늘에 빌었겠는가. 정말 고맙네, 아리안."

결국 국왕의 용안에서 옥루가 흘렀다. 국왕은 아리안에게 다가가서 어수를 내밀어 그의 두 손을 꼭 잡았다.

"국왕 전하!"

아리안은 국왕의 손이 참으로 따뜻하다고 여겼다. 이처럼 따뜻한 손들이 모이면 겨울의 냉기를 이기고 닥쳐올 대륙의 위기마저 넘길 듯싶었다.

아리안은 따뜻함을 전해주는 카르네프 국왕이 진정 좋았다. 따뜻한 사람들이 따뜻함을 공유하는 오늘이 더없이 좋았다. 아리안은 문득 어느 현자의 말이 떠올랐다.

매일 매일이 참으로 좋은 날이다.

"국왕 전하, 지금 노블리아 상단은 누가 맡고 있사옵니까?"

아리안은 국왕과 소접견실에서 차를 마시면서 물었다.

"전에 총관이었던 카난다가 상단 이름을 레반트로 바꾸고 대주가 됐지."

"국왕 전하, 그를 불러주시겠사옵니까?"

"그럴까? 여봐라! 게 누구 있느냐?"

"국왕 전하, 부르셨사옵니까?"

국왕의 명령이 떨어지기가 무섭게 시종장의 음성이 들리고 모습을 드러냈다.

"레반트 상단 카난다 대주를 불러오너라!"

"예, 국왕 전하!"

시종장이 나가자 국왕은 은근한 목소리로 말했다.

"아리안, 국혼이 결정됐네."

"국혼이요? 혹시?"

"그렇다네. 마르티네스 공주를 보내기로 황제가 허락했다네. 마르티네스 공주라면 황후 자격이 충분하지. 그렇지 않나?"

아리안이 말을 못하고 얼굴을 붉히며 찻잔을 내려놓을 때, 카난다 대주가 이마에 땀방울이 밴 모습으로 나타났다.

"국왕 전하, 부르셨사옵니까?"

"어서 오게, 카난다. 태대공이 자네를 보자시네."

"태대공 저하, 소인을 찾으셨사옵니까?"

카르네프 국왕은 카난다의 말을 듣고 웃으면서 의자를 가리켰다.

"카난다, 그렇게 서둘지 말고 우선 의자에 앉아서 땀부터 닦게."

"예, 국왕 전하."

카난다가 의자에 앉아서 땀을 닦으면서도 자신을 바라보는 모습을 보고 태대공은 미소를 띠며 말했다.

"상단주 대리라는 대주가 되자 옛날 총관이던 때와 많이 바뀌었군요. 자리가 사람을 변하게 하는 모양이죠?"

"그렇습니까, 태대공 저하? 저는 잘 모르겠습니다만……."

"대주, 레반트 상단을 확장, 개편하는 방안을 연구해 보세요. 대주의 명칭을 총대주로 바꾸고, 각 왕국이나 제국에 상단 일을 총괄하는 대주를 두는 것입니다. 대주 밑에는 각 상품을 생산, 보관, 운반, 판매 등을 담당하는 총상을 임명하고 그 아래로 한 품목을 담당하는 대상들과 소매점, 즉 소상을 상대하는 중상이 있었으면 합니다."

아리안은 잠시 말을 중단했다가 진정 중요한 문제를 언급했다.

"각 대주는 창고를 많이 지어 제국이나 왕국이 최소 3년은 먹을 수 있는 식량을 구매하여 보관할 수 있어야 할 것입니다."

"아니, 태대공, 다른 건 다 좋은데 식량을 무기로 삼을 작정인가?"

아리안이 식량을 대량 구매하여 보관하라는 말에 국왕이 놀라서 물었다.

"아닙니다, 국왕 전하. 식량을 무기로 삼을 생각은 전혀 없사옵니다. 모든 백성이 먹는 것만은 걱정하지 않는 대륙이 됐으면 하는 바람 때문이죠. 농사는 흉년과 풍년이 교차하여 옵니다. 풍년일 때 사서 보관했다가 언제나 안정된 가격으로 공급하는 것이죠."

"태대공 저하, 그것은 상인의 초심이고 꿈입니다. 그러나 지금까지 이룰 수 없었던 것은 어마어마한 황금을 투자해야 하기 때문이며, 투자에 비해서 소득은 기대보다 안정적이질 못합니다."

아리안은 카난다의 말을 듣고 빙그레 미소를 지으며 아공간에서 주머니 하나를 꺼냈다. 주머니를 열자 반짝거리는 보석들이 모습을 드러냈다.

"아니, 이것은 지금은 사라졌다고 알려진 드워프가 세공한 보석이 아닙니까? 세상에, 보석의 진정한 아름다움을 십분 드러냈다는 보석 중의 보석인 드워프 세공품을 볼 수 있다니……."

"오, 참으로 아름다워. 보석의 아름다움을 한껏 뽐내도록 만든 정교한 세공. 진정 보석 중의 보석이로다."

카난다 대주와 국왕은 아리안이 꺼낸 보석에서 눈을 돌리지 못했다. 진주, 오팔, 자수정, 다이아몬드 등은 각기 고유의 색상과 아름다움으로 반짝였다.

"태대공 저하, 하나하나가 모두 국보급이로군요. 실로 값을 부를 수 없는 진품들입니다. 혹시 이것으로……?"

"그렇습니다, 대주. 이것을 각 제국이나 왕국에 소문나지 않도록 조금씩만 파세요. 그리고 상단 뒤에는 국왕 전하가 계심을 잊지 말고 상인의 긍지를 살리기 바랍니다."

"예, 태대공 저하. 레반트 상단이 대륙에 우뚝 선 모습을 보여 드리겠습니다."

드워프의 세공품을 받은 대주는 결연한 표정으로 자신있게 대답했다. 아리안이 웃으면서 고개를 끄덕였다.

"레반트란 이름이 바람이듯이 대륙 어느 곳에나 스며들었다가 누구든지 힘들여 노력한 후 흘리는 땀을 닦아줬으면 합니다."

"태대공 저하~!"

카난다는 감격스런 음성으로 외쳤다. 그 말은 아리안을 찾는 말이 아니라 감동에 젖어 절로 새어 나온 감탄사일 뿐이었다. 카난다는 아리안이 전해주는 세공품 주머니에 희망을 가득 담아 가슴에 품고 밖으로 나갔다.

"국왕 전하, 잠시 왕궁 보고를 보여주시겠사옵니까?"

"허, 그곳은 왜? 지금은 아무것도 없을 텐데……."

국왕은 말없이 자신을 쳐다보는 아리안과 함께 왕궁 지하로 갔다.

"충성!"

기사 두 명이 왕궁 보고 앞에서 경계를 서다가 국왕이 나타나자 놀라서 군례를 올렸다.

"밖에 나갔다가 들어와라!"

"옛, 태대공 저하!"

근위기사가 나가고 왕궁 보고가 열렸다. 황금 냄새가 물씬 풍기는 게 아니라 공허한 바람을 타고 곰팡이 냄새가 퀴퀴하

게 풍겼다. 커다란 지하 보고 입구 한쪽에 덩그러니 놓인 궤짝
세 개가 보였다.

"허, 벌써 일곱 개나 썼나?"

국왕의 음성에는 자조하는 빛이 역력했다. 주비스 제국 철
갑기마대를 보내고 받은 궤짝이 열 개인 듯했다.

"……."

아리안은 말없이 생각에 잠겼다가 손을 들어 지하 보고 안
을 쓸 듯이 휘저었다.

번쩍!

보고 안에 갑자기 빛이 반짝였고, 카르네프 국왕이 눈을 깜
박인 후 다시 뜨자 보고 절반 정도가 보물 중의 보물 드워프 세
공품으로 가득 찼다.

"허걱! 이게 다……."

국왕은 말을 맺지 못했다. 아리안은 입을 다물지 못하는 국
왕에게 인사도 못하고 왕궁을 나왔다.

'허, 그거 참, 드워프에게서 가져온 것 중 백분의 일 정도만
꺼낸 게 현명한 선택이었어. 만약 전부 보여줬다면 그대로 가
실 뻔했잖아. 에고, 그랬다간 지금 당장에라도 내게 왕궁에 갇
혀 지내라고 할 텐데, 노친네들 틈에서 숨이나 쉴 수 있겠나.'

아리안은 고개를 잘래잘래 흔들며 저택으로 돌아갔다.

"충성!"

정문 병사들의 우렁찬 고함은 태대공이 집에 도착했음을 알
리는 신호였다. 느슨했던 저택의 공기가 한순간에 바뀌었다.

"오빠!"

가까운 곳에 있었는지 여동생 아디아가 쏜살같이 달려와서 안겼다. 아리안은 이미 아버지의 키를 능가했지만, 두 살 어린 아디아는 아직 소녀였다.

"오, 우리 아디아, 더 예뻐졌구나."

"오, 우리 아리안, 더 늠름해졌구나. 이제 장가가도 되겠다."

아리안은 자신의 말을 흉내 내는 여동생의 말에 그만 웃고 말았다.

"예끼, 이 녀석아. 못하는 말이 없구나."

"히히, 오빠 얼굴 보기 참 힘들다. 얼굴 잊어버리겠어."

"그렇지? 나도 집에 있고 싶지만, 일이 자꾸 생기는구나. 자, 들어가자. 아버지께 드릴 말씀이 있단다."

아리안이 아디아의 어깨를 잡고 안으로 들어가자 동생이 심각한 어조로 물었다.

"응, 알았어. 근데 작은오빠, 큰오빠가 많이 심심한가 봐. 아카데미 만든다고 하던데, 언제 다닐 수 있는 거야?"

"글쎄, 올해는 어려울 것 같다. 아버지는 서재에 계시지?"

"응. 아빠도 갑자기 환경이 바뀌니까 이상한 모양이야. 별로 말씀이 없어."

아리안은 아디아의 말을 듣고 가슴이 쿵 내려앉는 듯했다.

'아, 그건 전혀 생각하지 못했구나. 일을 하던 사람은 일을 하는 데서 보람을 찾을 수 있을 텐데…… 의논하는 게 좋겠다.'

아리안은 아디아와 함께 아버지가 있는 서재에 도착했다.

"아버지, 계세요?"

"아리안이냐? 들어오너라."

동생에게 들어서 그런지 아버지의 담담한 음성에는 희로애락이나 고저가 없었다.

"아버지."

책상 앞에 놓인 의자에 앉은 아리안은 아버지가 들고 계신 책 제목을 흘깃 쳐다봤다. '상단의 역사와 방향', 상인의 자세에서부터 상업의 발전상과 예상되는 상단의 변천 모습까지 그려놓은 상인의 필수 지침서였다.

'아, 아버지는 스스로 상인임을 한시도 잊지 않으려 하시는 거로구나.'

"아버지, 다시 상인들과 어울려 보시겠습니까?"

"……."

아리안의 아버지가 그제야 보던 책을 잠시 내려놓고 아들을 쳐다봤다가 말없이 다시 책으로 시선을 돌렸다.

"아버지, 노블리아 상단은 이제 레반트 상단으로 이름을 바꾼 후 각 제국과 왕국에 총단을 설치하고 총상을 파견하려 합니다. 아버지께서 외국으로 가셨을 때, 아무리 경호에 만전을 기한다고 해도 제 아버지라는 게 알려진다면 위험할 수도 있습니다."

아리안의 아버지는 위험하다는 아들의 말을 듣고서야 관심을 나타냈다. 아버지를 위로하려고 하는 말이 아님을 알았기 때문이다.

아버지는 책을 내려놓고 아리안 앞에 앉았다.

"아리안, 자세히 말해보아라!"

"말씀드린 그대로입니다. 아버지께서 노블리아 총단을 책임질 수는 없습니다. 기존 상인들의 노고와 협력 관계를 무시할 순 없으니까요. 하지만 새 총상이 많이 필요합니다. 능력이 있으면서 믿을 만한 사람은 어디서나 필요하니까요."

"총상이 하는 일이 뭐라고 생각하는 거냐?"

아버지는 아리안의 말에 그제야 관심이 생기는지 슬그머니 물었다.

"첫째, 상단의 이익 추구입니다. 상인이 이익을 생각하지 않는다면 이미 상인이 아닐 것입니다. 둘째, 장기적인 상품의 생산, 관리, 판매의 기반을 닦는 것입니다. 셋째, 상품의 생산자, 관리자, 구매자의 복지를 실현해 나가는 것입니다."

"뭐라고? 구매자의 복지까지 염두에 둔다는 말이냐?"

"그렇습니다, 아버지. 한 번 팔고 마는 게 아닙니다. 제가 알기로는 레반트 상단 총대주는 각 왕국에 거대한 창고를 지어 풍년일 때 식량을 사두었다가 흉년일 때도 안정적인 가격으로 공급한다는 목표를 가진 듯합니다."

아버지는 아리안의 말에 놀랐다는 듯이 고개를 끄덕이며 눈을 빛냈다.

"음, 그야말로 대륙 상계에 혁신적인 바람이 불겠군."

"하하, 아버지. 레반트가 바람이란 뜻이 아니겠습니까?"

"음, 그렇구나. 그런데 장기적 상품 생산이란 무슨 뜻이냐?"

"상품의 직접 생산을 의미합니다. 상단이 농지를 사들여 농사를 지을 수는 없습니다. 모든 땅은 결국 왕국 소유이니까요. 하지만 몇몇 제품은 직접 생산할 수 있지 않을까요? 아니, 생산이란 말보다 가공이란 말이 더 어울릴 듯합니다. 이번에 상단이 확장, 개편하려는 직접적인 원인은 드워프와 계약을 맺었기 때문입니다."

아버지는 갑자기 자리에서 벌떡 일어났다. 드워프의 상품을 취급하는 것은 상인의 꿈이 아니던가.

"뭐, 뭐라고? 드워프와 계약을 맺어?"

"그렇습니다, 아버지. 확실한 정보입니다. 그들이 식량 창고 등을 짓는다면 상품을 보관하는 어려움이 사라질 것입니다."

"음, 레반트 상단이 대륙 상계의 새로운 장을 여는군. 그 일에 내 희생이 필요하다면 영광이겠지."

아리안의 아버지는 새로운 의욕이 솟는 것을 느꼈다. 하지만 아리안은 아버지의 말 속에서 불길한 기운을 읽어야만 했다.

'음, 어쩐지 불길한 예감이 드는군. 그래도 저렇게 즐거운 표정을 지으시니, 지금 와서 고려해 보시라는 말을 할 수도 없잖아. 진인사 대천명이라 했으니 최선을 다하는 수밖에 없겠어.'

아버지와의 대화를 마치고 아리안은 인사를 마치고 밖으로 나왔다.

　가슴속에서 피어오르는 불길한 예감에 대한 답을 내리기도 전에 그의 맑은 청력에 들려오는 목소리가 있었다.

　"태대공 저하를 만나게 해주세요."

　정문 쪽에서 들려오는 목소리였다. 희미했지만 그 음성에 담긴 처절함과 간절함을 분명히 느낄 수 있었다.

Chapter **04**

국혼

"태대공 저하께 드릴 말씀이 있어요. 꼭 뵙게 해주세요."

저택 정문에서 병사에게 말하는 16세 정도의 소년은 행색이 초라하고 유약해 보였으나 보기 드문 기품이 서렸기에 병사도 무작정 쫓아내지 못했다. 더구나 빛이 바래긴 했지만 옷을 만든 천이 몹시 고급인 듯했다. 그리고 소년의 등 뒤에 선 경호 무사는 단 한 번도 입을 열지 않았다. 아마도 벙어리가 아닌가 싶을 정도였다.

"글쎄, 먼저 본인의 신분과 용건을 말하지 않으면 안으로 전할 수 없다는데도 그러는구나."

"직접 말씀드려야 해요. 태대공 저하를 뵙게 해주세요. 예?"

그때, 아리안이 정문으로 나왔다.

"충성!"

"수고들 한다. 그래, 무슨 일인가?"

"이 소년이 한사코 저하를 뵙게 해달라고 물러나질 않습니다. 한데 이름과 용건도 밝히지 않는 바람에……."

"됐다. 내가 이미 알았으니 직접 듣기로 하지. 따라오너라."

소년은 더는 묻지 않고 자신에게 따라오라면서 앞서가는 아리안의 등을 한 번 쳐다보고 급히 발걸음을 옮겼다. 그의 경호무사가 아리안을 보고 눈을 반짝인 후 소년의 뒤를 쫓았다.

"태대공 저하, 이처럼 관례를 무시하고 직접 나서시면 가문의 안전과 질서가 무너집니다."

"그렇습니다, 총관님. 저를 찾는 소년의 음성에 절박함이 깃들어서 나왔지만, 분명 제 실수입니다. 용서를 바랍니다."

소년과 경호무사는 태대공의 잘못을 지적하는 총관과 자신의 잘못을 인정하는 태대공의 말을 듣고 기이하게 여겼다.

'태대공은 이 저택의 실질적인 주인이라고 들었는데, 총관은 잘못을 지적하고 태대공은 이를 인정한다? 태대공은 인간의 능력을 뛰어넘었다고 전해지며, 본인이 원할 경우 언제든지 국왕이 될 수 있다고 하던데 모든 게 와전됐다는 말인가? 아, 그럼 내 목적은 이룰 수 없다는 뜻이잖아. 오, 하늘이시여! 이젠 전 어떡하면 좋지요?'

소년의 얼굴은 다시 어두워졌다. 하지만 소년의 경호무사는 오히려 속으로 무척이나 놀랐다.

'오, 세상에! 마스터 중급인 나도 그 실력을 평가할 수 없는 능력자가 단지 총관이라니, 태대공에게는 뛰어난 가신이 참으로 많은 모양이구나. 그리고 부하는 상전의 잘못을 지적하고 상관은 권위로 누르지 않고 이를 인정하며 고개를 숙인다? 정말 대단한 인물이야.'

경호무사는 어금니를 깨물며 생각에 잠긴 듯싶었는데 들려오는 소리에 고개를 번쩍 들었다.

"주군, 다녀오셨습니까?"

"주군, 누님은 같이 오지 않았나요?"

그때, 시로코와 네스토가 아리안을 보고 공손한 태도로 절했다.

"음, 불편한 것은 없나? 알레그리아는 다른 일이 생겨서 잠시 보냈다. 시로코와 네스토는 수련장에 가서 애들과 함께 수련하고 있어라. 손님과 이야기한 후 그곳으로 가지."

"예, 주군!"

두 사람이 공손한 태도로 한쪽으로 비켜서자, 소년의 경호무사는 그만 몸을 부르르 떨었다.

'허걱! 저자는 전신 시로코가 틀림없어. 소문으로는 마스터 상급이라고 들었는데, 마침내 벽을 뚫은 모양이야. 도저히 감당 못할 디베르소 산맥을 대하는 느낌이잖아. 그 옆에 선 자도 전신 시로코가 함께 다니는 것을 보면 놀라운 자가 틀림없겠지. 대륙의 뛰어난 자는 모두 태대공 저하의 옆에 있는 듯해. 아, 태대공 저하가 공주님을 돕기만 하면 문제는 너무 간단히 해결되겠구나. 오, 하늘이시여! 우리 공주님을 도우소서!'

그가 속으로 감탄하고 있는 사이 아리안은 자신의 방 안에 도착했다.

"레모, 누구도 방 근처에 오지 못하게 해라!"

"예, 주군!"

아리안이 자신의 방문 앞에서 말하자, 허공에서 복명하는 소리가 들렸다. 소년은 신기한 표정으로 주위를 두리번거렸고, 경호무사는 엉겁결에 검집에 손을 댔다. 갑자기 사방에서 강하게 밀려드는 살기에 놀란 경호무사가 자신의 실책을 깨닫고 재빨리 검에서 손을 뗐다. 살기가 거짓말처럼 사라졌다.

경호무사가 근심스러운 표정으로 소년을 쳐다봤다. 소년은 아무것도 느끼지 못했는지 몸을 한번 흠칫 떨더니 무심한 표정으로 아리안의 뒤를 따라 집무실로 들어섰다.

'아, 이곳은 진실로 위험한 곳이로구나. 도대체 얼마나 많은 마스터가 있는지조차 알 수 없는 곳이야. 만약 태대공의 인정을 받는다면 어떤 난관도 이겨낼 수가 있겠지만, 그렇지 못하고 혹시라도 노여움을 산다면 우리 왕국의 내일은 없겠다. 아빌라 왕국과 모랄레스 왕국이 순식간에 무너진 이유가 있었어.'

"앉아라. 그래, 내게 할 얘기가 뭐지?"

아리안은 의자에 앉아 자신을 바라보는 소년에게 물었다.

"태대공 저하는 신의 능력을 지녔다고 들었습니다. 역적들로 인해 왕국이 위태롭습니다. 부디 저희 왕국을 구해주십시오, 태대공 저하."

"거절하네. 더는 들어볼 가치도 없군. 돌아가게."

소년은 간절한 눈빛으로 어렵게 입을 열었지만 아리안은 생각할 것도 없다는 듯이 일언지하에 거절했다. 소년이 오히려 멍한 표정으로 아리안을 쳐다봤다.

"태대공 저하, 이유를 여쭤봐도 됩니까?"

"흠, 여기까지 온 성의를 생각해서 그 이유만은 알려주지. 역적이 들끓는 것은 왕가의 운이 다됐다고 봐야 한다. 그런 역적들의 말을 신임하고 미리 준비하지 않은 것은 책임은 무시하고 권리만 행사했다고 봐야 돼. 왕국의 기본은 백성이고 왕가가 바뀐다고 해서 백성까지 바뀌는 것은 아니야."

아리안은 잔잔한 음성으로 이야기를 이어갔다. 평소에 제대로 하지 않다가 일이 닥치면 힘 있는 자에게 손을 벌린다고 해서 대뜸 그러겠다고 할 수 없다는 점을 설명했다.

게으른 왕족 몇 명을 구하자고 자신과 가까운 사람들의 생명을 담보로 땀 흘려 뛰어가서 억울한 사람들의 목숨을 빼앗는 것은 더없이 못할 짓이란 이야기였다. 또한 자신은 그런 틈을 이용해 부하들을 이끌고 가서 그 왕국을 장악할 생각도 없다는 점을 명백하게 못을 박았다.

"감사합니다, 태대공 저하. 제가 제대로 찾아온 듯합니다. 우선 존경의 뜻으로 드리는 저의 절을 받으십시오."

소년은 의자에서 일어나 아리안에게 절했다. 남자처럼 박력이 가미된 기사의 예가 아니라, 여자가 하듯이 다소곳한 태도로 바지 옆단을 잡고 다리를 살짝 구부렸다가 폈다. 남장소녀의 예를 취하는 모습에 아리안은 황당한 표정을 지었고, 경호무사는 입을 열려다가 멈췄다.

"태대공 저하, 소녀는 키레로 왕국의 아이레이옵니다. 분명 6개월 전까지는 귀족의 의무를 아는 충신들이 부왕과 함께 노심초사하는 모습이 아름다웠습니다. 풍족한 왕국 재정은 아니지만 어려운 성을 먼저 배려하고 힘든 곳은 달려가 손을 돕기도 했지요. 그러던 어느 날 순간적으로 모든 게 바뀌고 말았습니다."

소년은 담담한 음성으로 말하려고 했지만 그만 눈물을 흘리고 말았다. 이어지는 소년의 말은 놀라웠다.

놀랍게도 하룻밤 사이에 완전히 사람이 바뀐 것처럼 국왕과 귀족들은 눈빛을 번득이며 가혹한 세금을 걷고 세금을 내지 못한 자들은 모조리 잡아들여 어디론가 보내 버렸다.

백성들은 먹을 게 없어 초근목피로 연명하기에, 들에는 먹을 수 있는 풀이 사라졌고 잡초와 독초만이 무성해졌다. 폐허가 된 마을이 속출하고 이름도 모를 괴수들이 활보했지만, 그들을 퇴치할 자경단이나 병사마저 산적으로 변하고 있다는 이야기를 비교적 담담한 어조로 이었다. 그러나 소년의 말 속에는 언어로 표현하기 힘든 슬픔과 아픔이 가득 배어 있었다. 아리안도 점점 소녀의 말에 빠져들었다.

"태대공 저하, 이것은 왕가의 문제가 아니라고 여겼습니다. 뭔가 문제는 있지만, 소녀의 능력 밖의 일이었습니다. 동생은 어느 틈에 어디론가 사라졌고, 부왕의 눈길이 무서워 몸을 숨

긴 소녀가 할 수 있는 것이라고는 두 손을 마주 잡고 하늘에 비
는 것밖에 없었지요. 소녀가 저하를 찾아온 것은 하늘의 응답
을 받아서가 아닙니다. 두려움에 떨며 무작정 숨어서 하늘을
원망하다가 죽기는 싫었습니다."

소년의 어조에는 강인한 의지가 피어났다. 아리안은 고개를
끄덕이며 이야기 속에 한 가닥 진정이 깃들었음을 깨달았다.

"그러던 중 저는 현자의 말씀이 떠올랐습니다. 신은 손과 발
이 없다. 그리고 하늘은 스스로 돕는 자를 돕는다. 각기 다른
현자님의 말씀이지만 분명히 제게 움직이라고, 한 가닥의 숨
이 남아 있는 한 희망은 있다고 이구동성으로 고함치고 채찍
질했죠."

소년은 아리안을 향해 다시 한 번 고개를 숙이며 간절한 어
조로 말했다.

"태대공 저하, 소녀는 그 점이 궁금합니다. 국왕과 귀족들
성품이 어느 날 한날한시에 그처럼 바뀔 수가 있는 것입니까?
백성을 위하여 피와 땀 흘리는 것을 보람으로 여기던 사람들
이 홀연히 바뀐 것은 단지 소녀가 착각한 것일까요? 소녀의 간
절한 바람은 오직 하나입니다. 왕국 주인이 누가 되느냐가 아
니라 어디에도 하소연할 수 없는 백성들의 아픔을 해소할 길
은 진정 없는 것일까요?"

아리안을 바라보는 아이레 공주의 눈에서는 겨울 내내 지붕
위에 쌓였던 눈이 봄에 녹아내리듯 눈물이 끊임없이 흘러내렸
다.

"태대공 저하, 가족이 오순도순 둘러앉아 나물 반찬 한 가지, 식은 밥 한 공기 먹고자 하는 바람은 지나친 욕심인가요? 온종일 산과 들로 헤매다가 아무것도 손에 들지 못하고 가족이 숨은 동굴로 돌아가는 가장의 처진 어깨를 펴게 할 방법과 동산보다 무거운 추를 끄는 듯한 그의 발길을 가볍게 할 방법은 참으로 없는 것일까요?"

경호무사가 아이레 공주 뒤에 무릎을 꿇고 앉아 고개를 숙였다. 그의 무릎 역시 삽시간에 젖었다.

"태대공 저하, 권리를 되찾고자 함이 아니라 의무를 다하려는 소녀의 간절한 바람에 한 올이라도 직접 보지 않고 들은 얘기거나 거짓이 섞였다면 저하의 청정을 더럽힌 죄로 어떤 처벌이라도 감수하겠사옵니다. 부디 연약한 저와 왕국 백성을 불쌍히 여겨주시기를 앙망하옵니다, 태대공 저하."

아이레 공주는 바닥에 엎드려 아리안의 발에 입을 맞췄다. 아리안의 발이 곧 젖어들었다. 아리안은 아무것도 느끼지 못하고 생각에 잠겼다.

"태대공 저하~!"

쿵쿵!

경호무사가 바닥에 머리를 찧으며 외쳤다. 아리안이 그 소리에 현실로 돌아왔다.

"레모!"

"주군, 하명하소서!"

검은 옷으로 전신을 온통 감싼 채 눈만 내놓은 레모가 한쪽 무릎을 꿇은 자세로 모습을 드러냈다.

"키레로 왕국의 모든 정보가 필요하다."

"존명!"

레모의 그림자가 허공으로 스며들었다.

"일어나라. 자세한 것을 안 연후에 내 대답을 들을 것이다. 이곳에서 며칠 묵도록 해라!"

아리안은 총관에게 그들이 머물 곳을 부탁하고 생각에 잠겼다.

'흠, 저들이 새로운 공격 방법을 택한 것인가?'

아리안은 모든 것을 잊고자 수련장으로 갔다.

"충성!"

수련생들과 시로코가 힘차게 군례를 올렸다. 아리안은 검을 뽑으면서 말했다.

"자, 모두 덤벼라!"

"예, 주군!"

그들은 신이 나 고함치면서 덤볐다. 아리안은 덤비는 수련생들과 시로코를 검등으로 치고 검의 옆면으로 갈겼다.

"욱! 헉!"

수련생들은 아리안과 검을 부딪쳐 보지도 못하고 맞게 되자 보법을 사용했다. 수련생들의 몸은 보였다가 사라지기를 반복했지만, 아리안에게 여지없이 얻어맞았다. 하지만 그들의 움직임은 점점 빨라졌고, 나타났다가 사라지는 모습을 쫓는 것조차 쉽지 않았다.

"아니, 시동어도 없이 순간이동을 하다니… 더구나 저렇게 빠른 속도로…….."

한쪽에서 구경하던 네스토는 넋을 잃었다. 시로코도 몇 번 공격하다가 수련생들의 움직임에 놀라서 뒤로 물러난 후 그들을 관찰했다.

"아직도 몸이 반응하지 않고 생각을 하는구나."

아리안의 몸은 그물에 걸리지 않는 한 가닥 바람이었다. 수련생들의 움직임도 아리안이 유도하는 대로 점차 하나의 결을 타기 시작했다. 70여 가닥의 바람이 점차 하나로 이어졌다. 크고 작은 바람이 안과 밖에서 빙글빙글 돌았다. 흐름을 타지 못한 바람은 여지없이 밖으로 튕겼다.

"윽!"

검면으로 맞고 흐름에서 떨어져 나온 수련생은 튕긴 것보다 더욱 빠르게 안으로 달려들었다. 점차 바깥 원에서 나온 기운이 강해졌다. 이번에는 안쪽에서 회오리바람을 일으키던 아리안의 기운도 더욱 웅장하게 변했다.

웅~!

두 개의 거대한 기운이 일으킨 기묘한 공명음이 수련장을 울렸다. 그 광경을 보면서 시로코는 진정으로 놀랐다.

'세상에, 내가 주군의 가르침을 받고 벽을 넘어선 후에 내 상대는 주군과 나 자신밖에 없다고 여겼는데, 그것은 하늘을 보지 않은 나의 자만이었어.'

쩡~!

70여 개의 검과 아리안의 검이 최초로 격돌했다. 그 굉음은 허공을 가르듯이 우렁찼다. 그 소리를 듣고 시로코는 기겁했다.

'세상에, 어떻게 이런 일이 가능하지? 주군의 검이 젊은이들의 검 전체와 동시에 부딪친 소리야. 젊은이들은 주위에 빙둘러서서 도는데 어떻게 조금의 간격도 없이 동시에 부딪칠 수가 있을까? 주군께서 검을 70개로 늘렸다고밖에 해석이 안 되잖아. 아, 과연 주군의 검은 천외천의 검이로구나. 지금 벌써 몇 시간째야? 저들은 싸울수록 점점 기운이 강해져. 이게 주군께서 가신들을 가르치는 방법이로군.'

*   *   *

다음 날 아침, 아리안은 준비된 식량과 술을 가지고 드워프 동굴로 텔레포트했다.

"주인님, 어서 오십시오."

드워프 장로와 자이언트 드워프 수좌가 기다렸다는 듯이 아리안을 맞이했다. 크고 작은 드워프는 어마어마한 양의 식량과 술을 보고 입이 귀에 걸렸다.

"주인님, 이게 다 먹을 게 아닙니까? 세상에, 이렇게 많은 것은 처음 봅니다."

"주인님, 아무래도 오늘은 잔치를 벌여야겠습니다."

"흠, 그것도 좋겠군."

잔치가 벌어졌다. 드워프들은 뜻밖에도 술을 좋아했다. 그들은 술을 마시는 게 아니라 입을 벌리고 그대로 술을 부었다. 더구나 자이언트 드워프들은 기본이 술 한 통이었다.

콸콸! 콸콸!

그들이 술 마시는 소리가 마치 장마 후에 급류가 흐르는 듯한 소음을 연출했다. 자이언트 드워프 수좌가 일어나서 가슴을 치고 진각을 밟았다.

쿵쿵! 쾅쾅!

"사나이 품은 긍지, 구름 따라 흘렀어라."

"어허야, 어허데야! 구름 따라 흘렀어라."

자이언트 드워프들이 하나둘 수좌를 따라 진각을 밟으며 반복 음을 읊었다.

"대륙도 좁았거늘 결계라니 웬 말인가."

"어허야, 어허데야! 결계라니 웬 말인가."

그들의 음성에는 한이 서려 듣는 이의 심금을 울렸다.

"백년 천년 지났건만 임 소식 간 곳 없네."

"어허야, 어허데야! 임 소식 간 곳 없네."

드워프 장로가 자이언트 드워프를 따라서 진각을 밟았다. 자이언트 드워프를 따라서 울먹이며 읊는 장로의 음성은 몹시 잠겨 있었다. 그들의 잠긴 음성을 듣는 것만으로도 가슴이 미어지는 듯했다.

"사나이 붉은 피 뿌리고 뿌려 임 오는 길 밝힐까나."

"어허야, 어허데야! 임 오는 길 밝힐까나."

크고 작은 모든 드워프가 진각을 밟았다. 그들이 땅을 밟는 소리는 디베르소 산맥의 심장 박동인 양 쿵쿵거렸다.

"아픈 가슴 달래줄 빗줄기는 간 곳 없어라."

"어허야, 어허데야! 빗줄기는 간 곳 없어라."

드워프들은 서로서로 어깨동무하고 반복 음을 읊으며 진각을 밟았다.

"맞잡은 두 손은 풀릴 줄 모르는데, 무심한 하늘은 구름 한 점 없구나."

"어허야, 어허데야! 무심한 하늘은 구름 한 점 없구나."

그들의 천년 한이 눈물 되어 흘러내렸다. 아리안도 그들과 함께 어울렸다. 그들의 아픔이 어깨와 어깨를 통하여 이어졌다가 한없이 흘리는 눈물로 씻겨 나갔다.

자이언트 드워프 수좌는 다시 처음부터 읊었고, 반복 음을 읊는 드워프들의 눈에서는 하염없이 눈물이 흘러내렸다. 세 번 반복한 후에 끝낸 드워프들은 아리안의 발치에 엎드려 엉엉 소리 내어 울었다.

아리안은 말없이 바로 앞에 엎드린 드워프 장로와 자이언트 드워프 수좌의 어깨를 감쌌다.

"기다림의 아픔과 고통을 기다려 보지 않은 자가 어찌 알겠느냐."

아리안은 그들의 울음이 어느 정도 가라앉자 조용한 음성으로 입을 열었다. 음성 확대 마법을 사용하지 않았지만, 제일 뒤에 엎드린 자의 귀에도 바로 옆에서 이야기하듯이 선명하게 들렸다.

"그런 사실을 너무 잘 아는 고대종족이 고육지계를 택할 수밖에 없었던 오직 한 가지 이유는 그대들이 살아남아 주기를 바랐기 때문이다. 이 세상에 살아남는 종족은 강한 종족도 똑똑한 종족도 아니며 오직 환경에 잘 적응하는 종족이다. 드래곤보다 마법 능력이 뛰어나고 인간 중에서는 천 년에 한 명 탄생한다는 그랜드 소드 마스터의 능력을 능가하던 고대종족은 멸족할 수밖에 없다는 사실을 깨달았다. 그들이 모두 죽어야 하는 이유는 단지 터무니없이 강했기 때문이다. 그들은 자신들이 살길을 택하지 않고 인간과 유사인종이 살아남기를 바랐다."

아리안의 음성은 조용한 개울물처럼 흐르며 그들의 마음에 스며들었다.

"하지만 그들은 천마전쟁에 버금하는 마수마물을 동원한 마황에 의해서 대륙이 당하는 참담한 광경을 보고 말았다. 드래곤이 울부짖으며 천참만륙됐다가 자연으로 회귀했다. 드워프, 엘프들이 마수의 발에 밟히고 마물에게 먹혔으며, 인간들의 피보라는 대륙을 붉게 물들였다. 고대종족은 한으로 뭉친 자만이 강해지는 법이기에 그대들의 천 년 한이 자신들을 강하게 단련해서 스스로 살아남기를 바랐다. 그들이 올 시기가 머지않았고, 이미 대륙에는 그들의 선봉대가 암약 중이다. 지금은 뒤를 돌아볼 시간이 없구나. 너희는 나를 믿고 따르겠느냐?"

"예, 주인님."

"우리 후손들이 살아갈 대륙을 그들의 마수로부터 보호하는 데 너희 목숨을 내놓겠느냐?"

"명령만 하소서, 주인님!"

크고 작은 드워프들이 모두 무릎을 꿇고 아리안을 우러러봤다. 모든 인간과 유사인종이 한 사람의 지도자를 중심으로 뭉쳐야만 살아남을 것이다.

"좋다. 이제 우리의 피와 땀으로 다시 천 년을 이어갈 후손들의 터전을 가꾸고 지켜가자."

"예, 주인님!"

드워프들이 눈을 반짝이며 이를 악물었다. 잔치는 그 이후에도 이어졌지만, 마치 출정식이 된 듯했다. 자이언트 드워프 1,200여 명의 전사가 2m의 대도와 방패를 든 채 발을 구르며 고함치는 광경을 보는 사람은 절로 오금이 저렸다.

"아바타르 타다가타 칙 착 척! 마카브로 에스판토 칙 착 촉(천신께서 친히 나아가니 모든 대적 두려워 떨고 있네)!"

자이언트 드워프는 남녀가 모두 전사였다. 아직 어린 예비 전사 600여 명도 무기는 들지 않은 채 같이 고함을 질렀다. 차츰 드워프들도 고함지르는 대열에 참여했다. 드워프 3,000여 명과 자이언트 드워프 1,800여 명이 함께 진각을 밟으며 외치는 함성에 디베르소 산맥이 응답했다.

꾸르릉! 꾸르릉!

"아바타르 타다가타 칙 착 척! 마카브로 에스판토 칙 착 촉!"

마계 마수마물의 간담을 서늘케 하고 마장들의 전투 의지를 꺾어버린 위대한 전사의 혼이 천 년 후 디베르소 산맥에서 되살아났다.

"주인님의 영광을 위하여!"

"만세, 만세, 만만세! 주인님의 영광을 위하여!"

그들은 환호하며 발을 구르고 대도로 방패를 쳤다.

딱딱! 딱딱! 딱딱딱딱딱!

무기를 들지 않은 드워프들은 커다란 주먹으로 가슴을 쳤다.

자이언트 드워프들은 아리안에게 인정받고 받아들여졌기에 환호했고, 일반 드워프들은 용사 중의 용사인 자이언트 드워프에게 동족으로 받아들여진 사실이 무엇보다 기쁘고 신났다. 드워프들의 마음의 키는 이미 두 배로 훌쩍 자랐다.

훗날 사가들은 이날을 일컬어 대륙의 암운을 걷는 빛의 탄생이라고 명명했다.

"에스판토 장로, 이것을 한번 보세요."

아리안은 드워프 장로의 집에 들어가 품에서 종이 한 장을 꺼냈다.

"주인님, 이게 뭐죠? 활처럼 생겼는데 훨씬 복잡하군요."

"기존의 활을 보강한 겁니다."

"흠, 만약 이 그림대로 만든다면 상당한 힘이 실리겠습니다. 화살촉을 미스릴로 만들면 갑옷도 뚫겠군요."

에스판토 장로는 아리안이 내미는 설계도를 보는 즉시 물건의 위력을 짐작했다. 역시 전문가였다.

"마수와 마물을 겨냥한 겁니다. 이름은 각궁이라 합니다."

"오, 이것은 같은 모양인데 크기만 작아서 팔뚝에 간편하게 찰 수도 있겠습니다."

"그렇습니다. 간편하다는 뜻으로 편궁이라 부릅니다. 멀리 날아가는 위력은 없어도 가까운 곳에서의 살상력은 대단하지요. 한데 수작업만으로 이게 가능할지 모르겠습니다."

아리안의 물음에 에스판토 장로는 자신의 가슴을 치며 장담했다.

"주인님, 염려 마십시오. 미스릴로 바늘을 만들 수 있는 것은 우리만이 가능합니다."

"세상에, 그 단단한 미스릴로 바늘을? 정말 대단하군요."

"크크, 저희가 그런 면이 조금 있습지요. 크크!"

에스판토 장로가 어깨를 으쓱이며 나가자 아리안은 집으로 돌아갔다.

아리안은 즉시 카난다 총대주를 불렀다.

"단주님, 부르셨습니까?"

카난다 총대주는 공손히 예를 갖추고 아리안의 집무실로 들어왔다.

"총대주님, 제 아버님이십니다. 아시죠?"

"예, 뵌 적이 있습니다. 안녕하십니까? 카난다입니다."

"아브라조입니다."

두 사람의 간단한 인사가 끝나자, 아리안이 총대주에게 말했다.

"총대주님, 제 아버님이 상단 일에서 손을 놓게 되시자 견디기가 어려운 듯합니다. 이번에 상단 확장할 때 협력할 길을 모색해 보세요."

"아이고, 정말 잘됐습니다, 단주님! 총상은 고사하고 각 왕국의 대주조차 임명하기가 어려운 실정이라 몹시 난감한 입장인데 참으로 잘됐습니다. 아브라조님, 제발 절 좀 도와주십시오. 아리안 단주님의 상단 확장 명령을 받고 나니 할 일은 첩첩산중이요, 앞은 오리무중이랍니다."

"총대주님, 우리 아리안이 단주라니 그게 무슨 말입니까?"

"아, 단주님이 말씀하지 않으신 모양이군요. 아리안님이 레반트 상단의 단주님이십니다. 아리안님이 성인식을 치르면 국왕이 되실 텐데, 그때는 카르네프 국왕 전하께서 왕관을 아리안님께 전하고 다시 단주를 맡으실 것입니다. 당시 그 문제를 의논하실 때 마침 저도 옆에 있었기에 잘 알고 있답니다."

"뭐라고? 단주에 국왕? 아니, 내가 지금 무슨 소릴 들은 거지?"

아리안의 아버지 아브라조가 놀란 표정으로 카난다와 아리안을 번갈아 쳐다보자, 카난다 총대주는 자신이 쓸데없는 말을 했다고 여겼다.

"단주님, 죄송합니다. 제가 해선 안 될 말을 한 듯합니다."

미안한 기색으로 말하는 카난다에게 아리안이 미소를 지으며 말했다.

"괜찮습니다. 어차피 말씀드려야 할 이야기니까요."

"알겠습니다, 단주님. 아브라조님이 이곳 대주를 맡으면 상인이라기보다는 태대공 저하의 아버지로 보는 분이 더 많을 것입니다. 제 생각으로는 이웃 왕국인 키레로 정도가 좋을 듯한데, 왕국 사정이 생각보다 복잡해서 저희 상단 지부도 철수했습니다. 우선 저를 돕다가 적당한 왕국이 생각났을 때 결정하면 좋을 듯합니다."

"그게 좋겠군요. 아버지 생각은 어떠세요?"

"그것도 좋지. 집에만 붙어 있자니 나이만 먹는다는 느낌이 더군. 총대주님, 앞으로 잘 부탁드립니다."

"저야말로 상단의 신화를 이룩한 레온 상단 아브라조님의 역량을 기대합니다."

아리안은 카난다 총대주가 간 후 아버지 집무실에서 나왔다. 밖에는 알레그리아가 기다렸다가 반색했다.

"주인님, 저 왔어요. 많이 기다렸죠?"

"당연하지. 수고가 많았다."

"히히, 괜찮아요. 모두 주인님을 위한 일인 걸요."

아리안은 말을 하며 몸을 꼬는 알레그리아를 보고 황당한 생각이 들었다.

'세상에, 그리아야, 그리아야. 그 미모, 그 용모에 몸을 꼴때마다 가슴과 엉덩이가 도드라진다는 사실을 알고는 있는 거냐? 그리고 7,000살이면 인간으로 쳐도 7학년이란다. 알겠니? 에고, 저 애가 그동안 어떤 역할로 유희를 했는지 정말 궁금하군.'

"젊은 드워프는?"

"아, 글쎄, 주인님, 제가 있죠, 주인님이 기다리실까 봐 텔레포트로 이 산 저 산으로 움직였지요. 한데 그 애가 한 번 움직일 때마다 한동안 안 보이는 거 있죠. 알고 보니 자기가 먹은 음식의 소화 과정을 살피잖아요. 누구나 저마다의 취미생활이란 게 있으니 참견하진 않았죠. 그리고 가능한 한 취미생활을 하도록 도왔어요. 어떻게 도왔느냐고요? 간단해요. 텔레포트만 하면 틀림없이 사라져서 취미생활을 즐겨요."

"크으, 드워프가 텔레포트에 울렁증을 느끼다니, 얼마나 자주 옮겨 다녔기에 그 지경이 됐을까?"

"그렇죠, 주인님! 저 정말 열심히 일했죠?"

"오냐, 오냐. 그래, 찾긴 찾은 거냐?"

"예, 주인님. 바로 저기예요. 영상 마법!"

알레그리아가 마법을 펼쳐서 보여주는 곳은 수목이 울창한 산이었다. 하지만 그 영상만 봐서는 그곳이 어딘지를 도저히 알 수 없었다.

"그리아, 저기가 어디냐?"

"산이에요, 산. 척 보면 산이란 걸 알 수 있잖아요."

"그래, 산이로구나, 산. 그런데 무슨 산이지?"

"어? 그건 물어보지 않았는데… 산이 대답할 리는 없고. 맞다. 대지의 정령을 소환해서 물어볼 걸 그랬구나."

"그리아, 이리 와라."

"예, 주인님."

아리안이 알레그리아를 데리고 서재로 갔다. 알레그리아는 서재에 아무도 없고 두 사람뿐이자 얼굴을 붉히며 다소곳이 말했다.

"아잉, 주인님~! 전 아무래도 괜찮아요."

'아, 주인님이 젊어서 많이 힘드셨던 모양이구나. 더구나 검술이 강할수록 정력도 강해진다고 했으니 당연히 내가 풀 수 있도록 도와야겠지. 주인님이 남녀관계를 모르면 내가 리드해야 하나?'

"그리아, 다녀온 산이 어딘지 저 지도를 보고 얘기해 봐."

알레그리아는 다른 생각을 하고 있었기에 아리안의 말을 단번에 알아듣지 못했다.

"예? 저 지도를 보고 엎드리라고요? 이렇게요? 주인님은 이런 자세를 좋아하시는구나."

알레그리아가 얼굴을 붉힌 채 벽에 걸린 지도를 쳐다보며 엉덩이를 치켜든 자세를 취하자, 아리안은 알레그리아에게서 묘한 염기가 물씬 풍기는 것을 느끼고 당황한 표정으로 재빨리 고개를 돌렸다. 하지만 아리안의 머리에 이미 색기가 철철 넘치는 알레그리아의 자세가 입력돼 버렸다.

"그리아, 열도 있으면서 이상한 소릴 하는 걸 보면 몸이 안 좋은 모양이야. 좀 쉬도록 해. 나중에 이야기하지."

아리안은 황급히 문을 열고 집무실을 나갔다.

'어? 주인님이 자세를 잡으라고 해놓고 갑자기 왜 저러지? 아하, 총각은 가시가 많아서 앙큼하고 상큼한 장미 같은 여인보다 수선화처럼 새치름하고 다소곳한 여자를 좋아한다는 말을 깜박했군. 젠장, 모르는 게 없고 능력이 뛰어난 신이기에 그 분야에서도 아흔아홉 고개가 무색할 정도로 다 아는 줄 알았더니 그게 선택 사양이었나?'

아무래도 알레그리아의 생각은 쉽게 끝날 것 같지가 않았다.

'에이, 태도를 바꾸면 시간이 오래 걸리는데… 어쩔 수 없이 주인의 장단에 맞추는 수밖에. 다음부터는 새치름하고 다소곳한 모드로 전환! 히히, 주인은 대륙을 정복하고 이몸은 여성 상위 자세로 주인을 정복한다. 오~! 청사에 기리 빛날 위대한 이름 알레그리아여!'

뒤에 남은 알레그리아가 요염한 눈빛을 감추지 않은 채 앙증맞은 손으로 주먹을 쥐고 힘껏 내렸다.

"아싸!"

아리안의 전신은 활활 타오르는 듯했다. 아리안은 수련장으로 가서 땀을 흘리려다가 자세가 불편한 것을 느끼고 급히 아래를 내려다봤다. 아리안의 분신은 거총 자세에서 세워총 자세로 바뀐 후 부동 삼매에 들어간 듯했다. 분신이 은은한 통증을 호소했다.

아리안은 모습이 보이지 않을 정도로 급히 목욕탕으로 뛰어갔다.

삐이~! 삐이~!

뛰어서는 안 되는 저택에서 대낮에 달리는 자가 나타나자 갑자기 비상이 걸렸다. 헤르메스가 경호기사와 무사들을 지휘하여 재빨리 각자의 위치로 보내고, 수련생들이 검을 들고 안채를 중심으로 저택 상공으로 솟구쳤다.

이어서 특수 경호 조직인 밀영조의 수색이 시작됐다. 그들의 수색은 모습을 드러내지 않은 바람처럼 저택을 차분히 조사했다.

"아, 역시 저들은 마검사였구나."

"크으, 과연 대륙에서 저들을 당할 자가 누구란 말인가?"

시로코와 네스토는 공중에서 사방을 살피는 수련생들을 보고 할 말을 잃었다.

[뭐하는 거냐?]

아리안은 목욕탕으로 조심스럽게 접근하는 기운을 느끼고 그의 귓가에 전음을 보냈다.

"앗, 죄송합니다, 저하. 저택 안에서 정체불명의 사내가 뛰는 것을 발견하고 불청객이 들어온 것으로 판단했습니다."

밀영조원은 대답하면서 주위를 두리번거렸다. 아무도 보이지 않았다. 아리안은 그제야 자신으로 인한 소동임을 알았다.

"침입자는 없다. 조용히 비상 해제하라고 일러라."

"존명!"

밀영조원은 태대공의 음성이 목욕탕에서 들리자 소리없이

물러났다.

한낮의 비상 점검이었다.

다음날, 아리안은 알레그리아를 집무실로 불렀다.

"그리아, 드워프와 다녀온 곳이 어딘지 지도에서 짚어봐라."

"예, 주인님."

알레그리아가 얼굴을 붉히며 고개를 돌리고 다소곳한 표정으로 지도의 한곳을 손가락으로 짚었다. 그곳은 이웃 왕국인 키레로 왕국과의 경계선이며 돌산이어서 얼핏 보기에는 푸른색이 보이지 않아 마치 나무옹이처럼 보였다. 옹이를 짚었던 손가락을 입에 잘근 물고 배시시 미소 짓는 알레그리아를 보고 아리안은 마침내 뒤로 넘어가고 말았다.

짜당!

알레그리아는 싸우기 전에 승리하라는 현자의 말을 십분 이해한 명장이었다. 그녀는 위대한 존재여서가 아니라 마스터 오브 마스터인 아리안마저 싸우지 않고 포용하려는 마음을 지녔기에 위대했다.

신에 버금하는 능력을 지녔다는 아리안을 쓰러뜨린 무적 여전사의 탄생이었다.

*   *   *

레모가 키레로의 정보를 가지고 돌아왔다. 아리안은 포르피리오 백작과 밤을 새워 의논한 뒤 마르티네스 공주를 데리러 아라카이브 제국으로 떠날 준비를 했다.

"주군, 저희가 경호해야 하지 않겠습니까?"

안티야스가 당연하다는 듯이 말했다.

"황제가 너희 변한 모습을 보면 속이 아플 것이다. 하지만 주비스 제국에서 그대로 보고 있지는 않을 듯하니 국경성에서 기다리도록 해라. 아라카이브 제국에서의 경호는 헤르메스가 맡는다."

"예, 주군."

안티야스와 헤르메스는 함께 군례를 올린 후 물러갔다.

아리안은 한 달 동안 정신없이 바쁜 나날을 보냈다.

"얘야, 아들이 결혼하는데 부모가 참석하지 않는다는 게 말이 되느냐?"

가족이 함께하는 저녁 식사 중에 아리안의 어머니가 조용한 음성으로 말했다. 할아버지와 아버지, 그리고 형 알폰소는 이미 끝난 이야기라 못 들은 척했지만, 옆에서 아디아가 거들었다.

"맞아요, 엄마. 우리 집 남자들은 당연한 일에도 작은오빠 말에는 이렇다 저렇다 말하지 않는 것을 보면 이해할 수가 없어요."

"아디아, 이건 네가 말한 대로 당연한 일처럼 보이지만, 복잡한 사연이 숨어 있단다."

"작은오빠, 그 복잡한 사연에 우리 가족이 부끄럽거나 위험한 것도 들어 있나요?"

아리안은 아디아의 말을 들으며 동생의 가슴속에 지우기 어려운 섭섭함이 있다고 여겼다.

"가족은 내게 가장 소중한 것이란다. 당연히 상당한 위험이 깃들어 있지. 마르티네스 공주의 특이체질 때문에 주비스 제국에서 그대로 보고 있지만은 않을 게다. 그 과정에서 눈먼 화살까지 막을 수는 없기에 어쩔 수 없이 같이 가지 못하는 거란다. 네가 좀 이해해 주면 안 되겠니?"

"작은오빠, 큰오빠와 난 이유도 모르고 아카데미를 그만둬야 했어. 아빠와 할아버진 평생을 바친 상단을 포기한 채 집에만 있어야 돼. 작은오빠가 태대공이 됐고 곧 국왕이 된다고 하더군. 작은오빠가 얼마나 심한 고생과 수련을 했는지 짐작조차 못하겠지만, 친구도 없이 집에만 있어야 하는 우리는 기뻐해야만 하는 거야?"

아디아는 그동안 집안이 변해 훨씬 좋은 집에 살기는 했지만, 자신이 느꼈던 아픔을 천천히 말했다. 가족들은 모두 조용히 그녀의 말을 들었다.

"내겐 '아디아'라는 예쁜 이름이 있지만, 모두 태대공 저하의 동생이란 말밖에 하지 않아. 작은오빠, 난 누리지 못하는 복은 복이 아니라 이미 벌이며 화근이라고 여겨. 난 엄마와 함께 자랑스러운 작은오빠의 결혼식에 참석하고 싶어. 만약 위험이 닥친다면 오빠가 막아줘. 최선을 다했는데도 역부족이라면 어쩔 수 없는 일이니 절대 오빠를 원망하지 않을 거야. 해보기도 전에 포기하기에는 난 하고 싶은 게 너무 많아, 작은오빠."

아직 어리다고만 여겼던 아디아의 열변에 모두 멍한 표정으로 쳐다봤다. 그녀의 말 속에는 그동안 삭여야 했던 아픔들이 고스란히 배어 있었다. 아디아는 말을 끝내고 가족들의 시선을 한 몸에 받자 얼굴을 붉혔다.

"미안해요. 그냥 생각나는 대로 말했어요."

아디아는 얼굴을 가리고 도망가려 했다. 아리안이 아디아를 잡았다. 아리안은 쪼그리고 앉아서 아디아와 눈높이를 맞췄다. 그리고 그는 동생을 무시하여 겁박하지 않고 부드러운 음성으로 성심을 다해 설명했다. 또한 칭찬을 먼저 해야 한다는 점도 잊지 않았다.

"아디아, 넌 정말 아름다우면서도 총명하구나. 내가 네 오빠란 게 참으로 자랑스럽다. 그렇지 않아도 아카데미를 빨리 완공하려고 최선을 다한단다. 그리고 아버지는 요즘 다시 일을 시작하셨지. 그런데 약 3개월간 또 빠진다면 일에 지장이 있을 듯싶구나. 아디아, 오빠는 마르티네스 언니와 이곳에 와서 다시 결혼식을 올릴 생각이란다. 그래서 결혼식에 두 번씩 참석하는 건 좀 문제가 있다고 여겼지. 게다가 돌아오는 길에는 주비스 제국의 습격이 예상된다는 보고도 받았거든. 오빠는 과연 어떻게 하는 게 좋을까?"

아디아는 오빠의 눈을 쳐다봤다. 아리안은 자신을 무시하는 게 아니라 정말 걱정하는 듯했다.

"오빠, 미안해. 마르티네스 공주 언니를 데려오는 일이 그렇게 위험하면 가지 마. 내가 평생 오빠 옆에서 밥도 해주고 빨래도 하고 말동무도 돼줄게. 응? 오빠!"

아디아의 말을 들은 아버지와 어머니는 서로 쳐다보며 멍한 표정인데, 아리안의 형 알폰소는 웃음을 참느라 눈물마저 글썽거렸다. 아리안이 고개를 끄덕이며 몹시 후회스럽다는 표정으로 말했다.

"에이, 아디아가 그런 마음인 줄 알았으면 공주 데려온다는 말을 하지 않을 걸 그랬구나. 하지만 이미 약속했으니 어떡한다?"

"오빠가 벌써 약속했으면 어쩔 수 없겠다. 그 대신 갔다가 빨리 와. 알았지?"

"예, 아디아님. 분부대로 하겠사옵니다."

"푸하하! 하하하! 호호호! 크크크!"

가족이란 이 세상 그 무엇보다도 소중한 보물이다. 모두 시원하게 웃었지만 아디아와 아리안만은 의연하게 웃지 않았다. 아디아가 아리안의 이마에 입을 맞췄다. 아리안은 아디아를 덥석 안아 올려 공중에서 한 바퀴 돌린 후에 내려줬다. 가족들의 얼굴에 미소가 한껏 어렸다.

참으로 좋은 날이었다.

다음날 아리안은 왕궁에 들러 국왕께 인사하고 귀족들의 환송을 받으며 왕성을 나섰다. 헤르메스가 기사 100명과

3,000명의 병사를 거느리고 경호 책임을 맡았으며, 네스토는 저택 경호를 위해 남고 시로코와 알레그리아가 동행했다.

"출발!"

아리안의 허락을 받은 헤르메스의 고함이 울렸다.

아라카이브 제국 황도 레포르마로 가는 길은 비교적 평탄했다. 아리안 일행은 서둘지 않고 보름이나 걸려서 천천히 도착했다.

황성 성문에서 펠리즈 백작이 영접했다.

"아리안 태대공 저하를 황제 폐하를 대신해서 환영합니다."

아리안이 말에서 내려 공손히 고개를 숙였다. 펠리즈 백작은 처음부터 배려를 아끼지 않는 분이었다. 상황이 변했다 해도 무례히 대할 수 없는 사람이다.

"감사합니다, 펠리즈 백작님. 참으로 적조했습니다. 황제 폐하께서는 강녕하시옵니까?"

"그러시네. 폐하께서는 태대공의 여독이 풀리는 대로 봤으면 하신다네. 태대공은 장미궁에서 거해도 좋다는 윤허가 있으셨지만, 자네 생각은 어떤가?"

"하하! 결혼하기 전에 어찌 신부의 얼굴을 보겠습니까? 저는 상단에서 머물겠습니다."

"그러시겠나? 병사들은 성 밖에서 머물 수 있도록 막사를 준비했네. 경계 병력만 데리고 입성하게."

"예, 펠리즈 백작님."

"아카데미에는 가능한 한 가지 않는 게 좋을 듯싶네."

"저는 아카데미에 가서 학장님과 교수님께 감사를 드리려고 생각했는데, 다른 일이 있는 것 같군요."

"그렇다네. 황태자가 남은 수련생들의 충성 맹세를 받았다네. 지금도 어디선가 아리안의 일거수일투족을 살피겠지. 공연히 부딪쳐서 좋을 것은 없지 않겠나."

"알겠습니다. 그렇게 하죠. 헤르메스."

아리안은 펠리즈 백작의 말을 이해하고 고개를 끄덕였다. 그리고 고개를 돌려 헤르메스에게 명을 내렸다.

"예, 태대공 저하."

"병사는 300명만 따르게 하고 다른 병사는 저 앞의 막사에서 거하라고 명하게."

성문 앞 벌판에는 많은 막사가 즐비하게 늘어섰으며 취사 준비까지 완전히 갖춰졌다.

"예, 태대공 저하."

아리안은 펠리즈 백작과 함께 성문을 들어서서 상단 본부였던 저택까지 동행했다.

"백작님, 들어가서 차라도 한잔하고 가시죠."

"지금은 황제 폐하께서 기다리시니 안 되겠네. 저녁에 우리집으로 오게. 같이 저녁이라도 하세."

"예, 알겠습니다."

펠리즈 백작은 그 말만 남기고 돌아갔다. 저택에는 상인과 하인, 하녀들이 줄을 서서 맞이했다. 이때 그들 중에서 미모의 여인이 한 걸음 앞으로 나서며 아리안에게 절했다. 기다리던 자들이 모두 허리를 깊이 숙였다.

"상단주님을 뵙습니다."

"반갑습니다. 수고가 많습니다."

아리안은 마주 인사했다. 고개를 드는 여인의 얼굴을 보고 깜짝 놀랐다. 분명 아는 여자의 얼굴이다.

"아니, 그대는? 라신느님이 어떻게 이곳에?"

"안녕하세요, 아리안님? 마지막 수업을 듣고 졸업한 뒤에 할아버지께 가려고요."

라신느는 카르네프 국왕의 하나뿐인 손녀였다. 앞으로 1년 더 아카데미에 다닌 후 노블리아 왕국으로 가겠다는 말이었다. 정원에서 환희에 찬 정령의 모습이 보고 싶다며 조르던 귀여운 소녀는 어느새 아름답고 정숙한 처녀의 미모를 자랑했다.

"참으로 아름다워지셨군요, 라신느님."

"감사합니다, 아리안님. 할아버지가 쓰시던 집무실이 비었는데 그곳을 사용하시겠습니까?"

"아닙니다, 라신느님. 제가 쓰던 별채를 사용했으면 합니다."

"그것도 좋겠지만, 아무래도 손님이 많이 오신다면 그곳은 좁아서 불편하실 것입니다."

아리안은 잠시 생각하다가 그녀의 말이 옳다고 여겼다.

"그렇겠군요. 그럼 안내를 부탁합니다."

아리안이 라신느의 뒤를 따라 카르네프 국왕이 단주 시절에 사용하던 안채로 들어갔다. 아리안이 자신이 묵을 침실을 둘러보고 집무실로 나오자, 알레그리아는 묘한 눈빛으로 라신느를 쳐다봤다.

'호, 저 계집애가 정말 맹랑하군. 주군에게 할아버지가 사용하던 방을 쓰라고 하면서 자신의 침실이 바로 옆이라는 말은 하지 않잖아. 대체 무슨 꿍꿍이지? 요것 봐라. 뭔가 재미있는 일이 기다릴 것만 같은 이 불길한 예감. 호호, 요 어린 아이야, 내가 시뻘겋게 눈을 뜨고 있는데 감히 내 주인님을 넘봐? 아니지. 그게 아냐. 주인님이 바람을 피워야 내 차례도 오는 거야. 호호, 계집애가 몸살을 하면 사랑의 매신저가 도와줘야겠군. 호호, 그럼 주인님도 날 거절하지 못하실 거야.'

"호호! 알레그리아는 역시 위대해. 호호!"

아리안은 알레그리아의 웃음을 뒤로하고 저녁 식사를 함께 하고자 펠리즈 백작 저택으로 갔다. 아리안은 지켜보는 눈이 많은 것을 알고 경호무사들을 모두 이끌고 갔다.

"어서 오시게, 태대공!"

"초대해 주셔서 감사합니다, 펠리즈 백작님."

아리안은 백작을 따라서 식당으로 갔다. 식당에는 이미 만찬 준비가 끝난 상태였다.

"아리안, 오랜만이야."

"아리안 형, 정말 반가워."

식당에는 백작의 딸인 레이나와 동생 크리쉬나가 기다리고 있었다.

"레이나, 오랜만이군. 오늘 강의는 듣지 않았나?"

"온다는 이야길 듣고 일찍 집에 왔어."

"아, 그랬구나. 크리쉬나도 다 컸네. 아직 아카데미에 들어가지 않았어?"

"피, 아버지가 안 보내줘. 형이 말 좀 해줘."

크리쉬나는 투정 부리듯이 아리안에게 말했다. 식사는 화기애애하게 끝났다.

"너희는 그만 들어가도록 해라."

펠리즈 백작은 레이나와 크리쉬나를 보냈다. 아리안은 펠리즈 백작의 안색이 이상한 것을 느끼고 그가 말할 때까지 조용히 기다렸다.

"아리안, 지금 황궁 분위기가 3개월 사이에 이상하게 변했다네. 황제 폐하의 정신은 오락가락하고 황태자는 다른 사람처럼 느껴질 때가 많아. 천영단을 모두 동원해도 그 원인을 알수가 없어. 오히려 내가 황제의 신임을 잃었다네. 다행인 점은 황제 폐하께서 천영단이 존재하는 것조차 모르신다는 점이지. 황제 폐하께 직접 명령을 받들던 밀영단은 전부 제거된 듯한데, 누구에게 당했는지조차 모르는 실정이야."

이야기를 듣던 아리안이 흠칫 놀랐다.

'세상에, 아라카이브 제국마저 그들의 손길이 뻗쳤다는 뜻인가? 대륙의 위기가 순식간에 닥친 느낌이군. 아! 이 일을 어쩐다?'

아리안의 사색은 대륙의 암운과 함께 깊어만 갔다. 대륙은 보이지 않는 검은 손길에 깊이 물들어갔다. 펠리즈 백작의 정원에 또 다른 검은 손길이 점점 다가왔다.

"그럼 결혼도 확정적이지 않군요."

아리안은 착잡한 심정으로 말했다.

"황제 폐하의 정신이 온전하다면 그대로 이루어지겠지만, 그날 어떤 상황이 벌어질지는 아무도 모를 일이지. 한 가지 다행스러운 점은 아브라잔 대공이 오고 있으니 도움이 될 걸세. 그리고 자네에게 부탁이 하나 있네."

"예, 백작님. 말씀만 하십시오."

"우리 애들을 좀 부탁하네."

어렵게 말을 꺼내는 백작의 표정은 자못 비장했다. 아리안은 백작이 아무래도 생명의 위험을 느끼는 듯싶어서 권했다.

"백작님, 제국에 희망이 없다면 저와 함께 돌아가시죠."

"그럴 수는 없네. 황제 폐하는 나를 믿어줬네. 또한 난 충성을 다하겠다고 맹세했지. 그리고 황제 폐하께서는 어쩐 일인지 공주를 자네에게 보내는 것만은 한 번도 반대한 적이 없었네. 오히려 엉뚱한 말씀을 하시다가도 국혼 이야기만 나오면 정신이 돌아오신 듯한 느낌이 들 정도였으니까."

"펠리즈 백작님, 이곳 백작님의 부하 중에 은영자들이 있습니까?"

"은영자? 아하, 내가 거느리는 천영단의 밀영을 말하는 게로군. 아니네."

"그렇군요. 레모."

아리안은 조용한 음성으로 레모를 불렀다.

"예, 태대공 저하!"

"레모, 조용히 처리하게."

"예, 주군."

아리안의 말이 떨어지자 허공에서 음성이 들렸다. 백작은 아리안의 말을 듣고 놀랐다.

"아리안, 그게 무슨 말인가? 조용히 처리하다니……."

"예, 백작님. 아무래도 불청객이 온 듯합니다. 몇 번이고 저를 노리던 자객인데, 오늘은 각오를 단단히 한 모양입니다."

레모는 아리안의 명을 받고 지붕으로 올라갔다. 담장 위에 엎드려서 사방을 살피는 자의 모습이 들어왔다. 아직 달이 뜨지 않아 어스름이 정원을 감쌌다. 그는 펠리즈 백작이 열어둔 창문으로 아리안을 확인한 후 뒤로 수신호를 보냈다. 하지만 기다렸다는 듯이 다른 자가 보내는 신호도 들렸다.

삐~

조용한 신호음이 어둠을 가르자 날쌘 흑영들이 담을 넘어 신속히 나무 그림자 속으로 스며들었다.

"흡!"

신호를 받고 가장 먼저 담을 넘어온 흑영은 정원수 그림자 속으로 들어갔다. 하지만 먼저 들어와서 기다리던 자에게 입이 막히고 목에 독침이 꽂혔다. 아무것도 느끼지 못한 채 당한 그는 손을 들어 뒤에 숨은 자를 잡으려다가 손과 목을 함께 떨어뜨렸다.

정원석 뒤로 소리없이 다가간 흑영은 잠시 숨을 고른 뒤 살짝 고개를 돌려 창문 안을 쳐다봤다. 그의 모습은 먹은 음식을 자연으로 보내는 자세였다.

"헉!"

그는 갑자기 밑에서 일어나는 화끈한 통증에 고개를 숙이려 했으나, 오히려 뒤로 젖혀지며 쓰러지고 말았다.

담 위에서 사방을 살피던 자는 자신의 부하 30여 명이 이곳저곳에 자리를 잡으려다가 삽시간에 쓰러지는 것을 보고 놀라서 주춤주춤 뒤로 물러났다.

"아가야, 어디 가려고?"

흑영은 갑자기 들려온 상냥한 목소리에 놀라서 손에 들었던 검을 뒤로 뿌렸다. 하지만 누군가 자신의 머리를 쓰다듬는 것을 느끼며 정신을 잃었다.

"주인님, 오늘 습격한 자들은 모두 황태자의 부하들이더군요."

아리안은 알레그리아의 말을 듣고 이상해서 되물었다.

"아니, 벌써 잡아서 고문했나?"

"에이, 귀찮게 왜 고문을 해요. 그냥 가볍게 기억을 읽었죠."

알레그리아는 그렇게 말하면서 아리안의 머리를 슬쩍 만졌다.

"어? 이상하네. 주인님의 기억은 읽을 수가 없잖아. 참 신기하다. 주인님, 어떻게 하신 거죠? 예?"

알레그리아는 고개를 갸웃거리며 아리안의 가슴과 배를 만졌다.

"주인님은 가슴이나 배로 생각하시나? 혹시 그곳으로?"

알레그리아가 손을 아래로 내리자 아리안은 기겁하여 뒤로 물러섰다.

"떽! 지금 뭐하는 거냐, 알레그리아?"

"깜짝이야. 연약한 여인에게 큰 소리를 하면 안 돼요, 주인님. 지금 뭘 하다니요? 주인님께선 지금 탐구 정신에 빛나는 발전 지향적인 바람직한 부하 상을 보고 계신 거죠."

"에고, 머리야. 어쩐지 처음부터 불길한 예감이 들더니……."

아리안은 머리가 지끈거리기 시작했다.

그 시각, 머리가 지끈거리는 사람이 또 있었다.

"아니, 뭐라고? 한 명을 죽이려고 12개조 36명이 모두 출동해서 전멸했다고? 그러고도 너희가 제국 제일가는 특무조란 말이냐?"

분노한 황태자의 발아래 흑의를 입고 얼굴까지 복면으로 감싼 자가 엎드렸다. 목소리가 여린 것을 봐서 여자인 듯했다.

"그렇습니다, 주군. 세 명씩 열두 개 조가 사방에서 공격했지만, 한 명도 살아서 돌아오지 못했습니다. 그 사람 주위에는 엄청난 마도사가 있었고, 소드 마스터 상급인 자와 수를 알 수 없는 은영자들이 경호에 만전을 기했습니다."

"흠, 아리안이 벌써 그렇게 컸단 말인가. 에잇, 처음 봤을 때 죽여야 했어. 어쩔 수 없군. 그들에게 정보를 전해줘라."

"예, 주군!"

황태자는 복면인이 사라지는 것도 보지 않고 생각에 잠겼다. 그의 입가에 비릿한 미소가 떠올랐다.

'흠, 우리 제국은 공주에게도 계승권이 있으니 아리안이 날 죽이려 할지도 몰라. 나만 죽이면 제국까지도 그대로 삼킬 게 아닌가. 만약 주비스 제국에서도 실패한다면 어쩔 수 없이 마지막 방법을 택해야겠지. 내가 원하는 바는 아니지만, 상황이 그처럼 유도된다면 그것도 운명일 거야. 아리안, 그 어린 녀석의 야망이 대단하단 말이야. 벌써 왕국 두 개를 삼키고도 성에 차지 않아 제국마저 삼키려 들다니……. 하지만 날 너무 호락호락하게 봤어. 크크, 아리안. 누가 누굴 밟고 올라설지 두고 보기로 할까?'

＊　　　＊　　　＊

아리안은 펠리즈 백작 저택을 둘러봤다.

"충성!"

헤르메스는 저택의 경비를 강화했고, 병사들의 군례는 그 어느 때보다 우렁찼다. 그날 이후 더는 습격이 없었다.

결혼식이 일주일 앞으로 다가오자, 각국 축하사절단이 서서히 도착하면서 황도 레포르마는 축제 분위기가 조금씩 고조

됐다.

"태대공 저하, 아쉴람 제국 축하사절단장님이 방문하셨습니다."

"그래? 별채로 모시도록 해라!"

아리안은 대륙 3대 제국의 하나인 아쉴람 제국 사절단장이 왔다는 전갈을 받자 급히 별채로 안내하게 하고 자신도 알레그리아와 시로코를 대동하여 찾아갔다. 별채를 경호하는 아쉴람 제국 경호기사의 태도는 무척 엄중해서, 그들이 아쉴람 제국 정예 중의 정예임을 잘 나타냈다.

"어서 오십시오. 방문해 주셔서 감사합니다. 제가 아리안입니다."

"반갑습니다, 아리안님. 저는 아쉴람 제국의 경축사절단장인 부에노 백작입니다."

삼십대인 부에노 백작은 매우 총명한 눈빛을 반짝이며 정중히 인사를 나눴다. 부에노 백작 옆에 선 이십대 후반의 젊은이가 아리안을 유심히 살폈다. 부에노 백작은 그 젊은이 앞으로 나서려 하지도 않았다.

아리안은 그에게서 검사와는 다른 기운이 상당히 뻗치는 것을 보고 속으로 감탄하며 부에노 백작에게 물었다.

"이분은 결코 평범한 분이 아니군요, 부에노 백작님. 소개해 주지 않겠습니까?"

"역시 소문대로 아리안님은 대단한 분이군요. 이분은 시에트라님이십니다."

"시에트라님? 아니, 황태자 전하를 왜 먼저 소개하지 않으셨습니까?"

백작은 빙그레 미소를 짓는 황태자를 돌아보고 아리안에게 답했다.

"사실은 황태자님의 명령이 있었답니다. 아리안님이 황태자님을 알아보지 못하면 소개하지 말라고 하셨지요."

"하하하! 그러셨군요. 아쉴람 제국은 노블리아 왕국을 가벼이 본다는 말씀을 잘 알겠습니다. 그럼 안녕히 가십시오. 멀리 배웅하지 않겠습니다."

알레그리아와 시로코의 표정이 변했지만, 앞으로 나서지는 않았다. 아리안의 태도가 바뀌면서 주위 공기가 무거워졌다. 소드 마스터인 부에노 백작이 급히 검을 잡으려 했지만, 아리안의 기운을 감당하지 못하고 부들부들 떨었다. 그 광경에 놀란 아쉴람 제국 기사들이 검을 뽑았다가 도저히 항거하기 어려운 기운이 짓누르자 한쪽 무릎을 꿇고 말았다. 어금니를 악문 그들의 얼굴에는 황당한 표정이 역력했다. 오히려 황태자가 침중한 표정을 짓기는 했지만 의연한 음성으로 말했다.

"아리안님, 그들의 잘못이 아닙니다. 제게도 사정이 있었는데 말씀드려도 될까요?"

"지금 만났는데 사정은 무슨 사정이 생겼다고 떠들지? 주인님, 아쉴람인가 뭔가 하는 곳을 확 황무지로 만들어 버릴까요?"

알레그리아가 황태자의 말이 채 끝나기도 전에 화를 내며 나섰다.

"아니, 지금 뭐라고 하는 겁니까? 방금 그 말을 당장 취소하지 않으면 아무리 여자라고 해도 결코 용서하지 않을 것입니다."

부에노 백작이 화를 벌컥 내며 검을 꺼내 들었다.

"발칙한 녀석!"

알레그리아가 진정으로 화를 냈다. 그녀의 몸에서 고룡의 존재감을 드러내는 엄청난 드래곤 피어가 피어났다. 부에노 백작은 안색이 창백하게 변했으면서도 흔들리는 검을 떨어뜨리지 않으려고 안간힘을 쓰다가 입가에 피를 줄줄 흘리며 무릎을 꿇고 말았다. 기사들은 더욱 처참했다. 피를 흘리며 쓰러졌고 아래로 실례해서 냄새가 진동했다.

황태자마저 안색이 창백하게 변했다. 아리안이 침중한 표정을 한 채 나직한 음성으로 알레그리아를 탓했다.

"알.레.그.리.아! 넌 또 앞서가는구나."

"주인님, 그게… 그러니까… 괜히 나만 미워해. 씨이! 아차, 식사 때가 지났는데 이 녀석들이 밥 줄 생각조차 안 하잖아. 그러니까 우리 위대하고 거룩하신 주인님이 살이 빠졌지. 내 이놈들을 그냥……. 시로코, 네가 주인님을 모셔. 내가 가서 혼 좀 내줘야겠어. 블링크!"

횡설수설하다가 번쩍거린 후 사라져 버린 알레그리아의 행동에 아리안과 시로코는 멍한 눈빛으로 그녀가 섰던 장소를 쳐다봤다.

드래곤 피어가 사라졌다. 황태자와 백작, 그리고 기사들의 안색이 되돌아왔다. 그러나 한 번 떨어진 명예는 되돌아올 줄 몰랐다. 누구도 입을 열지 않았고 고개조차 들지 못했다.

"백작님, 기사들을 먼저 돌려보내시지요. 황태자 전하와 백작님은 제가 숙소까지 안전히 모시겠습니다."

부에노 백작은 아리안의 얼굴을 쳐다보고 다시 황태자를 돌아봤다. 황태자가 살짝 고개를 끄덕였다.

'흠, 그녀는 드래곤이 틀림없어. 그것도 고룡급일 거야. 그런 자를 가신으로 거느린 태대공이 평범한 인물일 리는 없지. 더구나 기사들의 몸에서 나는 냄새가 지독해서 더는 참을 수가 없군.'

"황태자 전하의 안전은 태대공 저하께서 책임진다고 하셨으니 모두 돌아가라!"

기사들은 모두 돌아갔다.

시에트라는 시간 가는 줄 모르는 긴 이야기를 시작했다.

"아리안님, 우리 아쉴람 제국에는 언제부터인지도 모를 신탁이 전해 내려옵니다. 그리고 그 신탁은 하이 엘프님이 관리를 하셨지요."

"하이 엘프?"

시에트라 황태자의 말에 아리안은 호기심이 깃든 눈으로 그를 바라봤다.

"그렇습니다, 아리안님. 지금은 대륙에서 사라졌다고 알려진 엘프 종족이 분명히 존재합니다. 그리고 그들의 지도자인 하이 엘프님이 '어둠의 때가 도래했다'고 말씀하셨답니다."

"어둠의 때?"

"그렇습니다, 아리안님."

시에트라 황태자는 아리안에게 한 장의 종이를 넘겼다.

"이게 그날의 참상을 예언한 시입니다."

어둠의 때가 이르니 마왕은 검은 무지개 타고 나타나도다.

번개는 동에서 서로 치고 천둥은 그의 현신을 알리는구나.

대륙은 피로 물들고 곡성마저 들리지 않나니, 인간은 간 곳 없고 드워프는 굴에 묻혔구나.

엘프는 마물에게 먹히고 드래곤은 헛되이 포효하다 자연으로 돌아가네.

"음~!"

아리안은 신음을 흘리며 할 말을 잃었다.

"이 모든 일은 세계수의 새로운 순이 돋지 않으면 그 시작임을 알라고 했으며, 10년을 넘기지 못한다고 전해오지요."

"그럼 세계수의 새로운 싹이 이미 나오지 않는다는 말이군요."

"그렇습니다. 하이 엘프의 전언은 올해가 벌써 3년째입니다. 저는 대륙의 운명을 걱정할 정도의 인물은 아닙니다. 하지만 제국 백성의 안위만은 누구 못지않게 걱정하고 있습니다. 아쉴람 제국을 살릴 수만 있다면 전 무엇이든지 할 각오랍니다."

이야기를 하는 시에트라 황태자의 각오는 대단했다. 황태자의 말을 들은 부에노 백작은 존경심과 자랑스러움이 넘치는지 어깨를 한껏 편 채 앞에 앉은 시로코를 쳐다봤다.

시로코는 마치 동생이 '형, 나 잘했지?' 하는 듯한 부에노의 표정에 작은 미소를 띠며 고개를 끄덕였다. 부에노는 시로코의 표정에서 이상한 점을 느꼈다.

부에노는 그제야 상황을 이해했다. 고룡인 여자와 동격의 부하라면 전신 시로코밖에 없었다. 그러나 상대의 기운을 전혀 느낄 수가 없어서 다시 한 번 놀랐다.

부에노는 마스터 상급이라고 들었던 전신이 이미 마스터의 단계를 뛰어넘은 것도 쉽게 짐작할 수 있었다.

'젠장, 저런 엄청난 자가 제국 황태자의 부하가 아니라 일개 왕국 태대공의 수하라니, 이게 도대체 어떻게 된 거야?'

부에노 백작의 얼굴은 시로코의 내막을 파악하자 파랗게 질렸다. 아리안은 그를 쳐다보지도 않고 황태자에게 물었다.

"각오만으로는 마계 침공을 막을 수 없을 테고, 제국은 어떤 준비를 하고 있는지요?"

아리안의 물음에 황태자는 소신껏 대답했다.

"나름대로 준비는 했습니다만, 항상 미흡하다는 생각에서 벗어날 수가 없었지요. 그때, 하이 엘프가 찾아와서 '길은 찾는 자에게 열린다' 라고 했답니다."

하지만 그는 엘프가 했던 말 중에서 어떻게 해서든지 그를 찾은 후 그의 인정을 받고 관계를 가지는 것만이 제국이 살길이라는 이야기는 하지 않았다.

"이곳에 가면 고귀한 자, 선택된 자, 이미 준비한 자를 만날 수 있다고 하셨지요. 한데 벌써 도착해서 아무리 둘러봐도 내가 찾는 사람은 보이지 않았습니다. 그러던 중 난 '아차!' 하며 머리를 쳤답니다. 이번에 국혼을 치를 신랑 이름이 아리안이라는 말을 들었기 때문이죠. 아리안이란 이름에 고귀한 자, 뛰어난 자, 선택된 자라는 뜻이 포함됐다는 것을 상기했죠."

황태자 시에트라는 말을 끝내고 기대에 찬 빛으로 아리안을 쳐다봤다.

"한데 황태자님의 공부가 일반적이 아닌 듯합니다."

"역시 알아보셨군요. 저는 하이 엘프님께 술법을 배웠습니다."

아리안의 말에 황태자는 놀란 눈으로 아리안을 보며 솔직히 말했다.

"정령술 말인가요?"

"아닙니다. 말 그대로 술법이라고 했습니다. 대륙에는 소개된 적이 없고 사용하는 자도 없다고 들었습니다."

"그럼 왜 배우다가 말았습니까? 도술은 중단전을 열어도 큰 힘을 발휘하지 못할 텐데요. 하이 엘프님이 그 점을 말하지 않던가요?"

황태자는 아리안의 말을 듣고 그제야 크게 놀랐다. 그 이야기는 누구도 모르는 자신만의 비밀이었다.

"역시 대단합니다. 하이 엘프님은 자신은 알지 못하는 것을 단지 고대인의 언어를 알기에 인연에 따라 가르친다고만 했습니다. 내게 깨달음을 주어 그 술법을 완성시키는 자가 바로 내

주인이라는 말을 했을 뿐이지요. 제게 가르침을 주셔서 도(道) 의 광량함을 느끼고 가슴에 품을 수 있게 해주시길 바랍니다, 아리안님."

시에트라 황태자의 음성은 어느덧 간절해지고 어투도 바뀌 었다.

부에노 백작과 시로코가 놀라서 황태자를 바라봤다. 하지만 아리안의 음성에는 자랑스러움이나 교만을 찾아볼 수 없었다. 아리안은 황태자의 기대와는 달리 오히려 시큰둥한 목소리로 말했다.

"깨달음이란 없답니다. 오히려 자신이 이미 깨달은 자라는 것을 인식하는 게 중요하다고나 할까요?"

깨달음이란 없다. 오직 자신이 이미 깨달았다는 사실을 인 식하는 과정이 있을 뿐이다.

"아~!"

황태자가 외마디 신음을 뱉으며 바닥에 무릎을 꿇었다.

"정말 놀랐습니다. '평상심이 도' 라는 하이 엘프님의 말씀 이 무슨 뜻인지 몰라서 여쭤봤더니 자신도 무슨 소린지 모르 겠으니 나에게 평생 걸려서라도 알아보라고 하셨습니다. 아리 안님이 말씀하신 대로 자신이 이미 깨달은 자라면, 평소 일어 나는 마음의 흔들림 자체가 도이고 자연의 흐름이며 우주의 법칙 아닌 게 어디 있겠습니까? 내가 이미 깨달았다는 말씀보다 더 큰 가르침이 또 어디 있겠습니까?"

황태자는 사방이 꽉 막혔던 공간에서 갑자기 사통팔달 뻥 뚫리는 듯한 느낌을 받았다. 그는 자세를 고쳐 바닥에 가부좌 자세로 앉았다. 다리를 꼰 불편한 자세를 자연스럽게 취했다. 그런 황태자를 보는 부에노 백작의 안색은 걱정이 지나쳐 얼굴이 흑색이 됐다.

시로코는 아리안과 황태자의 대화에서 엄청난 충격을 받았다.

내가 이미 깨달은 자고, 평상심이 바로 도다.

시로코도 주체할 수 없는 희열에 몸을 떨며 눈물을 흘렸다. 그리고 수련생들이 취하던 자세를 흉내 냈다.

황태자 시에트라의 눈앞에서 태양이 폭발했다. 빛이 폭발하여 은하수를 만들었고, 은하수는 다시 점점 더 커지면서 우주를 이뤘다. 우주는 그대로 고정된 게 아니었다. 우주는 마치 생물이 자라는 것처럼 점점 더 팽창했다.

블랙홀이 우주 공간에 떠다니는 쓰레기를 삼켜서 새로운 에너지로 바꾼 후 토해내는 일련의 작업이 그대로 이해됐다.

엄청난 대우주의 신비와 기경을 바라본 후 더욱 솟구쳐서 우주를 벗어났다.

꽝!

웅~!

우주를 벗어나는 순간 엄청난 굉음이 울렸다. 굉음은 자아가 깨지는 소리였고, 이후 더욱 거대한 우주와 공명을 이루는 소리가 울렸다.

"아~!'

대우주로 나와서 바라본 소우주는 바로 자신이었다. 아리안이 자신을 알아보고 온화한 미소를 지었다.

시에트라가 깨어났을 때, 그는 자신이 사흘 만에 눈을 떴다는 것을 알고 몹시 놀랐다. 그는 아리안을 향해 깊숙이 허리를 굽혀 예를 올렸다.

"앞으로 스승의 예로 모시겠습니다."

"됐네, 이 사람아. 그러지 말고 그냥 형이라고 부르게."

시에트라는 아리안의 말을 듣고 빙그레 미소 지으며 다시 허리를 숙였다.

"형님, 우제의 절을 받으십시오."

"흠흠, 역시 황궁 출신이라 예법은 깍듯하군."

"예?"

"흠흠, 아닐세. 배가 고플 거라고 했네. 부에노 백작이 자넬 경호한다고 밥도 제대로 먹지 못했다는 뜻이지."

아리안은 자신의 가벼운 위트를 이해 못한 시에트라 황태자에게 미소를 지으면서 얼버무렸다.

"부에노 백작이 수고가 많았군."

"아닙니다, 황태자 전하. 대공을 이루심을 경하드리옵니다."

부에노 백작이 만면에 미소를 띠며 시에트라에게 절했다.

"고맙네. 모든 게 형님의 은총이지. 아차! 자네, 내 형님께 인사드리게. 그리고 앞으로 나를 대하는 것보다 더욱 깍듯해야 할 거야. 형님의 모든 말씀은 내 명령보다 우선한다는 점을 잊지 말게. 알았나?"

"하지만 어찌 황태자 전하의 말씀보다 우선할 수가……."

부에노 백작의 이해할 수 없다는 표정을 본 황태자가 엄중한 음성으로 다짐했다.

"부에노 백작, 형님의 그릇은 자네의 자로 잴 수 없다네. 내 명령대로 하는 게 바로 제국을 위하고 또 나를 위한 길임을 명심하게."

"분부하신 대로 따르겠사옵니다, 황태자 전하. 소신이 태대공 전하를 뵙사옵니다."

부에노 백작은 황태자 전하가 '형'이라고 부르는 분에게 차마 저하라고 부를 수 없어서 전하로 호칭했다.

"반갑네. 자넨 나보다 아직 깨어나지 않은 시로코에게 배울 게 많을 거야. 대륙에서 그와 상대할 수 있는 자는 별로 많지 않을 테니까."

"부디 태대공 전하께서 전신 시로코님에게 한 말씀 해주시면 더욱 감사하겠습니다."

"크크. 절대 손해 보지 않으려 하고 기회를 놓치는 법 또한 없군. 아우가 좋은 부하를 뒀어."

"하하, 형님! 저도 그렇게 생각합니다."

그때였다. 시로코의 몸에서 광채가 뻗어 나왔으며, 이루 형언하기 어려운 향내가 퍼졌다.

으드득!

뼈가 탈골됐다가 다시 붙는 소리가 들리고 허물을 벗기 시작했다. 새로 돋은 그의 피부가 옥처럼 반짝거렸다.

시에트라와 부에노는 놀란 눈으로 시로코가 변하는 모습을 주시했다. 그의 몸에서 나온 광채가 그의 머리 위에서 세 개의 꽃을 그렸다. 삼화취정의 단계였지만 이계에선 한 번도 언급된 적이 없는 경지였기에 황태자와 백작은 그저 놀란 표정을 지을 뿐이었다.

잠시 후, 시로코가 숨을 들이켜자 머리 위의 꽃과 주변의 빛줄기가 그의 코로 빨려들 듯이 들어갔다.

"형님, 저와는 좀 다른 듯합니다."

"당연하지. 자네는 '연신환허'라 하여 도문(道門) 출신의 경지고, 시로코는 삼화취정이라 해서 검공의 단계지. 서로 다른 길이니 둘을 비교할 수는 없다네."

네 사람은 식사를 마친 후, 밤이 짧은 것을 안타까워하며 이야기를 나눴다. 주로 시에트라가 질문하고 아리안이 답했는데, 다른 두 사람도 그 대화에서 참으로 얻는 게 많아서 눈은 반짝였고 귀는 토끼 귀처럼 움직였다.

밤은 점점 깊어만 갔고, 그들 사이에 움트는 신뢰와 존경의 싹도 점차 성장했다. 두 개의 달빛이 유난히 밝은 3월 어느 날이었다.

*　　　　*　　　　*

뺨빠라뺨~ 뺨~ 뺨~ 뺨~! 빠라람! 빠라람!

마르티네스 공주의 결혼을 알리는 나팔 소리가 황도에 울려 퍼졌다. 황궁 뜰에는 수많은 귀족과 그 가족들, 그리고 사절단이 자리했으며, 황궁 밖 광장에도 수많은 백성이 운집하여 황궁 안에서 음성 증폭 마법으로 들려오는 결혼식 순서에 따라 축하했다.

"여보, 공주가 하늘나라 선녀처럼 그렇게 예쁘다면서요?"

"그럼. 당신 처녀 때와 비교하면 막상막하지."

"그래요? 공주가 그렇게 예쁘군요. 지금의 저와는 어떻죠?"

160 정도의 키에 80킬로나 되는 아담한 여인은 눈웃음을 머금으며 물었다.

"그야 당연히 당신이 훨씬 아름답고 우아하며 듬직하지."

"역시 당신의 눈은 심미안이에요."

"푸후훗! 듬직하다는 말만은 정답이야."

닭살 부부 옆에 있는 자들이 마음껏 웃었으나 두 사람의 의연한 태도는 변함없었고, 오히려 여자의 머리가 남자 어깨에 살짝 기대는 것을 본 사람들 중에 여러 명이 뒤로 넘어갔다.

쫘당!

황궁 뜰에 모인 귀족 부인들과 영애들은 결혼식보다 다른 부인이 입고 온 의상에 더욱 많은 관심을 기울였다. 그때 법황이 황제와 함께 나왔다.

"법황 예하와 황제 폐하, 그리고 황후 마마와 황태자 전하께서 드십니다. 모두 예를 갖추시오."

귀족들은 허리를 숙였고, 기사들은 한쪽 무릎을 꿇었다. 여인들은 고개를 숙인 채 무릎을 살짝 구부렸다가 폈다.

"아니, 황태자 전하의 결혼식에도 참석하지 않으셨던 법황께서 웬일이시래?"

"그러게. 들리는 말에 의하면 법황께서는 청하기도 전에 스스로 나섰다고 하셨어. 그 말을 듣고 황제 폐하께서도 기이하게 여기셨다는 소문이 퍼졌지."

여기저기서 일어나는 쑥덕거림에 장내는 잠시 작은 소음이 일어났다.

빰빠라빰~ 빰~ 빰~ 빰~!

"신부 마르티네스 공주와 신랑 아리안 태대공 저하께서 아브라잔 대공 전하의 공중으로 함께 입장하십니다."

시종장의 음성에 따라 모든 시선이 황궁 입구로 쏠렸다. 마르티네스 공주는 순백의 드레스를 입고 에메랄드로 장식한 작은 황금 관을 썼는데, 그 아름답고 고귀한 모습에 장내는 감탄사마저 잊은 채 그만 조용해지고 말았다. 공주는 어떤 미사여구도 빛을 잃을 만큼 참으로 아름다웠다.

"아, 아름답다고 스스로 자부하던 나마저 인정할 수밖에 없을 정도로 참으로 아름다워!"

"난 공주가 쓴 저 에메랄드 관을 한 번만이라도 써보고 싶어. 도대체 누가 저렇게 아름다운 관을 만들었지?"

"태대공 저하가 가져온 예물이라더군. 진짜 드워프 제품이라나 봐."

"세상에, 드워프는 이미 사라졌다고 소문이 났는데, 태대공 저하는 굉장한 분이구나. 아, 나도 저하를 하룻밤만 모실 수 있다면 드워프 목걸이 하나쯤은 얻을 수 있을 텐데……."

"난 목걸이가 아니라 내 생명을 원한다 한들 저 늠름한 가슴에 한 번만이라도 안겨 볼 수만 있다면 더는 소원이 없겠다."

"공주님은 정말 좋겠다. 검술 능력은 밤에도 그 실력이 확연히 빛난다고 하던데, 매일 밤 천상에서 노닐겠지? 아, 모름지기 남자란 돈이나 명예보다 잠자리 능력이 행복의 척도이거늘……."

아리안은 선망의 눈길을 한껏 받으며 공주와 함께 들어왔다. 그리고 그 뒤에는 알레그리아, 시로코, 헤르메스, 그리고 시에트라 아쉴람 황태자가 따랐다.

남자들의 시선은 마르티네스 공주의 고귀한 자태와 알레그리아의 뛰어난 미모에 고개를 돌리지 못했는데, 뒤를 따르던 시에트라 황태자가 아리안에게 작은 소리로 말했다.

"형님, 너무 싱글벙글거리면 첫 아이는 딸이랍니다."

"……"

아브라잔 대공은 시에트라 황태자가 아리안의 뒤를 따르며 형님이라고 부르는 소리를 듣고 놀라웠다.

'정말 아리안은 대단하군. 아리안을 못 본 게 1년도 안 되는 사이에 두 왕국의 실질적인 주인이 됐고, 제국 황태자를 동생으로 두다니. 놓친 물고기가 왜 이리 커 보이는지 모르겠군.'

법황이 앞으로 나서며 말했다.

"두 사람의 결합을 주신의 이름으로 대륙에 공표하니, 이들의 결합을 방해하거나 깨려고 시도하는 자는 파문할 것이며, 성국의 제재를 받게 될 것입니다."

아브라잔 대공은 법황의 이색적인 결혼 선포도 귀에 들어오지 않았지만, 다른 왕국이나 제국에서 온 경축사절단의 귀에는 이 선포가 심상치 않은 경고로 받아들여졌다.

"아니, 법황님의 말씀은 노블리아 왕국과는 절대 적대시하지 말라는 성국의 입장을 표명한 것이잖아."

"언제나 중립적인 태도를 버리지 않던 성국 법황님이 왜 저러시는 걸까?"

"주신의 신탁이라도 내려왔나?"

"그럴지도 모르지. 어쨌든 간에 이 사실을 곧 전해야겠다."

경축사절단은 제국과 아리안의 관계, 성국과 아리안, 아리안의 경호 인물까지 파악하려고 동분서주했다.

만찬이 시작됐다. 아리안은 황제와 황후, 법황, 대공, 황태자와 비, 그리고 마르티네스 공주와 함께 연회장 정면에 자리했다.

조금 떨어진 오른쪽에는 제국 귀족들, 그리고 왼쪽에는 시에트라 황태자, 부에노 백작, 알레그리아, 시로코, 헤르메스와 각국 사절단이 앉았다.

"법황 예하께서 이처럼 직접 오시다니 정말 의외구려."

"그렇습니까, 황제 폐하? 촉망받는 젊은이의 앞날을 축복하니, 주신의 뜻이 어디 있는지 분명하지 않겠습니까?"

"하하하, 그랬군, 그랬어. 주신의 인정을 받는 부마가 제국이 위험하면 그대로 보고 있지만은 않겠지?"

황제는 크게 웃으며 아리안을 보고 물었다. 그의 용안에는 희색이 만면했다.

"황제 폐하, 어느 곳에서는 사위를 외인이나 적으로 대하는 곳도 있다고 들었습니다만, 소신은 당장 달려와서 한팔 거들겠사오니 심려치 마옵소서."

아리안은 황태자의 날카로운 시선을 느꼈지만 개의치 않았다.

"아리안, 부마를 경호하는 인물이 젊고 미모마저 뛰어난 것을 보면 보통 사람이 아닌 듯해. 그녀는 어떤 사람인가?"

황제의 음성이 결코 작지 않았기에 갑자기 연회장이 조용해지면서 사람들은 아리안과 알레그리아를 주목했다. 이때 오른쪽 첫 자리에 앉았던 황궁 대마법사가 급히 황제에게 다가와 작은 소리로 말했다.

"황제 폐하, 그녀는 사람이 아닌 듯합니다. 아무래도 위대한 분의 유희인 듯싶사오니 그분의 즐거움을 깨지 않는 게 좋겠사옵니다."

"흠흠!"

황제는 가볍게 기침하며 알레그리아를 보던 고개를 돌려 버렸다. 이때, 잠시 숙연했던 분위기를 바꾸려고 아브라잔 대공이 아리안을 바라봤다.

"태대공, 왕국이 커져서 제국의 기틀을 잡았으면서도 제국이라 칭하지 않는 이유는 무엇인가? 혹시 주위 왕국을 더 점령한 후에 호칭을 바꿔도 늦지 않다는 뜻인가?"

대공의 질문은 누구나 한 번쯤 품었던 의문이기에 장내는 다시 조용해지면서 아리안을 주목했다. 여러 모로 오늘의 주인공은 아리안인 듯했다. 숨이 막힐 듯한 긴장된 분위기에 연회장을 바삐 오가던 시종과 시녀마저 벽 쪽으로 물러섰다.

"대공 전하, 제가 처음 아빌라 왕국 성주와 부딪쳤을 때, 내 권리와 자유를 지키려면 힘이 있어야 한다는 걸 뼈저리게 느꼈습니다. 대공 전하, 지금의 저는 나를 지킬 힘이 있다고 감히 자신하고 있습니다. 그러나 힘에는 의무마저 따른다는 것 역시 결코 잊지 않았습니다. 저는 저와 가까운 사람을 보호하는 데 그 힘을 아끼지 않을 것입니다."

잠시 끊겼다가 이어지는 아리안의 음성에는 단호한 태도가 깃들었다.

"저와 제 가족을 위해서, 내 가신들과 내 백성을 위해서, 내 모국이며 친인인 아라카이브 제국 황가를 위해서, 마계의 침입으로부터 대륙의 지성체를 보호하기 위해 마지막 한 가닥의 힘마저 아낌없이 사용할 것입니다. 저는 제게 손을 내미는 자에게 결코 뱀을 얹어주거나 빈손으로 돌려보내지 않을 것입니다."

아리안은 말을 중단하고 주비스 제국 사절단 일행을 바라봤다. 그리고 자신의 의지를 분명히 밝혔다.

"누구든지 내게 검을 겨누는 자, 내 친인들을 해하고자 하는 자를 용서하는 우유부단한 행동을 하지 않을 것입니다. 저를 치는 자와 부화뇌동하는 자는 같은 무게로 돌려줄 것입니다. 선택에는 책임이 따르기 때문입니다."

아브라잔 대공의 직설적인 물음에 아리안은 담담한 표정으로 말했다. 그게 그의 공식적인 첫 입장 표명이었다. 사절단들은 숨도 쉬지 않고 대류의 풍운아를 바라봤다.

"저는 제 왕국 주위에 있는 왕국들과 서로 돕고 왕래하며 지내기를 바랍니다. 그렇기에 제국이 되기보다는 왕국으로 만족하며, 누구든지 자유로이 통행하면서 상업의 중심이 되기만을 바랍니다. 저는 황제 폐하께 입은 은총을 한시도 잊지 않고 있으며, 대공 전하께서 베푸신 배려를 마음 깊이 간직합니다. 저는 제 주위에 있는 분들과 만난 분들의 감사와 존경을 차츰 가슴에 쌓기 바라며, 저 또한 제게 다가오는 분의 눈높이에서 뭔가 베풀 수 있기를 바랍니다. 오늘 제 뜻 깊은 날에 축하하고자 노고를 아끼지 않은 분들에게 다시 한 번 감사를 드립니다."

아리안은 자리에 앉았다. 장내에는 숨소리도 들리지 않았다. 이웃이 되든가 적이 되든가 선택해라, 그러나 그 선택에는 분명 책임이 따른다는 아리안의 선언은 술 마시고 떠드는 객기가 아니라 날개를 얻어 등천하는 천룡의 대륙을 향한 포효였다.

아리안은 얼마 후, 마르티네스 공주와 함께 장미궁으로 갔다. 알레그리아와 시로코, 그리고 헤르메스가 삼엄한 경호망을 펼쳤다.

*　　　*　　　*

　방에는 향이 피워졌고, 굵은 초에 불이 밝혀졌다. 술과 안주가 과일 테이블에 놓였고, 그 옆에는 은으로 만든 주전자와 잔이 보였다.

　"공주, 피곤하지 않아요?"

　"……."

　아리안이 마르티네스의 손을 두 손으로 잡았다. 그녀는 아리안의 눈빛이 너무 뜨거워 오히려 몸을 파르르 떨며 고개를 숙였다.

　그리고는 살짝 숙인 곁눈으로 얼핏 보이는 분홍빛 침대마저도 너무 부끄러워 그만 눈을 감고 말았다. 아리안은 수줍어하는 모습의 마르티네스가 사랑스러워 가만히 끌어당겨 품에 안았다.

　공주는 그렇게 안기기를 원했던 임의 품이었으나, 몸은 더욱 떨리기만 했다. 마르티네스는 아리안의 품으로 더욱 파고들었다.

　아리안은 창백한 안색의 공주를 안쓰러운 눈으로 내려다보며 그녀의 몸을 고쳐 줘야겠다고 생각했다. 아리안의 손길이 공주의 몸을 쓰다듬었다.

조심, 조심.

부드럽게, 마냥 부드럽게.

한 가닥 바람인 양 스치듯이 전신을 어루만졌다. 머리에 썼던 왕관이 과일 테이블에 올려졌고, 장식용 노리개가 하나씩 그 옆에 놓였다.

자신을 희생하여 주위를 밝히는 초는 뜨거운 눈물을 흘렸고, 바람은 조금씩 따뜻하고 강해졌다. 방 안에 가득했던 향내는 차츰 퍼지기 시작한 마르티네스의 향기에 오히려 도취되어 사라져 갔다.

아리안은 결코 서둘지 않았다. 닿을 듯 말 듯한 그의 손길에 아름다웠던 옷은 그 존재 의미를 잃고 하나씩 떨어져 나갔다.

마르티네스를 고치고자 하는 아리안의 손길은 조금도 서둘지 않았고, 끊임없이 부드러운 태도를 견지했다.

마르티네스가 차츰 가쁜 숨을 내쉬고 마지막 속옷을 부끄러운 듯이 감춘 슈미즈만 남게 되자, 달님도 부끄러워 그만 구름 뒤로 숨고 말았다.

하늘에는 극광이 펼쳐졌고, 허공에는 바람에 날린 무수히 많은 꽃송이에 앞이 보이지 않을 정도였다.

마르티네스는 스스로 휘날리는 꽃잎에 감싸이고 화향에 취해 너울너울 춤을 추는 듯싶었다. 그녀의 아름다운 전신을 감싸고도는 바람은 소중하고 두려운지 살짝살짝 스치듯이 어루만지며 맴돌았다.

"아~!"

머리끝 발끝에서 시작한 미약한 전류가 조금씩, 그리고 또 조금씩 자라면서 점차 전신을 감돌았다. 마침내 삶의 장애였던 거대한 얼음 장벽이 조금씩 녹아내렸다.

"앗!"

도저히 참을 수 없는 순간적인 자극이 일어나 몸을 꿈틀거리게 했다. 마르티네스는 참기 어려운 갈증이 일었으나, 어디에서도 샘물은 찾을 수가 없었다. 그녀는 멈출 수 없는 '댄스 슈즈'를 신은 것처럼 끝없이 흐느적거렸다.

그녀는 입에서 새어 나온 단내가 부끄러워 입을 다물었지만, 어느새 모든 것을 잊고 가쁜 숨을 내쉬었다.

아리안이 처음으로 공주와 입술을 맞췄다. 그녀의 입술은 세상을 온통 녹여 버릴 정도로 뜨겁고 달콤했다. 그녀 역시 목이 타는 듯한 갈증을 해소하려는 듯이 떨어질 줄을 몰랐다. 그러나 갈증은 해소되지 않고 점점 심해져서 결국 목에서만 느끼던 것이 전신으로 퍼졌기에 더욱더 아리안의 품으로 파고들었다.

어느새 두 사람의 옷은 침대 밑에 널렸다. 그녀는 성수(聖水)를 뿌리는 성수(聖手)에 의해 뜨겁게 달궈졌다. 그녀의 몸을 고치려는 의원의 마지막 처방은 시침인 듯했다. 공주의 병을 고치려는 어떤 의원도 지금까지 처방한 적이 없는 거대한 침이 그녀의 몸을 관통했다.

허걱!

하지만, 생각보다 그렇게 아프지는 않았으나, 상상할 수 없는 뜨거움이 전신을 치달렸다.

목마름과 뜨거움이 만나자 오히려 단비가 내린 듯이 갈증은 해소됐지만, 갑자기 전신이 스멀거리며 새로운 전류가 전신을 휘감았다. 전류는 그녀의 몸을 조금씩 마비시켜 나갔다. 도저히 참을 수 없는 파도가 그녀를 덮쳤다.

'아! 어쩜 좋아. 어떡해. 아~!'

그녀는 소리를 내지 않으려고 이를 악물었다가 내부에서 일어나는 폭발 때문에 정신을 잃을 지경이었다. 손과 발을 까딱할 여력조차 없어서 축 늘어졌으나, 정복자의 말발굽 소리는 규칙적으로 산야에 울려 퍼졌다.

환청처럼 들리는 말발굽 소리에 이끌려 다시 조금씩 정신이 돌아왔다. 바람이 스치는 언덕과 봉오리와 계곡에는 새싹이 파릇파릇 돋았다. 천둥과 번개가 산야에 내려치자, 다시 전류가 흘렀다. 지난번에 경험했던 전류와는 차원이 달랐다. 엄청난 전류는 몸을 차츰 마비시켰다.

공주는 문득 이렇게 죽을 수도 있겠다는 생각이 들었다. 그러나 겁나지는 않았다. 그것은 천벌이 아니라 더할 나위 없는 축복이리라.

거대한 전류가 공주의 몸을 뒤덮는 순간, 전신에 마비가 오더니 그만 눈앞에서 태양이 폭발하고 말았다.

"악~!"

공주는 저도 모르게 비명을 질렀다. 전신의 힘이 하나도 남지 않고 폭발과 함께 사라져 버릴 때 그동안 그녀를 감싼 채 괴롭히던 천형마저 사라지고 말았다. 그리고 그녀는 끝없는 무저갱으로 빠졌다.

'온몸이 자지러진다는 게 바로 이런 것이었어. 아~ 아리안 님!

손끝 하나 까딱할 수 없는 무력감 속에 세포마저 하나씩 사라지는 듯했다. 적막과 암흑의 세계로 빠져들었다. 시간이 얼마나 흘렀는지 알 수 없었다.

어디선가 지극히 작은 불빛 하나가 나타났다. 불빛이 점점 가까워지면서 조금씩 생명의 기운을 느꼈다.

멀리서 희미한 진동음이 들렸다. 소리가 점차 커지면서 말발굽 소리라는 것을 알게 됐다. 그 소리는 대지에 단비를 뿌리는 축복이요, 창조의 복음이었다. 전신에 전류가 다시 번개처럼 빠르게 스쳐 갔고, 대지에는 젖과 꿀이 파괴는 창조의 다른 모습이었고, 고개는 넘으라고 존재했다.

그렇게 공주의 몸을 고치려는 의원의 행동은 정성스럽고 꾸준히 이어졌다.

마르티네스는 첫날 몇 고개를 넘었는지 기억조차 나지 않았다. 침대에서 일어났을 때 선홍빛 선혈이 묻은 것을 봤지만, 하나의 요식 행위에 연연하기에는 세상이 너무 달라졌다. 전신에 힘이 넘쳐흘렀다. 가만히 손으로 몸을 쓸어봤다. 지금까지 언제나 느꼈던 섬뜩한 차가움은 간 곳 없고 부드럽고 따뜻했으며, 희다 못해 푸르게 보일 정도의 창백함은 찾을 길 없이 옥같이 매끄럽고 뽀얀 피부가 반짝거렸다.

깊이 잠든 아리안이 혹시라도 깰까 두려워 조심스럽게 침대에서 내려오다가 휘청거렸다. 허벅지에서 아릿한 통증이 느껴졌다. 그것마저 지난밤이 꿈이 아니라는 것을 증명했기에 감사하고 자랑스러웠다. 옷을 입고 잠든 아리안을 향해 대례를 올렸다.

'아리안님, 그대는 제 하늘이며 모든 것이옵니다. 그동안 제가 아프고 힘들었던 모든 게 아리안님을 만나기 위한 시련임을 깨달았습니다. 제 감사와 존경을 받으소서!'

마르티네스는 욕실에 가서 몸을 씻고 또 씻었다. 아리안에게만은 항상 새로움과 신선함으로 느껴지고 싶었다. 옷을 단정히 갈아입고 창문을 열었다. 햇살이 눈부셨다.

"아~!"

신선한 공기를 흠뻑 들이마셨다. 눈에 보이는 세상은 참으로 아름다웠다. 눈이 부시게 아름다웠다. 눈물이 나도록 아름다웠다.

초로롱!

작은 새 한 마리가 나뭇가지에 앉아서 노래를 불렀다. 잠시 뒤에 다른 작은 새가 날아와 옆에 앉았다가 게처럼 옆걸음으로 다가가서 부리를 서로 비비고 깃털을 골라줬다. 그 모습이 참으로 아름다웠다.

'세상에, 이처럼 아름다운 세상이 있는 것을 모르고 지냈다니……'

그때. 침대에서 일어난 아리안은 마치 처음 보는 세상인 듯이 경이로운 눈으로 창밖을 바라보는 마르티네스의 어깨를 포근히 감싸 안았다.

"아리안님, 참으로 아름다워요."

"그대가 아름다운 눈을 가진 거라오."

"예?"

아리안은 무슨 말인가 싶어 눈을 동그랗게 뜨며 쳐다보는 공주의 어깨를 잡은 손에 살짝 힘을 줬다가 설명했다.

"인간은 자기가 보고 싶은 것만을 본다오. 아름다운 눈을 가진 사람은 아름다운 것만을 보고, 차가운 눈을 가진 사람은 차가운 것을 보게 되지만, 누구도 그것을 인정하려 하지 않지요. 그래서 인간만이 만인만색이란 말이 있는 거랍니다."

"아리안님은 아카데미에서 가르치지도 않은 것을 어떻게 그리 잘 알지요? 그게 참으로 신기해요. 검술 역시 대륙의 그 누구도 모르는 수련 방법을 알고 있잖아요."

"하하하, 그런가요? 그건 나도 잘 모르겠군요."

아리안은 전생의 기억이 있다거나 고대종족이 선조라는 이야길 해도 믿기 어려울 것이기에 정확한 답을 하지 못하고 웃음으로 넘겼다.

"자, 공주, 이제 가야 할 시간인데 준비를 해야 하지 않겠어요?"

"어머, 깜빡했어요."

아리안은 얼굴을 붉히는 공주가 너무 아름다워 그만 입을 맞추고 말았다.

"흡!"

이제 제법 뒤꿈치를 들고 응하는 공주가 더욱 귀여운 아리안은 창문을 열어놓은 채 길고 긴 입맞춤을 했다.

'난 더 잘할 수 있는데……'

나무 위에서 두 사람의 모습을 발견한 알레그리아는 갑자기 서럽다는 생각이 들었다. 하지만 두 사람에게서 눈을 뗄 수가 없었다.

'인간의 짝짓기는 자손 번식 외에도 다른 의미가 더 있는 게 분명해. 바라보는 것만으로도 가슴이 저리잖아. 아, 주인님! 나의 신이시여! 이게 도대체 뭔지 제발 가르쳐 주소서. 휴~!'

알레그리아는 가슴이 뛰고 눈에 열이 오르며 온몸이 저려오는 생뚱맞은 감각에 어찌할 바를 몰랐다. 회심병 중기 증상이었다.

아리안과 마르티네스는 황제와 황후에게 작별 인사를 하느라 또 한나절을 보낸 후에야 황궁에서 나올 수 있었다. 황궁을 나오자, 수많은 사람이 신행을 구경하고자 몰렸다.

"어휴, 어쩜 저렇게 나 젊었을 때와 똑같지?"

"당연하지(손가락, 발가락 숫자만 똑같을 거다)."

헤르메스의 기사대는 늠름했고, 병사들은 효과적으로 군중의 접근을 차단했다.

저택으로 들어가자 시에트라 아쉴람 제국 황태자가 기다렸다.

"형님, 경하드립니다."

"고맙다. 너도 가려느냐?"

"예, 형님. 방향이 같으니 함께 가면서 형님과 형수님 사이를 방해 놓으려고요."

마르티네스는 나이가 많은 사람에게 듣는 형수님이라는 칭호가 부끄럽고 달콤해서 얼굴을 붉히며 아리안의 뒤로 숨었다. 그런 두 사람의 모습을 멀리서 지켜보는 라신느의 표정은 침울했다.

'참으로 아름답고 부럽군. 언젠가는 내게도 분명 기회가 있을 거야.'

아리안은 푸근한 미소를 지어 보였다.

"짓궂긴. 나와 함께 가면 어려움이 있을 텐데."

"그럴 수도 있겠죠. 오히려 형님의 신위도 구경하고 한팔 거들기도 하겠습니다."

"좋지. 그러세."

그때, 헤르메스가 아리안에게 다가왔다.

"태대공 저하, 아브라잔 대공 전하께서 오셨습니다."

"오, 그래? 내가 나가지. 공주와 황태자도 같이 나가세."

"예."

"예, 형님."

세 사람이 정문 쪽으로 가는데 대공은 벌써 들어오는 중이었다.

"대공 전하, 어서 오십시오."

"숙부님, 어서 오세요."

"아브라잔 대공 전하, 처음 뵙겠습니다. 아쉴람 제국의 시에 트라입니다."

"아리안과 마르티네스는 피곤할 텐데 벌써 가려고? 그리고 시에트라라면 아쉴람 제국의 황태자가 아니신가? 세 사람이 벌써 이렇게 가까워졌군. 역시 젊은이들이라 부럽구만, 부러워."

"대공 전하, 하실 말씀이 있으신 듯한데, 일단 들어가서 차한 잔 하시죠."

"좋지. 그럴까?"

네 사람이 응접실로 들어가서 차를 따르기도 전에 대공이 입을 열었다.

"나도 영지로 돌아가려다가 노파심에 잠시 들렀네. 단도직입적으로 말하지. 자네, 황태자를 어떻게 생각하나?"

"대공 전하, 참으로 말씀드리기 어렵군요. 저는 그가 공주의 오빠, 제국의 황태자로 남아주기를 바랍니다. 이미 제게 몇 번의 살해를 시도한 적이 있으며, 공주가 납치되도록 방관하고 암암리에 정보와 기회를 제공했습니다. 또 이번에 듣기로, 제 제자들 가운데 일부종사를 외치며 충성 맹세를 거부한 자들에게 모종의 불이익을 주고 생명의 위협까지 가하는 중이라고 합니다. 대공 전하, 저는 이해가 가질 않습니다. 그는 아라카이브 제국의 힘을 너무 과소평가한 게 아닐까요? 그리고 무엇 때문에 그처럼 조급한 심정이 됐을까요?"

아리안은 도저히 이해하기 어려운 황태자의 태도를 담담한 표정으로 말했다.

"만약 그들이 어떤 위해를 받는다면 제 마음은 상당히 아플 것입니다. 저는 기본이 통하는 관계가 됐으면 좋겠습니다. 저는 어설프게 머리 굴리는 자를 별로 좋아하지 않습니다만, 가급적 황태자와 부딪치지 않기를 바랍니다. 그가 도를 넘는다면 불행해지는 사람이 많을 것입니다, 대공 전하."

아리안은 자신의 심중을 솔직히 말했다. 그는 이렇게 생각한다고 조목조목 언급했다. 검의 대화는 가장 마지막 수단이 돼야 한다고. 하지만 만약 검을 뽑게 되면 적당한 타협이나 훈계는 없을 것이다. 황태자가 이것 하나만은 어기지 않았으면 좋겠는데, 그는 제 친인의 생명으로 그를 위협하면 꼭지가 돌아버린다는 점을 분명히 못 박았다. 그가 돌게 되면 어떻게 변할지 자기 자신도 감당할 수 없다고 숨기지 않고 자기 생각을 피력했다.

아리안은 고개를 숙이며 자신의 생각을 정리했다.

"원하는 대답을 드리지 못해서 죄송합니다, 대공 전하."

"알았네. 솔직히 얘기해 줘서 고맙네. 난 이만 가봐야겠네."

"대공 전하, 살펴 가십시오. 진정한 대륙의 위기가 곧 닥칠 것입니다. 준비하시는 게 좋을 듯싶습니다."

아브라잔 대공은 황궁으로 발을 돌렸고, 아리안 일행은 디베르소 산맥을 향했다. 아리안 일행은 레포르마 성문을 나섰다. 아브라잔 대공은 성벽 위에서 그 행렬을 물끄러미 바라봤다.

'제국이 강하다고 해도 아리안의 가신 한 명조차 상대하기 버겁다는 사실을 황태자는 왜 모를까. 제국의 먹구름을 제거하려면 황태자의 마음을 바꾸는 수밖에 없을 텐데……'

Chapter **05**

어둠의 자식들

하늘은 높고 맑았으며 새들은 높이 날면서 먹이를 찾았다. 새들이 지저귀는 소리마저 신행을 축하하는 듯싶었다.

헤르메스는 기사 100명과 3,000명의 정예 병사를 이끌었고, 사절단장이라던 부에노 백작은 기사 200명과 병사 1,000명을 거느린 시에뜨라 황태자의 경호 책임자였다.

아리안은 드워프 장로가 특별히 제작한 마차를 탔다. 여덟 필의 백마가 끄는 화려한 마차는 침실과 응접실을 갖출 정도로 넓었다. 황궁으로 갈 때는 천으로 덮었던 마차가 이제 제 모습을 드러냈다.

"알레그리아와 시로코도 이리 올라오지 않겠나?"

"예, 주인님."

"주군, 괜찮으시다면 저는 말을 타고 따르겠습니다."

"음, 알았다."

부에노 백작도 마차에 타기를 사양했다. 결국 아리안과 마르티네스, 시에트라 황태자와 알레그리아가 침실 앞쪽의 사방이 트인 공간에 앉았다.

마차는 아주 편안했다. 흔들림도 별로 없고 옆이 트여 바람은 시원하게 부는 대신 천장이 있어서 햇빛은 가렸다.

"형님, 이 마차, 참으로 대단하군요. 화살과 마법 공격만 막을 수 있다면 황제의 어가로도 전혀 손색이 없겠습니다. 단지 중인을 압도하는 무게감과 화려함이 조금 부족할 뿐입니다. 정말 마음에 드는 마차입니다. 어디서 만드셨나요? 대단한 장인의 솜씨입니다."

"크크, 마차를 만든 본인이 자네 말을 듣는다면 혀를 물고 죽겠다고 하겠군. 좀 더 지나서 마차의 숨은 능력을 본 뒤에 다시 평가하게."

"그렇습니까? 형님이 그토록 자신하다니 정말 궁금해지는군요. 누가 습격 좀 하지 않나 오히려 기대되는 상황입니다."

"너무 염려하지 말게. 틀림없이 여러 가지 기능을 볼 수 있을 거네."

기사 300명과 병사 4,000명이 경호하는 행렬을 습격할 산적이나 몬스터는 없었기에 주위 경관을 바라보며 순조롭게 앞으로 나갔다.

한편, 아브라잔 대공은 마에스트로 황태자를 찾아갔다.

"어서 오십시오, 숙부님."

아브라잔 대공은 황제도 한발 양보하는 터인지라, 황태자가 함부로 대할 수 없는 집안의 어른이자 공신이었다. 지금도 그가 한번 화를 내면 떨지 않는 귀족이 없었다.

"그래, 요즘 바쁘다고 들었다. 어떻게 지내나?"

"매일 같은 수련의 반복입니다. 영지로 돌아가신 줄 알았는데 어쩐 일이십니까?"

"그래, 조용히 하고 싶은 이야기가 있다. 우선 들어가자."

"예, 숙부님."

황태자의 집무실에 들어간 대공은 말없이 조카를 바라봤다.

"마에스트로, 우리 황가는 자손이 귀하다. 황태자비에게 아직 소식이 없어서 모두 걱정하는 것은 너도 잘 알 거다. 또한 네가 이 여자 저 여자 손을 댄다고 해도 역시 자식이 귀한 것은 어쩔 수 없을 게다."

"……."

황태자는 아브라잔 대공이 황태손 때문에 온 게 아니라는 사실을 너무나 잘 알았기에 조용히 다음 말을 기다렸다.

"이 말은 아무리 황제라고 해도 안 되는 일이 있다는 뜻이다. 내가 묻고자 하는 것은 네가 아리안을 어떻게 생각하느냐는 점이다. 그 점이 궁금해서 도저히 발이 떨어지지 않더구나."

"그는 내가 황제가 되는 것보다 먼저 노블리아 왕국의 국왕이 되겠죠. 그렇다고 해서 달라지는 게 있을까요?"

"물론 달라지는 것은 없다. 왜냐하면 지금도 그는 대륙 정세의 중심에 있기 때문이란다. 주비스 제국 황제가 그를 못마땅하게 여기지만, 그는 아리안의 가신 중 한 명도 감당하지 못할거다."

"예? 어떻게 그럴 수가 있죠? 그는 이미 마스터의 정점에 섰고 그의 밑에는 기라성 같은 용장들이 즐비하지 않습니까?"

대공은 도저히 그럴 리 없다는 표정의 황태자를 물끄러미 쳐다봤다.

"대륙 최강이라는 철갑기마대는 아리안의 도형 마법에 걸려 싸워보지도 못하고 모두 포로가 됐다. 고룡급 드래곤인 가신이 주비스 제국을 마음먹고 공격하면 과연 남는 것은 무엇일까?"

"예? 고룡급 드래곤이 가신이라고요?"

"그렇단다. 황궁 대마법사가 확인한 사실이지. 그녀의 미모가 워낙 뛰어나서 황제 폐하께서 궁금하여 물었더니, 혹시라도 실수할까 두려운 황궁 대마법사가 급히 알려서 알게 됐단다. 누구든지 아리안을 습격한 자는 아무리 충성심이 대단해도 손만 머리에 갖다 대면 모든 기억을 읽어버리겠지."

"음, 숙부님, 그렇다면 그는 약점이나 공격할 방법이 없다는 말씀인가요?"

대공은 황당한 표정의 황태자에게 은근한 음성으로 말했다.

"그에게 가장 큰 약점은 정이란다. 하지만 어설프게 그의 친인을 납치하여 목숨으로 위협하면 그는 이미 끝장이 났다고 봐도 무방하다. 그는 인질로 인한 어떤 타협도 하지 않을 게다. 그는 한 사람을 구하려고 다른 한 사람을 희생하는 일은 결코 하지 않을 것이다. 아빌라 왕국이 망하게 된 극단적인 원인이 바로 공주를 납치했기 때문이지. 그때 협상 테이블에서 그가 했던 말이 뭔지 알고 있니?"

"뭐라고 했는데요?"

"공주가 소중하지만, 그로 인하여 다른 사람의 생사를 그런 일을 일삼는 도적들에게 맡길 수는 더더욱 없다고 했단다."

황태자는 숙부의 말이 정말 이해하기 힘들었다.

"음, 그는 정말 독특한 성격이군요."

"그렇지. 그에게는 귀족이나 황제도 다른 사람과 동등한 가치를 지닌 것으로 평가되는 듯하다. 그런 사람을 구태여 적으로 만들어 괴로워하기보다는 친구로 만드는 게 훨씬 현명한 일이 아닐까? 그는 대륙을 정복할 능력이 충분한데도 그것마저 귀찮은 일로 여기는 사람이니 실로 별종 중의 별종이라 해야겠지. 얘야, 만약 네가 마음으로 그를 친구로 여기고 그처럼 대한다면, 네가 정작 힘을 필요로 할 경우에 그는 아낌없이 도와줄 게다. 그리고 그것으로 만족을 느끼는 사람이 바로 그란다."

아브라잔 대공은 생각에 잠긴 황태자를 뒤에 두고 홀가분한 심정으로 영지를 향했다.

'마에스트로, 이젠 네가 선택해라. 어떤 선택을 하든 간에 그게 너의 운명이겠지. 부디 현명한 판단을 하면 좋겠구나. 그렇지 않으면 아라카이브 제국은 여황이 탄생할지도 모른다.'

*　　　*　　　*

"태대공 저하, 조금 더 가면 해가 떨어질 것입니다."

헤르메스가 정찰병들의 보고를 받고 아리안에게 복명했다.

"흠, 이만한 일행이 야숙하려면 미리 서두르는 게 좋겠지. 그렇게 하게."

"예, 태대공 저하."

헤르메스는 기마 자세에서 예를 취한 뒤 명령을 내렸다.

"부대 정지! 야숙 준비를 해라!"

"부대 정지! 야숙 준비! 앞으로 전달!"

헤르메스의 명령이 계속 전달되는 과정도 장관이었으며, 듣는 사람마저 어깨에 힘이 들어가게 했다.

수많은 마차에 실린 야숙 장비가 신속히 내려졌다. 취사병들은 벌써 솥을 걸고 식사 준비에 여념이 없었으며, 마병들은 말을 몰고 가서 풀을 먹이고 미리 준비한 건초와 배합 사료를 먹였다. 4,000명이 넘는 병력이 진용을 갖추고 분주히 움직이는 광경은 마치 새로운 마을이 하나 생긴 듯했다.

"흠, 마차가 그렇게 많이 필요했던 이유를 알 것 같군."

아리안이 마차에서 내려 진영을 둘러보며 감탄하자, 옆에서 따라오던 시에트라가 고개를 끄덕이며 대답했다.

"그렇습니다, 형님. 어떤 일이든지 눈에 잘 띄지 않는 부분이 상당합니다. 그 부분이 매끄럽지 않으면 전체가 흔들거리지요. 형님도 국왕이 되시면 알겠지만, 황제 수업을 받는 소제가 어느 날 스승에게 물어봤죠. '이런 일까지 직접 해야 합니까?'라고요. 그랬더니 하시는 말씀이 뭔지 압니까? 참, 어이가 없었죠. 의무라고 하더군요."

시에트라 황태자는 머리가 아프다는 표정을 짓더니 이야기를 이어갔다. 아리안은 제국에서 실행하는 황제 수업임을 알고 묵묵히 귀를 기울였다.

"황제란 선택의 최종권자이고, 누구나 유익한 법은 있을 수가 없다. 누군가 이익을 얻으면 누군가는 손해를 입고, 누군가가 편해지면 누군가는 그만큼 불편해진다. 이익을 얻은 자는 점차 당연하게 여길 것이고 손해 본 자는 결코 잊지 않고 황제를 원망할 것이니, 그런 사정을 모두 담아야 하기에 황제의 그릇은 커야 한답니다."

"그래서 황제는 타고나야 되는 것인가?"

"그렇지는 않답니다. 그것은 하나의 질서를 세우기 위한 고육책이자 우민 정책이고, 황제란 주위 인물들에 의해 만들어지는 것이라고 했습니다. 한데, 황제를 만든 그 귀족들에게 휘둘리지 않으려면 직접 하는 수밖에 없다고 합니다."

시에트라의 말을 들은 아리안은 머리가 아프다는 듯이 머리를 만졌다.

"어렵군, 어려워. 그 골치 아픈 것을 왜 하려 드는 것일까?"

"하지만 누군가는 해야 하지 않겠습니까? 권력이란 꿀과 같아서 자신의 날개가 젖는 것을 느끼지 못하고, 빠져들면 빠져들수록 빠져나올 길은 멀어져만 가는 마약이라더군요."

"잘한다. 정말 잘해. 그런 자에게 배운 네가 제국을 잘도 다스리겠다."

아리안이 기가 막힌다는 듯이 말하자, 시에트라는 한술 더 떴다.

"그렇죠, 형님? 그렇지 않아도 그 골치 아픈 자리는 동생에게 던져 버리고 전 형님 옆에서 공부를 더 했으면 좋겠습니다. 형님, 제가 오면 쫓아 보내지는 않겠지요?"

"안 된다, 이 녀석아. 그런 무책임한 놈을 어찌 가르친단 말이냐. 어디 보자. 네 자식 놈이 성인식을 하면 그때 오너라. 배우는 것도 때가 있고 가르치는 것도 그릇이 돼야 채워줄 수 있을 게 아니냐."

그때 시에트라가 갑자기 표정을 찌푸렸다.

"형님, 기운이 변하고 있습니다."

"그렇군. 헤르메스, 습격에 대비해라. 심상치가 않다. 시에트라, 우리도 마차로 돌아가자."

아리안과 황태자가 마차로 돌아갔고, 헤르메스는 명령을 내렸다.

"전투 준비! 전투 준비! 모두 하던 일을 중단하고 신속히 전투 대형을 갖춰라!"

날은 어느덧 어스름이 깔렸다. 짙은 먹구름이 서서히 몰려들고 날씨는 급격히 싸늘해졌다.

"라이트!"

황태자와 동행한 마법사들이 사방에 마법 불을 밝혔다. 사방을 뛰어다니던 병사들이 차츰 자리를 잡았다. 바람에 흐느적거리는 그림자가 더욱 을씨년스럽게 느껴졌다.

"공주, 밖으로 나오지 마시오."

"예, 아리안님."

마르티네스 공주는 침실 안으로 들어갔지만, 차마 문을 닫지 못하고 돌아서서 그를 바라봤다. 아리안이 미소를 지으며 공주의 뺨을 한 번 어루만진 뒤에 살짝 문을 닫았다.

"흠, 첫 손님이 단단히 준비한 모양이군."

"별로 반갑지 않은 손님인 듯합니다."

아리안은 시에트라 황태자의 얼굴에 긴장한 빛은 전혀 없고 새로운 장난감을 기대하는 소년의 호기심만 어려 있어 어이가 없었다.

쿵쿵! 끽끽! 꾸룩꾸룩!

도저히 표현할 길 없는 괴성과 기성이 점차 다가오면서 적이 인간이 아니라는 것을 깨달은 병사들의 표정이 극도로 굳어갔다. 한 가닥 회오리바람이 체내에 남은 마지막 온기마저 빼앗아서 공중으로 사라졌다.

휘~ 잉!

사방에서 몰려드는 소리는 점차 크게 울렸고, 나무가 그대로 부러지는 소리마저 점점 가까이 들렸으나, 모습을 드러낸 몬스터나 마수마물은 보이지 않았다. 저들 중에 뛰어난 지휘자가 있다는 뜻이다.

"흠, 쉽지 않은 싸움이 될 듯해."

마차는 어느덧 모양이 바뀌었다. 뒤편에 자리했던 침실은 마차 중앙으로 이동했고, 응접실은 오히려 침실 위로 올라가서 사방을 바라보는 지휘부 형태를 갖췄다.

아리안이 상좌에 앉았고, 시에트라 황태자가 옆자리에 앉았으며, 시로코와 알레그리아가 그 뒤에 섰다. 헤르메스와 부에노는 마차 앞에 서서 사방을 둘러봤으며, 기사 300명이 마차를 둘러쌌다.

"그렇습니다, 형님. 방책이 허술한데 보강을 해야겠습니다."

시에트라의 말을 들은 아리안은 그를 보다가 고개를 끄떡였다.

"그러게. 솜씨를 구경하지."

"형님, 웃지는 마십시오. 만약 웃으시면 제국으로 돌아가지 않고 형님 옆에 붙어서 제대로 지도해 주실 때까지 꼼짝하지 않을 겁니다."

"알았네, 알았어. 신혼부부에게 그런 엄청난 협박을 하다니……."

"히히, 협박 맞습니다, 형님. 제가 제대로 한 모양이군요."

"……."

부에노 백작은 황태자의 한없이 어려지는 태도에 황당한 표정으로 바라봤다. 황태자는 그를 힐끗 쳐다보고 손으로 수인을 그으면서 법문을 외었다.

"옴 바라시타 니타홈 도로도로 나만다 사케홈. 진경 허경 변경 막구간지경 옴 진사경계 니타홈!"

시에트라는 법문이 끝나자 혀를 깨물어 입으로 피를 한 모금 모은 뒤에 공중에 뿜으면서 좀 더 복잡한 수인을 그었다. 붉은 안개가 자욱이 진영을 덮었다가 차츰 밖으로 밀려나더니, 병사들이 마차와 짐을 쌓아놓은 사방 방책 앞쪽에 몰려서 사라지지 않았다. 대략 5m 정도의 폭과 2m 정도의 높이를 커다란 타원형으로 형성했다.

잠시 뒤, 어두운 숲에 크고 작지만 헤아리기조차 어려울 정도의 수많은 눈들이 나타나서 반짝였다. 창이나 검을 잡은 병사들이 긴장한 모습으로 무기를 고쳐 잡았다.

"피의 축제를 시작해라!"

마침내 마수들에게 공격 명령이 떨어졌다.

크앙! 꾸왁! 컹!

각종 괴성이 일시에 터지면서 각기 다른 몬스터가 이빨을 드러내며 몰려들었다.

어둠 속에서 붉은 눈을 번득이는 키 작은 고블린 떼와 힘이 장사인 돼지 머리의 오크족, 곰처럼 거대한 몸집의 오거 등은 대륙에 존재하는 놈들이라 가끔 볼 수 있었다.

수는 그놈들이 확실히 많았지만, 마계에서 소환된 것으로 보이는 마수들도 상당했다. 거의 괴물 수준인 자이언트 개미와 자이언트 거미, 1m가 넘는 혀를 널름거리는 도마뱀은 오히려 오크가 귀엽게 보일 정도였다.

지능은 낮고 광포하다는 소머리 인간인 미노타우르스가 침을 질질 흘리며 몽둥이를 휘둘렀다.

크왕!

모두 둘러보기도 전에 일제히 붉은 안개 속으로 뛰어들었고, 뛰어든 마물들이 비명을 지른 것은 거의 동시였다. 붉은 안개가 뛰어든 마물들의 몸을 녹였다.

꾸억!

먼저 들어간 마물들이 비명을 지르며 녹아들었다. 그들의 모습이 차츰 줄어들거나 갑자기 안개 속으로 사라졌지만 뒤에서는 계속 밀려들었다.

그 광경을 지켜보는 병사들이 안도의 한숨을 내쉬기보다는 오히려 두려움에 떨며 혹시라도 안개에 닿을까 싶어 뒤로 주춤주춤 물러설 정도였다.

"호, 대단하군, 대단해. 실전됐다고 알려진 '만상멸절역천술법' 이로군."

"역시 형님 앞에 숨길 수 있는 것은 없군요. 고위 마족이 아니라면 누구도 벗어나지 못할 것입니다."

"시에트라, 역천을 시행하면 그 대가를 지불해야 한다."

"각오하고 있습니다, 형님! 마계로부터 대륙을 구하는 것이라면 어찌 목숨인들 아끼겠습니까?"

끼륵! 꾸악!

그때, 어두운 공중에서 괴조 울음소리가 들렸다.

"가고일과 그리폰이로군. 아니, 와이번까지 출동인가?"

"크, 잘됐군요, 형님! 전 '만상멸절역천술법' 효능이 허공에서도 작동하는지 궁금했었거든요."

등에 박쥐 날개를 단 가고일과 사자 몸체에 독수리 머리를 한 그리폰 백여 마리가 사방에서 모여들었다.

꾸악!

그들이 붉은 안개 위쪽에 도달하는 즉시 비명을 지르며 붉은 안개에 빨려들 듯이 추락하면서 사라졌다. 앞발 없는 드래곤 모습과 거대한 날개를 자랑하는 엄청난 몸집의 와이번은 그 광경을 보면서도 두려움 없이 다가왔다. 모두 다섯 마리였다.

빠지직!

제일 앞선 녀석이 붉은 안개 상공에 이르자, 마치 고압 전기에 감전된 듯이 허공에서 비틀거렸다. 그 순간 와이번의 거대한 날개 깃털이 모두 녹아버렸다. 그리고 붉은 안개 속으로 추락했다. 추락한 와이번은 어찌나 큰지 안개 밖으로 대부분의 몸체가 보였으나, 괴로운 비명만을 남기고 차츰 줄어들다가 사라졌다.

꾸륵!

다른 네 마리의 와이번은 더는 다가오지 않고 오히려 뒤로 물러났다.

삐익~!

난데없는 날카로운 피리 소리가 들렸다. 계속 붉은 안개 속으로 죽음의 행진을 감행하던 몬스터가 공격을 멈추고 뒤로 물러났다.

　그러나 완전히 사라지지 않고 숲 입구까지 물러서서 아리안 일행의 진영을 노려봤다. 이미 절반이 넘는 몬스터가 사라졌지만 아직 남은 수효도 상당했다.

　"흠, 이제야 나타날 모양이군. 어쨌든 간에 만상멸절역천술법의 효능이 놀랍구먼."

　"형님, 사실 제 능력은 이 정도가 아니었습니다. 지금에 비하면 아주 보잘것없었죠. 공중에까지 영향을 미치지 못하는 것은 물론이고 폭은 2m, 높이는 겨우 50cm 정도였답니다. 전날 형님이 인도해 주셔서 상단전을 열고 난 후에 술법의 효능이 극대화됐죠. 형님, 정말 감사합니다."

　시에트라가 아리안에게 정중히 허리를 굽히자, 아리안이 웃으며 그의 어깨를 잡아서 절하는 것을 막았다.

　"그럴 필요 없다. 공기는 어디나 있고 누구나 마실 수 있지만, 오직 산 자만이 그 복을 누리지. 난 누구나 아는 말을 했고, 눈이 있는 자만이 그 안에서 자신에게 필요한 것을 보니 그게 어찌 내 공이라 할 수 있겠나. 모두 자네가 평소 노력하여 하늘의 은혜가 닿아 때가 이른 것뿐이라네."

　"형님, 병아리가 아무리 밖으로 나오려고 그 가는 부리로 껍질을 두드려도 어미가 밖에서 껍질을 부숴주지 않으면 불가능하지요. 어미의 지극한 관심과 세심한 배려가 요구되는 것은 생명과 직결되는 일인데, 어찌 공 없다는 말씀을 하십니까? 제 절을 받으십시오."

"아우야, 우리가 형제이거늘 형제 사이에 어찌 공이 있겠느냐. 형제 사이에는 오직 정이 있을 뿐이란다."

"형님!"

시에트라는 갑자기 콧등이 시큰해지고 음성이 떨렸다.

형제 사이에는 공이 아니라 오직 정이 있을 뿐이다.

"크크! 재미있군, 재미있어. 아직 '혈무멸천지계'를 펼칠 줄 아는 자가 있을 줄이야."

몬스터들 뒤에 검은 로브를 입은 자가 괴소를 지으며 나타났다. 그의 옆에는 노인 얼굴의 거대한 사자가 보였는데, 날카로운 전갈의 꼬리와 거대한 박쥐 날개가 달려 있었다.

"형님, '어둠의 지식 수호자'라는 만티코어가 나타나다니 심상치가 않습니다."

"만티코어?"

"그렇습니다, 형님. 그는 마법을 사용할 줄 안다고 전해집니다."

"저 검은 로브를 입은 자에 대해서 들은 게 있나?"

"저처럼 당당하고 마기가 넘치는 것으로 보아 흑마법의 종주라는 아포르트나도인 듯싶습니다."

"아포르트나도?"

"그렇습니다, 형님. 그는 소환술이 특기로 알려졌지만, 화염계 마법도 상당히 강합니다."

"흠, 기대보다 더 그를 잘 아는군."

"당연합니다, 형님. 그는 주비스 제국의 '사천지력' 가운데 하나니까요. 이돌로 루카도르 불의 황제와 아직 실체를 드러낸 적이 없는 그림자 여황, 흑마법 7서클 마스터인 아포르트나도, 그리고 마지막으로 무적철갑기마대와 같은 백만 철기병을 사천지력이라고 일컫지요. 가히 어느 제국도 넘볼 수 없는 무력이지요."

"하늘이 부여한 힘이라는 말은 맞는 말이야. 하지만 어린아이가 젖꼭지를 무는 힘도 하늘이 부여한 힘이라는 것을 알아야겠지. 어쨌든 간에 저자는 생각보다 위험한 자라는 이야기군."

아리안이 의동생의 말을 듣고 상대를 유심히 쳐다봤다. 아포르트나도가 앞으로 나서자 몬스터들이 길을 비켰다.

"너희가 설마 멸천지계를 믿고 끝까지 내게 대항하려는 것은 아니겠지. 어떠냐? 공주만 내게 넘겨준다면 누구도 해치지 않고 물러가겠다."

"후후! 흑마법사의 종주답게 말을 제법 매끄럽게 하는구나. 네 말은 우리에게 스스로 술법을 해소하라는 것으로 들리는데, 그러냐?"

"하하하! 이 정도로 나를 시험하려 하다니 아주 가소롭군. 그렇다면 내가 해소할 테니 공주를 넘겨주겠느냐?"

"후후! 네가 흑마법만 연구해서 그런지 상당히 자부심이 강한 것은 알겠는데, 다른 분야에서는 너무 무지하군. 네놈이 그것을 해소하면 또 다른 방법으로 막을 것이고, 네놈의 소환물이 많이 소멸될수록 네놈의 힘이 감소될 게 아니냐."

그는 시에트라의 말이 끝나자 잠자코 손을 들어 붉은 안개를 가리켰다. 그의 오른손에 낀 반지에서 암광이 쏟아져 나와 붉은 안개에 부딪쳤다.

꽈르릉! 꽝! 꽝!

엄청난 폭음이 울렸다. 혈광과 암광이 사방으로 비산했다.

꽈르릉! 꽝! 꽝!

한번 울린 폭음은 그치지 않고 연방 울렸다. 폭발은 붉은 안개를 따라서 옆으로 퍼져 갔다. 암광에 맞은 병사들은 그 자리에 쓰러졌고, 혈광에 쏘인 몬스터들은 소멸됐다. 폭발은 진영을 빙 둘러싼 모든 곳에서 일어날 듯했다.

"모두 엎드려라!"

헤르메스가 황급히 소리쳤다. 병사들이 재빨리 엎드린 위로 폭발의 여력인 암광이 화살비처럼 지나갔다. 흑마법의 종주 아포르트나도의 반지에선 연속하여 암광이 붉은 안개를 향해 뻗쳤다.

시에트라가 재차 법문을 암송하며 수인을 긋고 피를 뿜었다. 붉은 안개를 사이에 둔 두 사람의 공방전은 점점 그 수위를 더해갔다.

깨려는 자와 지키려는 자의 공방은 일반 상식을 넘었다. 인간의 한계를 넘어선 그들의 싸움은 무기를 든 어떤 무사의 결투보다 흉험했다. 누구도 쓰러지면 다음을 장담할 수 없었기에 얼굴은 핏기를 잃어 창백해지고 마나는 고갈해서 비틀거렸다.

'쓰벌! 마법사도 아닌 놈이 왜 이렇게 강한 거야? 한계에 달하면 반지가 견디지 못하고 폭발할 텐데…….'

'젠장, 이게 흑마법 종주의 힘인가? 아직 상단전의 힘을 완전히 받아들이지 못해서인지 무척이나 힘들군. 야, 인마, 지금 포기해도 너 잘났다고 인정해 줄게. 젠장, 형님께 도움을 청할 수도 없고 미치겠구만.'

바로 그때, 만티코어의 눈빛이 변했다. 근심 어린 표정의 아리안이 만티코어가 움직이려 하는 것을 간파하고 눈을 반짝였다.

"큭큭! 재미는 있는데 너무 끄는군. 혈무멸천지계는 이몸이 인간에게 전한 것인데, 그 효능이 매우 극대화됐어. 저 녀석을 잡아다가 자세히 알아봐야겠군. 홀드!"

거대한 사자 몸에 노인 얼굴의 만티코어가 중얼거리자, 그의 전갈 꼬리가 공중으로 치켜세워진 채 시에트라를 향하여 마기를 뿌렸다.

"파!"

아리안은 만티코어가 움직이자 기다렸다는 듯이 그를 향해 손을 뻗었다.

번쩍!

한줄기 번개가 백광을 뿌리며 만티코어에 작렬했다.

악!

전혀 예상하지 못했던 공격을 받은 만티코어는 피할 겨를도 없이 백광 때문에 눈을 순간적으로 감았다가 번개에 맞아서 폭파되며 소멸했다.

으윽!

쾅!

그 여파는 당연히 옆에 섰던 아포르트나도에게도 파급됐다. 만티코어를 소멸시킨 번개의 여파가 흑마법사의 반지를 쳤고, 반지가 폭발하면서 그 주인에게까지 영향을 미쳤다.

"크윽! 이럴 수가? 반지 때문에 7서클에 올랐다가 반지로 인해 목숨이 경각에 달리는군. 텔레포트!"

아포르트나도의 전신은 온통 구멍이 뚫려서 피를 줄줄 흘렸다. 그는 상처투성이의 몸을 이끌고 텔레포트를 외쳤다.

번쩍!

"아, 그를 잡았어야 했는데……."

시에트라 황태자가 자리에 주저앉아 안타까운 심정으로 외쳤다.

쿵!

갑자기 공중에서 굉음이 울리며 고깃덩어리처럼 전신이 엉망으로 망가진 자가 떨어졌다.

"윽! 언제 공간 결계까지…… 정말 원통하다."

아포르트나도가 텔레포트하려다가 이미 쳐진 공간 결계에

부딪쳐서 그만 숨을 거두고 말았다. 그의 명성과 능력을 생각할 때 참으로 허무한 죽음이었다. 황태자가 그 모습을 보고 기뻐서 어쩔 줄을 몰랐다.

"역시 형님이셔. 정말 최곱니다, 형님!"

"객쩍은 소릴랑 그만하고 진을 해제해라."

"예, 형님!"

시에트라가 진을 해소했다. 진이 있던 장소에는 아무것도 남지 않았다. 한차례 태풍이 지나간 듯 마물들이 왔었다는 흔적만이 남았다.

"백인대장은 주위를 살피고 정찰병은 좀 더 멀리까지 확인해라!"

"예, 대장님!"

헤르메스가 명령을 내리자 모두 신속히 따랐다.

"대장님, 아포르트나도가 죽으면서 그가 소환했던 마수마물은 이미 역소환됐고, 대륙의 몬스터는 벌써 사라져 버렸습니다. 이 근처 산에는 고블린 한 마리 찾아보기가 어렵습니다."

"수고했다. 경계병을 세우고 휴식해도 좋다."

"충성!"

헤르메스는 아리안에게 보고했다.

"태대공 저하, 주위는 안전한 듯합니다. 어떻게 할까요?"

"수고했다. 병사들에게 간단한 음식과 수프 한 그릇씩, 그리고 약간의 술을 내주도록 해라. 내일은 다른 적이 올 것이니 오늘은 푹 쉬는 게 좋겠다."

"예, 태대공 저하!'

"그리아, 아포르트나도의 시신을 완벽히 소멸시켜라. 만약 누군가가 그를 이용해서 언데드를 만든다면 골치 아프다."

"예, 주인님! %$#&·%*&(#·%$@$#%$········"

알레그리아는 언령을 사용하지 않고 긴 주문을 외웠다.

번쩍!

공중에서 뭔가가 사라지는 듯이 번쩍였고, 그의 시신은 먼지가 되어 흩어졌다.

"주인님, 그의 주검은 물론이고 무엇이 그리도 억울했던지 아직 사라지지 않은 영혼까지 다행히 소멸시켰습니다."

"음, 수고했다, 그리아."

"예, 주인님. 밤낮 가리지 말고 많이 애용해 주세요."

"······?'

헤르메스가 물러가고 알레그리아가 쌩긋 미소를 지으며 한 발 뒤로 물러서자, 시에트라가 걱정스런 얼굴로 말했다.

"형님, 이것으로 습격은 끝난 게 아닙니까?'

"하하! 네가 마차의 기능을 보고 싶다고 하지 않았느냐. 아마 그 기회가 올 것 같다."

"에이, 괜히 엉뚱한 소리를 해가지고. 말이 모든 결과의 원인이 된다는 것을 스승님께 누누이 배우고서도 잘 안 되는군요, 형님. 아는 것과 행하는 것은 별개의 것인 모양이죠?'

"그렇지 않다. 알지 못하면 보지 못하고 보지 않으면 느낄 수가 없단다. 단지 아는 것을 행하려면 많은 수련이 필요하다. 머리로 아는 술법도 많은 연습을 거치지 않으면 정작 필요할 때 사용할 수 없음과 같지."

"헤헤, 형님, 아름다운 말을 사용해야 아름다운 열매가 열린다는 말은 알아도 어디 쑥스러워 사용할 수가 있겠어요? 그렇지 않나요?"

"분명 그런 면이 있지. 대신 연습이라고 생각해라. 효도하는 연습, 가족을 아끼는 연습, 아름다운 열매를 맺기 위한 연습. 이왕 삶이란 한바탕 꿈이요, 연극이란 말이 있지 않으냐. 내 뜻이 아니라 연극의 대사란다. 여기서 자신이 어떤 역할을 맡을지 스스로 결정해야 하지. 그리고 그 역할에 걸맞은 대사와 행동을 찾아서 행하면 된다. 수많은 고난과 역경을 이겨낸 후 화려하게 비상하는 주인공이 되거나, 순간적인 욕구가 원하는 대로 행동하다가 그런 유의 인물에게 당해 똘마니가 될 수도 있고 죽을 수도 있겠지. 연습한다고 생각하면 상대의 반응에 일희일비할 필요가 없지 않겠나."

삶은 한바탕 꿈이니 효도하는 연습, 가족을 아끼는 연습, 아름다운 말을 하는 연습을 열심히 하는 게 중요하다.

아리안의 말은 운명이란 말로 자기 합리화를 하고자 노력할 필요가 없고, 모든 선택은 자신이 했음을 명심해야 한다는 의미마저 담고 있었다.

"형님, 운명이란 하늘이 정해준 자신만의 길이 아닌가요?"

"크크, 어떤 신이 그렇게 할 일이 없어서 그 수많은 인간의 운명을 정해놓고 장난감 놀이를 한단 말이냐. 많은 인간이 서로 아카데미에 합격하도록 해달라고 기도하면 누군 들어주고 누군 모른 척해야 옳겠니? 오히려 돈 싸들고 총무과장이나 학장님을 찾아가서 찬조금 기부로 입학하는 게 백날 천날 기도하는 것보다 확실할 것이다."

"그럼 신은 뭘 하죠?"

"관조한다. '짜식들, 지지고 볶으면서도 아름답게 사는군' 하겠지. 신은 인간의 아름다움을 관조한다. 어려움이 큰 인간일수록 그가 이뤄낼 성취가 크고 높이 비상할 것을 알기에 당장 허덕이는 그의 고통을 해소해서 커다란 성취를 이루기 직전인 봉오리를 어찌 깰 수 있겠느냐."

"그것도 그러네요. 근데 형님."

"근데 아우님, 형수님께 눈총받기 싫으면 이만 들어가서 기운을 보강하는 것은 어떤가요? 기운은 사용하고 난 직후에 채우는 게 가장 좋답니다."

"쳇! 알았어요. 가면 되잖아요. 누군~ 좋~ 겠네."

시에트라는 투덜거리다가 흥얼거리며 돌아갔다. 아리안이 미소를 머금고 그의 뒷모습을 바라봤다. 어느새 마차 모양이 예전으로 돌아갔다.

"부에노 백작, 누구의 출입도 막아라."

"예, 황태자 전하."

시에트라가 엄숙한 표정으로 말하자, 부에노 백작은 변화무쌍한 황태자의 태도에 조금씩 적응해 갔다.

시로코는 지휘부 막사 안으로 들어가는 황태자를 묵묵히 쳐다봤다.

'시에트라 황태자, 참으로 놀라운 인물이야. 새로운 검의 지평을 연 후 주군 외에는 적수가 없을 거라고 여겼더니 연방 놀라운 인물들이 등장하는군. 이돌로 황제, 그림자 여황은 또 얼마나 강할까? 아포르트나도는 비록 죽었지만 무서운 강자들이 더 많겠지. 크, 이것저것 모를 때는 나름대로 어깨에 힘을 주고 다녔는데 알면 알수록 층층시요, 가면 갈수록 첩첩산중이로군.'

시로코가 고개를 잘래잘래 흔들며 마차 앞으로 가서 의자에 앉은 뒤 기감을 퍼뜨리며 경호 자세를 취했다. 알레그리아는 마차 위 공중으로 가서 마차 안의 동정을 살폈다.

경계 서는 보초에게는 습격하는 적보다 순찰하는 지휘관이 더 경계 대상이 되는 격인가? 그게 아니라면 혹시 관음증?

'아니, 아무 소리도 들리지 않잖아. 내 능력에 생명의 기운마저 감지 못하게 하다니… 흥, 무슨 놈의 방음 마법이 나조차 깨뜨릴 수가 없지? 신음 소리가 들려서 다른 사람도 비교 분석하며 기교 증진의 기회를 허락하면 어디 부스럼이라도 생기나? 더구나 허약한 주모님을 대신하려는 이 갸륵하고 희생정신이 충만한 그리아의 진정을 이토록 몰라주시다니… 흥이다.'

"흥~ 이로구나. 흥~ 흥!"

심심해진 알레그리아는 콧노래를 부르다가 공중으로 솟구쳤다. 사방팔방이 오직 어둠만으로 가득한 세상, 아리안 일행이 머무는 발밑에서만 반딧불 같은 불빛이 희미하게 보일 뿐이었다.

알레그리아는 갑자기 혼자라는 생각과 외롭다는 느낌이 들었다. 7,000년을 살아오는 동안 단 한 번도 느껴보지 못했던 생소한 감정이었다. 조금도 잊히지 않는 과거가 주마등처럼 눈앞을 스쳐 갔다. 어느 곳에서도 한 가닥 감정마저 느낄 수 없었다. 문득 모든 게 허무하다는 느낌이 들었다.

'아~! 삶의 가치는 얼마나 오래 사느냐가 아니라 순간을 얼마나 소중하게 여기고 몰두했느냐에 달린 것이었어.'

알레그리아의 눈에서는 한없이 눈물이 흘러내렸다. 그녀는 흐르는 눈물의 이유나 원인을 알지 못했다. 흐른 눈물은 그녀의 앞섶을 적시고 얼어버렸다. 그러나 웬일인지 점차 마음이 편안해지는 것을 느꼈다.

바로 그때였다. 저 앞쪽 한곳에서 작은 불빛이 보였다. 불현듯 확인해야겠다는 생각이 들었다.

"블링크!"

누구도 다니지 않는 산중에 세워진 진영에는 모닥불과 횃불만이 어둠이 두렵다는 듯이 떨었다.

저벅저벅!

경계를 서는 보초들의 발자국 소리마저 을씨년스러웠다.

"음, 수상해. 조사해 봐야지. 인비저빌리티!"

알레그리아는 보이지 않는 몸을 이끌고 조심스럽게 진영 안을 둘러봤다.

'호, 저곳이 수상하군. 지휘부 막사가 아닌데도 보초의 수가 많아. 틀림없이 뭔가 있을 거야.'

알레그리아는 수상한 막사 안으로 슬그머니 들어갔다. 누구도 눈치채지 못한 듯했다. 막사 안에는 열 명의 청년이 단단히 묶여 있었다. 그리고 그들이 두런두런 나누는 소리가 들렸다.

"도대체 이놈들은 누구지?"

"확실하지는 않지만 주비스 제국 놈들인 듯해."

"주비스 제국 놈들이라면, 황태자가 우리를 이놈들에게 넘길 이유가 없잖아."

"아니야. 황태자가 우릴 이놈들에게 넘긴 게 분명해. 그렇지 않으면 황태자가 우리에게 오라고 한 장소에 어떻게 이놈들만 와서 기다리겠어. 더구나 마비 독을 써서 꼼짝하지 못하게 한 후에 나타났잖아. 첫째, 우리가 소드 마스터에 근접했다는 사실을 알고 있다는 점. 둘째, 황태자와 약속한 장소에 황태자는 나타나지 않고 이놈들만 만반의 준비를 한 채 기다렸다는 점. 셋째, 일부종사를 외치며 황태자에게 충성 맹세를 하지 않은 우리만 잡혔다는 점을 볼 때 의심의 여지가 없어."

그들의 대화를 엿들은 알레그리아는 속으로 쾌재를 불렀다.

'음, 이들은 주인님의 제자들인 모양이군. 이들만을 구해 돌아가는 것보다 좀 더 확실한 것을 알아봐야겠어.'

"하면 우릴 납치한 이유가 뭘까?"

"아무리 생각해도 이유는 한 가지인 듯해. 황태자는 우리를 이용해서 우리 주군을 해치려 하는 걸지도 몰라."

"그럴지도 모르겠다. 황태자가 주군께 충성 맹세를 하라고 했을 때 주군께서 거절했다는 소문이 있잖아."

"해제!"

알레그리아는 거기까지 듣고 나서 그들을 데리고 텔레포트 하려고 밧줄을 풀기 위해 투명 마법을 해제했다.

번쩍!

갑자기 빛이 반짝이며 미인이 나타나자 청년들이 놀라서 소리쳤다.

"앗, 누구시죠?"

"쉿, 조용!"

알레그리아는 손가락으로 자신의 입을 가리킨 후 밧줄을 풀려고 청년의 뒤로 갔다. 밧줄을 풀지 않고 모두 데려가려면 손으로 전부 잡거나 텔레포트 마법진을 그려야 했기 때문이다.

청년은 두 손을 등 뒤로 한 채 밧줄이 아니라 수갑에 묶여 있었다. 알레그리아는 수갑을 파괴하려고 손으로 잡았다.

번쩍!

앗!

알레그리아가 수갑을 잡고 마나를 주입하는 순간, 빛이 폭발하고 엄청난 전류가 흘러서 알레그리아는 그만 비명을 지른 채 공중으로 펄쩍 튕겼다가 떨어지며 기절하고 말았다. 위대한 존재의 어이없는 위험한 실수였다. 바로 그때였다.

"걸렸다!"

"불을 밝혀라!"

"천막을 거둬라!"

알레그리아가 쓰러지자마자 조용하던 진영에는 갑자기 고함이 난무하고 마법 등불이 대낮처럼 밝혀졌다. 천막 사방을 막았던 휘장이 순식간에 떨어져 나가고 많은 사람이 무기를 겨눈 채 나타났다. 그들 사이로 검은 로브를 걸친 자들이 앞으로 나섰다.

"크크, 드래곤을 잡다니, 생각지도 않은 월척이군."

"일단 묶어라. 마나 억제와 고압 충격 마법을 인첸트한 수갑을 채우고, 언령을 사용하지 못하게 입에 재갈을 물려라."

"예, 수장님!"

흑마법사들이 그들 수장의 명령을 듣고 알레그리아를 묶었다. 그녀는 아직 정신을 차리지 못했다.

"크크, 드래곤의 심장이면 6클래스 마스터는 물론 7클래스도 꿈이 아니야. 스승님의 빈자리를 채우고도 남겠지. 크크!"

흑마법사 수장의 얼굴은 일렁이는 횃불에 비쳐서 묘한 음영을 만들었다.

"꿀꺽!"

알레그리아의 흐트러진 모습에 그녀를 묶던 흑마법사가 그만 침을 삼켰다.

청순하고 애틋한 모습에 살며시 감은 초승달 같은 눈매, 도톰한 입술에는 숨은 열정이 넘쳤으며, 발그레한 뺨에는 아직 솜털마저 사라지지 않았다. 살짝 들여다보이는 순백의 앞가슴에는 태고의 신비가 향기마저 뿜는 듯했고, 종아리 위로 어지러이 젖혀진 치마 사이로 부끄러운 듯 숨은 대리석 기둥은 옥으로 빚은 듯 반짝였다.

"모두 나가라. 누구도 실수해서는 안 된다. 그녀는 드래곤이다. 어떤 틈이라도 줘서는 그대로 재앙이 되고 말 게다."

"수장님, 이왕 죽일 것이라면… 흐흐!"

"지금은 안 된다. 내일 황제 폐하께서 원하시는 공주를 납치한 후에야 기회를 주겠다. 알겠느냐?"

"예, 수장님! 지금은 잠시 만져만 보면 안 되겠습니까?"

퍽퍽!

"이 새끼가 언제 이렇게 컸어? 쥐새끼 같은 놈이 감히 두 번 말하게 만들어?"

수장은 재차 조르는 흑마법사를 발로 차기 시작했다. 한마디 하고 두드려 패고, 조금 쉬었다가 발로 찼다. 차다가 보니 평소 감정이 살아나서 발로 찼고, 찬 데 또 차다 보니 왜 차는지도 잊어버리고 차는 데 열중했다.

흑마법사는 이미 피투성이가 되어 간간이 신음을 뱉을 뿐이었지만, 수장은 점차 솟기 시작한 희열에 빠져들었다.

"세상에, 우리 수장님에게 사디즘 증세가 있는 것 아냐?"

"사디즘?"

"가학증, 혹은 가학음란증이라고도 하지."

"젠장, 오래 살려면 자리를 피하는 게 좋겠다."

흑마법사들은 수군거리며 슬슬 뒤로 물러났다. 사람을 두드려 패는 소리는 좀처럼 끝나지 않았고, 흑마법사들과 병사들은 밤새 몸을 떨어야만 했다.

*　　*　　*

"잘 주무셨습니까, 주군?"

"수고 많았구나. 좀 쉬도록 해라."

"괜찮습니다, 주군."

다음날 아침 아리안이 마차 침실에서 나오자 시로코와 헤르메스가 공손히 인사했다.

"알레그리아가 보이지 않는군."

"어젯밤에 공중으로 올라간 후 돌아오지 않았습니다, 주군."

"그래? 이상하군. 말하지 않고 어디 가지는 않았을 텐데……."

이상하게 여긴 아리안이 기감을 펼쳤으나, 그녀의 기운을 느낄 수가 없었다. 단지 멀리서 흑마법사들과 일반 병사들의 기운을 감지했을 뿐이다.

병사들은 이른 아침 식사를 하고 급히 출발 준비를 서둘렀다. 대병력이 움직이다 보니 먹는 것도 큰일이고 먹고 나서 치우는 것도 보통 일이 아니었다.

마르티네스 공주는 밤에 제대로 자지 못했지만, 아리안의 품에 안겨 시달리다가(?) 자는 게 너무나 좋았다. 하루하루가 꿈만 같고 매 순간이 축복이며 깊이 간직하고픈 행복이었다. 침실 안에는 화장실과 욕실이 모두 겸비되어 있었다. 가벼운 화장만을 끝내고 밖으로 나오자 응접실이고 지휘부였던 곳은 어느새 식당으로 바뀌어 있었다.

아리안을 비롯하여 시에트라와 부에노, 헤르메스와 시로코가 그녀를 기다리고 있었다.

"어서 와요, 마르티네스."

"잘 주무셨습니까, 형수님?"

"밤새 평안하셨습니까, 주모님?"

"옥체 평안하십니까, 태대공비 저하."

아리안을 비롯해서 모두 자리에서 일어나 각기 다른 호칭으로 불렀다. 마음은 간지럽고 몸은 하늘로 나는 듯했다. 공주는 아리안을 보며 살포시 미소를 지었다. 그리고 다른 사람들에게는 가볍게 목례했다.

"형수님, 점점 아름다워지는 비결이 뭐죠?"

시에트라는 아리안과 함께만 있으면 자꾸 짓궂은 개구쟁이로 변하는 듯했다.

"아는 사람은 말하지 않아도 알고 모르는 사람은 말해줘도 모른답니다, 아주버님."

아는 사람은 말하지 않아도 알고 모르는 사람은 말해줘도

모른다.

마르티네스는 마냥 어린 소녀만은 아닌 듯했다. 시에트라는 공주의 말을 듣고 폭소를 터뜨렸다.

"하하하! 우문에 현답이로군요. 형수님의 심오함은 형님을 능가하는 듯합니다."

"그 말을 알아듣는 아주버님도 대단해요. 자부심을 가지세요."

"예?"

꽈당!

"하하하! 크크크! 푸후훗!"

모두 한바탕 즐겁게 웃은 뒤 식사는 화기애애한 가운데 끝났다.

"출발!"

"예, 대장님! 정찰병부터 출발하라! 기마대부터 출발!"

"출발! 계속 전달!"

"출발!"

헤르메스의 명령이 떨어졌다. 헤르메스의 부하들이 먼저 출발하고, 부에노 백작의 부하들이 마차가 움직인 뒤에 그 뒤를 경계했다.

역시 식당은 다시 원래의 모습으로 돌아가서 응접실로 변했다. 아리안과 마르티네스, 그리고 시에트라가 앉아서 차를 마셨고, 시로코는 마차 뒤쪽 침실 천장으로 올라가 사방을 살폈다.

따그닥! 따그닥!

"1km 전방 이상 무!"

"1km 전방 이상 무! 계속 전진!"

"계속 전진!"

십여 명의 정찰조와 500명 정도의 첨병부대가 서로 신호를 주고받는 소리가 본대까지 들렸다. 행렬은 순조롭게 진행됐다. 하늘은 푸르고 새들은 높이 날았다.

점심때까지 산을 하나 넘었고, 점심 식사 후에 다시 산을 하나 넘었을 때까지만 해도 가벼운 행군 연습이었다. 한데, 차츰 검은 구름이 꾸역꾸역 몰려들었다.

"태대공 저하, 날씨가 심상치 않습니다. 어떻게 할까요?"

"첨병부대에 적당한 장소를 물색하라고 일러라! 야숙과 수비 대형을 함께 갖추도록!"

"예, 태대공 저하!"

헤르메스는 긴급회의를 명령했다. 그동안 공주는 침실로 들어가고, 마차는 다시 전투 지휘부 형태로 변했다.

"각급 지휘관을 소집하라!"

백인장, 천인장과 부에노 백작의 중간 지휘관들도 모였다.

"야숙 준비를 하되 수비 진형을 갖춰라! 굵은 나무를 잘라서 말이 뛰어넘지 못하게 저지선을 만들고, 저지선과 방책 사이에 간격을 두어라. 제1천인대 정면, 제2천인대 좌측, 제3천인대 우측, 부에노 백작님께선 후위를 부탁합니다."

"그렇게 하죠, 헤르메스 대장님."

"모두 움직여라!"

병사들은 바삐 움직였다. 얼마 후에 그럴듯한 저지선과 방책이 만들어졌다. 이른 저녁 식사를 재빨리 마친 그들은 경계 근무에 투입됐고, 첨병들은 사방으로 퍼져 나갔다.

해가 산 너머로 넘어갔다. 날씨가 급격히 어두워졌다. 하늘에는 먹구름이 점차 짙어지면서 낮게 깔렸다.

"큭! 컥!"

"습격이다!"

"후퇴하라!"

갑자기 숲에서 비명이 들리고 첨병들이 방책을 넘어 물러났다.

"비상! 비상이다!"

"라이트!"

펑펑!

마법 등불이 수없이 공중으로 치솟으면서 주위는 환하게 밝아졌다.

"쏴라!"

산등성이에서 고함이 들리자, 갑자기 소낙비 내리는 소리가 들렸다.

쏴아~!

"화살이다! 막거나 피해라!"

사방에서 고함이 들리고 잠시 후 여기저기서 비명이 터져 나왔다. 시로코도 검을 휘둘러 마차를 향한 화살을 막았다.

휘익! 후드득!

"형님! 위험합니다! 피하시죠!"

"염려하지 마라. 화살이 마차 내로 들어오지는 못할 게다."

"예?"

정말 그랬다. 시로코가 엉뚱한 곳에서 날아오는 화살까지 전부 막지는 못했기에 몇몇 화살이 시에트라를 향하여 정면으로 날아왔지만, 마치 실드라도 펼쳐진 듯이 마차 벽면에서 뚝 뚝 떨어졌다. 깜짝 놀라 눈을 감았다가 뜬 시에트라가 손으로 벽면을 만져 봤다. 손에 닿는 것은 아무것도 없었다.

"그거 참 신기하군. 형님, 마차에 정말 결계라도 펼쳐진 것입니까?"

"결계가 아니라 실드가 펼쳐졌다네. 시로코, 마차를 향한 공격은 마차가 막을 것이니 고생하지 않아도 된다."

"예, 주군."

시로코는 아리안의 말에 놀라 검을 멈췄다. 화살은 마차의 보이지 않는 벽에 걸려 모두 우수수 떨어졌다.

"헤르메스!"

"예, 태대공 저하!"

"날쌘 병사 500명에게 시로코를 따르라고 명하고, 내가 신호하면 다른 백인대 다섯 개 대에 명령하여 왼쪽 산 중턱에 있는 궁수들을 치게 해라."

"예, 태대공 저하!"

헤르메스가 명령을 이행하려고 물러나자 아리안은 시로코

에게 명령했다.

"시로코, 너는 병사들이 왼쪽 숲을 공격하면 500명의 병사를 이끌고 곧장 오른쪽 산등성이까지 치고 올라가라. 그곳에 흑마법사들이 있을 게다. 그들을 처치해 버려라."

"예, 주군!"

헤르메스가 500명의 병사를 데리고 왔으며, 왼쪽 방책에는 다른 500명의 병사가 무기를 빼 들고 명령을 기다렸다.

시에트라는 부에노 백작에게 명령했다.

"부에노 백작."

"예, 황태자 전하!"

"우리도 구경만 할 수는 없겠지?"

"물론입니다, 황태자 전하."

부에노 백작도 500명을 거느리고 뒤쪽 방책으로 다가가서 준비했다.

아리안이 마법사들에게 명령했다.

"마법 등불을 꺼라!"

"라이트 오프!"

갑자기 암흑이 찾아왔다.

"공격!"

왼쪽 방책 밑에 있던 병사들이 어둠을 뚫고 방책을 넘어서 숲으로 들어갔다. 하지만 어두워서 아무것도 보이지 않아 움직일 수가 없었다.

시로코와 부에노도 각기 500명씩을 이끌고 자신이 맡은 숲으로 들어갔다.

"라이트!"

아리안이 빛을 부르자 마법 등불 수백 개가 뭉친 듯한 어마어마한 크기의 불빛이 산 위에 솟았다. 대낮보다 더 밝은 듯했다. 개미가 기어가는 것조차 보일 것만 같았다.

적병은 갑자기 밝아진 빛에 눈을 감을 수밖에 없었고, 준비한 자들은 바로 눈앞에서 눈을 감은 자들을 여지없이 공격했다. 처절한 비명이 사방에서 난무했다.

적 지휘부는 갑자기 나타난 엄청난 라이트 마법 때문에 정신이 없었다.

"세상에! 저게 도대체 몇 서클 마법이야?"

"젠장, 저거야말로 드래곤 마법 아닐까?"

그들은 이구동성으로 떠들며 공중에서 눈을 떼지 못했다. 시로코는 병사들과 함께 적을 헤치며 올라가다가 혼자 빠르게 앞서서 올라갔다. 한 가닥 바람인 양 그의 모습은 잘 보이지도 않았다.

아리안은 수비만 하지 않고 오히려 공격을 감행했다. 아리안은 조금씩 대륙의 방법에 적응해 갔다.

공격은 최상의 방어라고 누가 그랬던가.

시에트라는 아리안을 보고 진심으로 감복했다. 상대의 뛰어남이 확연할 때, 우리는 질투와 더불어 고개를 끄덕인다. 하지만 상대의 한계를 알지 못할 때는 존경심과 함께 신앙심마저 생겼다.

아리안의 행사는 하나하나 상식을 벗어났다. 그는 참으로 자유롭고 깊이와 한계를 알 수 없었다.

"형님~!"

그의 음성은 가늘게 떨고 있었다.

"녀석, 떨고 있구나. 춥냐?"

"형님, 정말 대단하십니다. 저처럼 거창한 라이트 마법이 있을지는 상상도 하지 못했습니다."

"아우야, 언제나 '남이 이렇더라' 하는 말에 현혹되지 말고 항상 자신의 눈으로 세상을 봐야 한다. 자신의 눈으로 직접 보고 판단하는 자만이 자신(自神), 즉 스스로 신과 같은 능력이 있음을 알게 되지."

아리안의 말은 항상 일반적인 관점을 벗어났다. 그의 생각은 언제나 참으로 자유로웠다. 시에트라는 시간이 지날수록 놀라움이 커졌다.

"형님, 자신(自身)이란 말이 그런 뜻이었습니까?"

"자신을 자기 몸이라고 해석하거나 스스로 신과 같은 존재라고 여기는 것은 어디까지나 선택 사항일 뿐이란다. 더구나 자신(自信)에는 스스로 자신을 믿는다는 뜻도 있지 않으냐. 자기를 믿지 못하는데 누구를 믿고 무엇을 믿는다는 말이냐. 넌 어떤 선택을 할지 궁금하구나. 인간은 자신이 선택한 대로 된다. 게다가 인간에게는 말이 있지 않으냐."

"형님, 말을 할 줄 아는 게 그렇듯 뛰어난 것인가요?"

시에트라는 누구나 할 줄 아는 말이 그렇게 뛰어난 능력이 있다는 것을 참으로 믿기가 어려웠다.

"그렇단다. 마지막 단계에선 말을 놓아야 하지만, 그곳까지 갈 때는 말이 대단한 역할을 하지. 언령의 놀라움은 너도 알겠지? 말은 목표를 향하게 하는 추진력이란다. 우리가 어떤 목표를 세운 후 속으로만 '난 이루고 말 거야'를 백날 천날 외우는 것보다 겉으로 말을 만들어서 '난 해내고 말 거야' 하고 고함치는 것은 그 결과가 천양지차란다."

"형님, 그렇다면 말을 많이 하는 게 좋겠군요?"

"밥을 적당히 먹으면 힘이 되고 살이 되지만, 지나치게 많이 먹으면 어떻게 될까?"

아리안은 시에트라의 재치가 뛰어난 것을 보고 그를 가르치는 데 인색하지 않았다.

"그야 당연히 탈이 나겠죠."

"과식은 육신에 탈이 나게 하지만, 과언은 영혼을 병들게 한다. 한번 뱉은 말은 결코 그대로 사라지는 법이 없다. 좋은 열매나 나쁜 열매를 맺게 하는 촉매제가 될 뿐더러, 죽어서 명계로 가면 자신이 했던 말들이 증언이 된단다. 의미없는 말이나 남을 해하는 말이 얼마나 두려운지 알아야 한다. 그러기에 농담을 해서는 안 된다. 농담은 이미 말이 썩어서 농해졌기에 상대를 해치고 자신을 상하게 만들지."

"……"

시에트라는 언어가 가진 힘과 결과에 대해 놀라움이 일어나

조용히 생각에 잠겼다.

시로코는 올라가는 도중에 조금이라도 강해 보이는 자는 흔적도 없이 해치우며 올라갔다. 시로코 바로 앞에 검은 로브를 걸친 사내 다섯 명이 보였고, 그 옆에는 병사 20여 명이 사방을 경계하는 자세로 섰으며, 그들 뒤에는 10여 명의 청년이 묶인 채 꿇어앉았다.

'흠, 저들이 주군께서 말씀하신 흑마법사들이로군. 병사들의 무기 부딪치는 소리도 점점 가까워지잖아. 잡힌 청년들은 누군지 모르겠지만, 나중에 알아보기로 하고 재빨리 저들을 처치해야겠다.'

시로코는 직선보다 더 짧은 곡선을 그리며 병사들의 경계선을 넘었다. 병사들의 눈에는 그의 모습이 보이지 않았다. 단지 희미한 그림자가 얼핏 스쳤을 뿐이다.

"앗! 적이다! 실드!"

"잡아라! 홀……!"

시로코는 검은 마법을 발현할 시간을 주지 않았다. 단검에 다섯 흑마법사의 몸을 가르고, 멈추지 않고 연이어 경계 서는 병사들을 갈랐다. 그랜드 소드 마스터에겐 검을 두 번 휘두를 필요조차 없었다.

"와, 엄청나군. 정말 대단해."

"맞아. 우리보다 상위 레벨이야. 혹시 그랜드 소드 마스터가 아닐까?"

"그랜드 소드 마스터? 우리 주군 외에도 그랜드 마스터가 있었나?"

그 소리를 들은 시로코는 젊은이들에게 물었다.

"그대들의 주군이 누군가?"

"그대도 들어봤을 것이오. 노블리아 왕국의 태대공 저하시오."

그들이 태대공을 말할 때의 표정과 음성에는 자부심이 넘쳤다.

"태대공의 가신들은 모두 뛰어난 자만 있다고 들었는데 그런 자들이 어쩌다가 흑마법사들의 포로가 됐는가?"

"크크, 정식으로 싸웠다면 어찌 포로가 됐겠소. 비열한 황태자의 음모에 넘어갔을 뿐이오."

"좋다, 너희를 풀어주겠다. 처분은 태대공 저하께서 직접 하시겠지. 돌아서라!"

시로코의 말에 포로가 된 수련생들은 깜짝 놀라서 주의를 줬다.

"안 되오. 우리 수갑에는 마나 억제 마법뿐만 아니라 전격 마법까지 인첸트했기에 무척 위험합니다. 어제는 우릴 구하려던 아름다운 여인이 전격 마법에 기절하여 체포됐죠."

"아니, 알레그리아님이 체포? 그녀는 지금 어디 잡혀 있나?"

"그건 우리도 모릅니다. 흑마법사 수장이 데려갔으니까요."

"음, 빨리 말씀드려야겠군. 모두 돌아서라!"

시로코가 말하면서 검을 뽑아 들자, 청년들이 놀라서 말렸다.

"안 됩니다. 우리 수갑에는 전격 마법이……."

휘익! 툭툭툭!

시로코가 검을 휘두르자 수갑 끊어지는 소리마저 들리지 않았다. 오직 잘린 수갑이 땅에 떨어지는 소리만 들렸다.

"아니, 어떻게 이런 일이……."

"기교는 그것을 상회하는 힘 앞에선 지극히 무력한 법이지. 가자. 태대공 저하께서 저 아래 계신다. 흑마법사와 저하의 병사들이 격돌 중이다. 그들을 도우면서 내려가자."

"예. 얘들아, 가자!"

"좋아, 주군을 뵙기 전에 잠시 몸을 좀 풀까?"

그들은 쓰러진 병사들의 검을 들고 시로코의 뒤를 따랐다. 시로코가 잘린 수갑 하나를 들고 그들 뒤를 따랐다.

"산 아래를 보는 자들이 적이겠군. 남김없이 처치하자."

그들은 아직 마스터는 아니었지만 근접했기에 그들이 치고 내려가는 기세는 마치 눈사태 같았으며, 보법을 사용하는 그들의 몸놀림은 광풍을 연상하게 했다. 그들을 바라보는 시로코는 놀랄 수밖에 없었다.

'휴우~! 참으로 놀라워. 만약 저들이 목숨을 걸고 덤빈다면 과연 몇 명이나 상대할 수 있을까? 마스터가 되기 전에 저 정도이니 주군 저택에 있는 자들이 괴물일 수밖에 없겠구나.'

"주군~!"

아리안 앞에 엎드린 2기 수련생 열 명은 울먹이며 말을 잇지 못했다.

"고생들 많았다. 그런데 너희가 어떻게 저들의 포로가 됐느냐?"

아리안은 시로코가 전한 잘린 수갑을 들고 수련생들에게 물었다.

"주군, 저희는 황태자가 원한 충성 맹세를 하지 않은 자들입니다. 그렇다고 해서 충성 맹세를 한 자들이 주군을 배신한 것은 아닙니다. 모두 맹세하고 뒷날을 기약한다면 황태자가 오히려 의심할 거라는 결론을 내렸습니다. 그리하여 저희가 일부종사를 외치며 거부하자, 주군께서 황성을 떠나는 즉시 황태자가 저희만 불러 독으로 제압하여 주비스 제국 흑마법사들에게 넘겼습니다."

"황태자가 정녕 어리석은 선택을 했군. 알았다. 고생들 많았으니 오늘은 푹 쉬도록 해라."

"주군, 황태자와 흑마법사들은 우리를 이용하여 공주는 납치하고 주군을 해치기로 약속한 듯싶었습니다."

"흠, 그들의 뜻대로 되지는 않을 것이다. 가서 쉬어라."

"예, 주군!"

헤르메스가 그들에게 막사 하나를 정해줬다.

다음날 아침, 헤르메스는 마법사와 병사들을 산으로 보냈다.

"우리 병사들의 시신을 수습하고 적의 사체는 무기와 갑옷 등을 벗기고 땅에 묻어라!"

"예, 대장님!"

병사들이 수거해 온 무기와 갑옷 등은 상당했다.

"태대공 저하, 적의 사망자는 3,000여 명이고 포로는 없습니다. 아군 피해는 사망 400여 명이고 크고 작은 상처를 입지 않은 자는 한 명도 없사옵니다."

"시에트라 황태자 군의 피해는?"

"태대공 저하, 그들은 생각보다 강군이며 산악전에 능숙한 모양입니다. 단지 50여 명이 죽었을 뿐이옵니다."

"좋다. 이제 국경도 하루거리밖에 남지 않았군. 출발 준비를 서둘러라!"

"예, 태대공 저하!"

헤르메스는 병사들을 재촉하여 출발했다. 병사는 전장에서 싸우다가 적을 죽이기도 하고 적에게 죽음을 당하기도 한다. 누구나 아는 사실이지만 어제 동료였던 자의 시신을 끌고 가는 자의 기분은 착잡할 수밖에 없었다. 그러나 산 자는 산 자의 길을 걸어야 했다.

"첨병조 출발!"

"첨병부대 출발!"

"선봉부대 출발!"

"본대 출발!"

병사들의 고함이 연이어 들리고, 순조롭게 산등성이를 넘었다. 엊저녁에 먹구름이 잔뜩 끼었던 하늘은 비 한 방울 내리지 않고 언제 그랬느냐는 듯이 맑았다. 그때 급박한 첨병의 말발굽 소리가 울렸다.

"적 본대 발견! 적 본대 발견! 뒤로 전달!"

"적 본대 발견! 뒤로 전달!"

"부대 정지! 앞으로 전달!"

"부대 정지! 앞으로 전달!"

"부대, 경계 자세로! 앞으로 전달!"

"부대, 경계 자세로! 앞으로 전달!"

부대가 정지하여 경계 자세로 돌입했다. 급박한 말발굽 소리가 들리고 중간 지휘관이 부대 행렬을 관통하여 앞으로 나갔다. 그들이 고개 언덕까지 나가자 적의 진영이 눈에 들어왔다.

그들은 작은 평원에 진을 치고 아리안 일행을 기다렸다. 아리안의 군도 서서히 고개를 넘어 평원으로 들어섰다. 아리안의 군은 3,500여 명이지만, 적은 세 배가 넘는 10,000명 정도인 듯했다. 아리안의 마차가 서서히 평원으로 들어섰다. 앞에 보이는 산 하나만 넘으면 노블리아 왕국이다. 적도 더는 기회를 엿볼 여유가 없었고, 아리안의 군도 저들을 넘어서서 고국으로 돌아가야만 했다.

'남의 부인을 빼앗으려고 일으킨 어이없는 전쟁. 그 과정에서 피를 뿌려야 했던 안타까운 병사들. 이 빌어먹을 전쟁의 책임을 누군가에게는 물어야 하지 않겠는가. 어둠의 씨앗은 미리 제거해야 되겠지.'

적의 진영을 쳐다보며 이를 악문 아리안의 발밑에서 마차가 변했다. 마르티네스 공주가 들어간 침실은 다시 밑으로 내려가고 응접실은 지휘부로 바뀌었다.

아리안의 옆에는 시에트라 황태자가 섰고, 앞에는 시로코와 부에노 백작이 말을 타고 검을 잡았다. 아리안의 마차 뒤에는 수련생 열 명이 말을 타고 반원을 그렸다. 마차를 끄는 백마를 떼어냈는데도 마차는 절로 움직여 조금씩 앞으로 나갔다. 마차가 앞으로 나서면서 전장의 긴장은 점차 고조됐다.

아리안의 마차가 진영 가장 앞으로 나왔다. 적의 진영이 갈라지면서 검은 로브를 입은 자가 앞으로 나섰다. 그는 검은 관이 실린 마차를 탔는데, 마차 주위에는 역시 검은 로브를 걸친 자들 20여 명이 따랐다.

"아리안, 마차를 놔두고 간다면 국경 넘는 것을 막지 않겠다."

"너희는 다른 사람의 아내를 탐함으로써 이미 넘지 말아야 할 경계를 넘었다. 그것이 비록 황제의 명이라고는 하나, 그 명령을 이행하려고 나온 순간 너희 운명은 결정 난 것이다. 너희 모두를 징치하여 기본을 어긴 자의 본보기로 삼을 예정이니 미련이 남지 않도록 최선을 다하기 바란다."

"크하하하! 우리 병력의 3분의 1밖에 되지 않는 병력으로 그게 가능할까? 그리고 네가 가장 믿는 드래곤은 이미 내 손에 잡혔음을 모르는 것 같구나."

흑마법사 수장은 광소를 터뜨리며 뒤에 실은 검은 관을 돌

아봤다. 아리안은 그를 향해 어이없다는 듯이 말하면서 손에
들었던 잘린 수갑을 앞으로 던졌다.

"이 수갑에 인첸트한 5서클 전격 마법으로 9서클의 관조자
를 기절시켰다고 믿는다면 너야말로 어리석은 자로구나. 6서
클인 너의 어떤 마법도 9서클 위대한 존재의 털끝 하나 건들지
못한다. 믿지 못하는 듯한 눈빛이니 그 증거를 보여주마. 그리
아, 그만 이리 와라! 저들을 한 명도 용서하지 않을 것이다."

아리안이 부드럽게 부르는 음성이 들리자 검은 관이 벌떡
일어섰다.

"아이 참, 주인님도. 한참 재미있었는데……"

펑!

관 뚜껑이 깨져 나가고 알레그리아가 관 안에서 머리를 손
질하며 앞으로 나왔다. 놀란 표정의 흑마법사 수장을 본 그녀
는 드래곤 피어를 날리며 고함을 쳤다.

"뭘 봐! 눈 안 깔아? 그리고 날 어떻게 해보겠다고 했던 자가
바로 네놈이지?"

고룡의 엄청난 드래곤 피어가 흑마법사와 병사들을 강타했
다. 흑마법사들이 당장 고개를 숙이며 부들부들 떨었다. 알레
그리아가 흑마법사 한 명을 잡아서 발로 찼다. 올려치기, 돌려
차기, 내리찍기……. 그녀의 발이 한 번 움직일 때마다 흑마법
사의 몸은 피로 뭉친 걸레로 변해갔다.

그때 흑마법사 수장이 입으로 중얼중얼 주문을 외운 후 시
동어를 외쳤다.

"발현!"

갑자기 검은 구름 기둥이 생겼다가 사라졌다. 적아를 가리지 않고 모두 놀라서 주위를 두리번거렸다. 알레그리아도 흑마법사를 때리던 것을 중단하고 마나의 움직임을 감지했다. 아무런 일도 일어나지 않았다. 그녀는 흑마법사를 돌아보지도 않고 그대로 아리안을 향해서 날아왔다. 그녀는 아리안이 보는 각도에서 가장 아름다운 모습을 취하려고 약간 비스듬한 자세로 날아오며 아리안을 곁눈으로 쳐다봤다.

그때 그녀는 이상한 광경을 목격했다. 아리안 뒤에 검을 들고 반원을 그리며 섰던 수련생 중 세 명이 아리안에게 한 발 다가섰다. 불길한 예감이 든 그녀는 아리안에게 주의를 줬다.

"아리안님!"

아리안이 무슨 일인가 싶어서 알레그리아를 쳐다봤다. 바로 그 순간, 수련생 세 명이 검으로 아리안을 동시에 찔렀다. 피가 튀었다.

"앗! 안 돼!"

"지금 무슨 짓이야?"

알레그리아가 비명을 질렀다. 다른 수련생들이 놀라서 그 세 명에게 덤벼들었다. 그들은 아리안의 피가 얼굴에 튀자 정신이 들었는지 멍한 표정으로 동료들에게 제압당했다.

"아니, 믿었던 너희가……."

아리안은 피를 흘리며 서서히 주저앉았다. 그런데 신에 버금하는 능력을 지녔다는 아리안이 과연 마스터도 아닌 제자들의 검에 찔릴 수가 있을까? 그리고 언제나 보이지 않는 곳에서 철벽 경호하던 레모마저 놓칠 수가 있었을까? 시로코는 잠시 생각하다가 고개를 흔들어 버렸다.

'지금은 그게 중요한 게 아니지.'

"세상에, 언제 흑마법에 세뇌됐지?"

"검은 구름이 흑마법의 시동 신호였어."

"우리 동료가 하늘같은 주군께 이럴 수가……."

수련생들은 흑마법에 걸린 세 명의 동료를 제압하고 아리안 앞에 엎드려 오열했다.

"주군! 흑흑!"

주위에서 이 놀라운 광경을 목격한 가신들과 황태자가 몰려들었다.

"태대공 저하!"

"형님!"

"주군!"

모두 쓰러진 아리안 곁에서 어쩔 줄 모르는데, 알레그리아가 도착했다.

"주인님! 힐링! 힐링! 힐링!"

알레그리아는 연방 힐링을 외쳤다. 분수처럼 솟구치던 피는 멈췄지만, 얼굴은 이미 죽은 사람이라 해도 좋을 만큼 창백했다.

적 진영에서 외치는 소리가 들렸다.

"적의 수장이 쓰러졌다! 적을 쓸어버려라!"

"총공격!"

"와아!"

주비스 제국군이 총공세를 펼쳤다.

"막아라! 마차를 보호해야 한다!"

그때, 마차 지휘부가 물러가고 침실이 올라왔다. 침실 문이 열리고 마르티네스 공주가 밖으로 나왔다.

"언니, 아리안님을 침대로 옮겨주세요."

"예, 주모님!"

공주가 자신에게 '언니'라고 부른다고 해서 자신마저 예를 잃을 수 없었던 알레그리아는 깍듯이 주모님이라고 부르며 아리안을 침실로 옮겼다.

아리안의 상처에서 다시 피가 배어나왔다. 알레그리아는 놀라서 즉시 치유했다.

"힐링! 힐링!"

아리안의 상처에서 흐르던 피는 멈췄다. 아리안은 지쳤는지 눈을 감았다. 울먹이는 표정으로 아리안의 손을 잡고 얼굴만 쳐다보던 공주는 자리에서 분연히 일어나 침실 밖으로 나왔다. 내 남자는 자신이 지키려는 공주는 이를 악물었다.

마르티네스 공주는 아리안의 가신들을 둘러봤다.

"헤르메스!"

"예, 태대공비 저하!"

"여기서 막기만 할 수는 없어요. 국경이 멀지 않다고 들었습니다. 돌파하세요."

"예, 태대공비 저하! 모두 역공으로 나간다! 국경이 멀지 않다! 마차를 보호하며 공세로 전환한다!"

헤르메스가 명령을 내린 뒤 말을 타고 앞으로 나섰다. 마르티네스는 알레그리아를 쳐다봤다.

"언니가 마법으로 병사들이 앞으로 나갈 수 있도록 앞쪽을 공격해 주세요."

"예, 주모님! 헬 플레임!"

알레그리아가 마법을 펼치자, 지옥 화염과 같은 검은 불길이 정면으로 달려드는 주비스 제국군을 덮쳤다.

"파이어 스톰!"

알레그리아가 다시 마법을 펼쳤다. 거대한 불의 회오리가 여러 개 나타나서 마차 정면을 쓸어갔다.

"피해라! 8서클 마법이다."

"젠장! 우리 마법사들은 전부 뭐하는 거야?"

"쓰벌! 7서클, 8서클 마법이 난무하는데 4, 5서클 마법을 뿌리면 표적이 될 뿐이지."

마르티네스 공주는 다시 알레그리아에게 말했다.

"언니는 마차에서 지켜보다가 필요한 곳을 도와주세요."

"예, 주모님!"

"시로코님!"

마르티네스의 명령은 한 치의 주저함도 없이 연방 이어졌다.

"예, 주모님!"

"시로코님은 헤르메스님과 함께 길을 터주세요."

"예, 주모님!"

시로코가 검을 들고 말에 올라탔다. 그가 앞으로 나서며 검을 한 번 휘두를 때마다 2, 30명씩 쓰러졌다.

"세상에, 마스터가 아니라 그랜드 마스터 아냐? 저 어마어마한 오라블레이드 좀 봐!"

"젠장, 저런 자들을 공성병기나 있어야 대항하지. 정말 어이가 없군."

"그래도 공격하지 않으면 우릴 먼저 죽이려고 덤비겠지."

아리안의 병사들이 지휘 체계가 확립되어 일사불란하게 적을 헤치며 앞으로 나가자, 더욱 힘을 북돋아 덤벼드는 제국군을 막았다. 시에트라는 그 광경을 보고 놀랐다.

'아직 어리기만 한 줄 알았더니 완전히 여걸이군. 정말 대단해.'

"부에노 백작, 힘을 내서 적을 궤멸시키고 마차를 보호해라!"

"예, 황태자님!"

헤르메스와 시로코가 기사들과 함께 길을 텄으며, 알레그리아는 사방에서 달려드는 병사들을 향해 한 번씩 마법을 날렸다. 마법을 날릴 때마다 수십 명씩 죽었지만, 주비스 제국군은 악착같이 덤벼들었다.

"공격해라! 공격해! 실패하면 모두 죽인다."

흑마법사 수장은 고래고래 고함을 질렀다. 병사들과 흑마법사들의 공격이 집요하고 악착같이 변했다.

"에어 실드!"

흑마법사가 공기 방패를 마차의 한쪽 바퀴 앞에 만들자, 마차가 넘어지려고 기우뚱거렸다.

"파!"

알레그리아는 놀라서 마법을 해제하고 마차를 안정시켰다.

"어스퀘이크!"

마차 앞에 지진을 만들었다. 마차가 기울면서 구덩이로 빠지려 했다. 알레그리아는 놀라서 외쳤다.

"플라이!"

마차가 날아서 커다란 구덩이를 뛰어넘는 바람에 뒤를 따르던 부에노 병사 십여 명이 빠졌다.

"으악! 살려줘!"

"빨리 구해라! 늦으면 죽는다! 덤벼드는 제국군을 막아!"

흑마법사들이 연방 자잘한 마법으로 마차가 달리는 것을 방해하자, 알레그리아는 제국군을 공격할 수 없었다. 마차 달리는 게 점차 늦어졌다.

"짐을 실은 마차들은 포기하세요!"

"예, 태대공비 저하! 다른 마차들을 포기하고 앞으로 달려라!"

알레그리아는 마르티네스 공주에게 확성 마법을 걸었다. 그녀의 음성이 또렷이 전장을 울렸다.

"힘을 내요! 국경이 머지않았어요! 그곳에는 저하의 제자들, 천하무적 장군들이 기다리고 있어요!"

"와! 천하무적 장군들이 올 것이다! 죽여라!"

병사들이 소리를 지르며 제국군을 막았다.

그때였다. 병사들의 외침을 들었는지 하늘에 붉은 망토를 너울거리며 빛살처럼 날아오는 무리가 보이기 시작했다.

"반격을 시작한다! 저하의 제자들이 나타났다! 모조리 죽여라!"

"와! 천하무적 장군들이 하늘을 가르며 오고 있다! 모두 죽여라!"

노블리아 왕국군은 마차를 세우고 제국군에 반격을 시작했다. 주비스 제국군은 하늘을 날아서 오는 자들을 보고 전의를 상실했다.

"세상에, 소문만 듣던 저들이 나타났어."

"아니, 정말 하늘을 자유자재로 날아오잖아."

점으로 보이던 그들은 어느덧 전장에 나타나 검을 휘둘렀다.

"주군께 검을 겨눈 자들이다! 모두 죽여라!"

"감히 주군께 검을 겨눠? 죽어라!"

번쩍! 쫘꽝!

그들이 붉은 망토를 휘날리며 검을 휘두를 때마다 번개가 치고 제국군은 수없이 죽어갔다. 아리안의 마차를 괴롭히던 마법병단도 그들의 상대는 아니었다.

"모조리 죽여라!"

"주군이 가만히 계시니 약해서 참는 것으로 착각하는군."

주비스 제국 마법병단도 단검에 쓰러졌고 병사들도 와르르 무너졌다. 그들의 분노를 막을 수 있는 자는 없는 듯싶었다. 그들의 검은 심판의 검이고 단죄의 검이었다. 평원에 검을 들고 선 제국군은 어느새 보이지 않았다.

"아, 저들을 당할 자는 대륙에는 없어. 일당백이니 일당천이니 하는 말조차 어울리지 않는구나. 텔레포트!"

번쩍!

멀리서 지켜보던 흑마법사 수장은 10,000여 명의 정예병과 200명의 마법병단을 전멸시킨 채 순간적으로 번쩍인 빛만 남기고 사라졌다.

"와! 이겼다! 이겼어!"

"아, 또다시 살아남았어!"

그렇다. 살아남은 것보다 더 소중한 게 어디 있으랴. 그들은 서로 껴안고 살아남은 것을 자축했다.

"주군!"

천하무적 장군들이 마차 앞에 모여 한쪽 무릎을 꿇었다. 헤르메스와 시로코도 무릎을 꿇었다. 천신만고 끝에 살아남은 천여 명의 병사도 바닥에 머리를 조아렸다.

마르티네스 공주가 침실에서 나왔다. 시에트라 황태자의 병사들도 숙연한 자세로 서서 고개를 조아렸다.

"아리안님은 병사들이 합심하여 적을 막아내고 그대들이 도착하여 적을 섬멸했다는 말을 들으시자 미소를 지으신 후 잠이 드셨어요. 시에트라 황태자님의 노고에 경의를 표합니다. 모두 힘을 합하지 않았다면 불가능한 일이었어요. 모두 정말 수고했어요. 그대들이 자랑스러워요."

"주모님!"

"태대공비 저하!"

그들은 일제히 외치며 고개를 숙였다. 마르티네스 공주가 그들의 가슴에 자랑스럽고 능력있는 주모로 깊이 새겨졌다. 시로코는 이유 없이 눈물 한 방울을 흘리며 하늘을 쳐다봤다.

하늘이 참으로 맑은 역사적인 어느 날이었다.

『검황전설』 5권에 계속…

THE KNIGHTS OF SQUARE

아더왕과 각탁의 기사

홍정훈 판타지 장편 소설

『비상하는 매』의 신선함, 『더 로그』의 치열함,
『월야환담』의 생동감.

그 모든 장점을 하나로 뭉쳐 만든 홍정훈식 판타지 팩션!

아더왕과 원탁의 기사.

전설의 검 엑스칼리버의 가호 아래 역사에 길이 남을 대왕국을 건설한
위대한 왕과 그의 충직한 기사들.

"…난 왜 이리 조건이 가혹해?!"

그 역사의 한복판에 나타난 이질적 존재, 요타!
수도사 킬워드의 신분을 빌려 아트릭스의 영주가 되어 천재적인 지략과 위압적인 신위를 휘두르며
아더왕이 다스리는 브리타니아에 정면으로 반기를 든다!

전설과 같이 시공을 뛰어넘어
새로운 아더왕의 이야기가 우리 앞에 나타난다!

Book Publishing CHUNGEORAM

유행이 아닌 자유추구 -
WWW.chungeoram.com

시공을 달리는 자

R U N N E R

임영기 장편 소설 런너

내 꿈은
21세기 나의 제국에서 그녀와 함께 사는 것이다

나는 전쟁의 신이며 또한 전능자(全能者) 런너다.

이제 내 행동은 역사가 되고 내 말은 법이 될 것이다.

Book Publishing CHUNGEORAM

유행이 아닌 자유추구 -
WWW.chungeoram.com

귀환인! 歸還人

김동신 퓨전 판타지 소설

모든 마수의 왕 베히모스.

그의 유일한 전인 파괴의 마공작 베르키.
마계를 피로 물들이고 공포로 군림했던 그가
드디어… 꿈에 그리던 한국으로 돌아왔다.

**"친구들아,
나 권태령이 드디어 돌아왔어!'**

피로 물들었던 마계의 나날을 잊고
가족과도 같은 친구들과 지내는 생활.
그 일상을 방해하는 자들은 결코 용서치 않는다!

**살기가 휘몰아치는 황금안을 깨우지 말라!
오감을 조여오는 강렬한 퓨전 판타지의 귀환!**

Book Publishing CHUNGEORAM

유행이 아닌 자유추구 -
WWW.chungeoram.com

十劍哀史

지십검애사

설봉 新무협 판타지 소설

『사신』, 『마야』, 『패군』

무협계를 평정한 성공 신화를 계승한다.
한국무협을 대표하는 작가 설봉!
그 새로운 신기원을 열다!

『십검애사』

잠들어 있던 열 개의 검이 깨어나는 날,
전 중원에 피바람이 몰아친다.